Eliza,

começando do zero

Sophia Lee

Eliza,

começando do zero

_mood

Esta é uma publicação Mood, selo exclusivo da Ciranda Cultural

Traduzido do original em inglês
Eliza, from Scratch

Texto
© Sophia Lee

Publisher
Samara A. Buchweitz

Editora
Michele de Souza Barbosa

Tradução
Débora Guimarães Isidoro

Preparação
Eliel Cunha

Produção editorial
Ciranda Cultural

Diagramação
Linea Editora

Revisão
Fernanda R. Braga Simon

Design de capa
Jessie Gang

Ilustrações
© Sihyeon Park

Dados Internacionais de Catalogação na Publicação (CIP) de acordo com ISBD

L477e Lee, Sophia

Eliza, começando do zero / Sophia Lee ; tradução de Débora Isidoro. - Jandira, SP : Mood, 2025.
320 p. ; 14cm x 20cm.

Tradução de: Eliza, from Scratch
ISBN: 978-65-8306-046-4

1. Literatura inglesa. 2. Romance. 3. Ficção. 4. Comédia Romântica. 5. Amizade. 6. Amor. 7. Família. 8. Rivalidade. 9. Poder. 10. Culinária. I. Isidoro, Débora. II. Título.

CDD 823
2025-4450 CDU 821.111-31

Elaborado por Odilio Hilario Moreira Junior - CRB-8/9949

Índice para catálogo sistemático:
1. Literatura inglesa : Romance 823
2. Literatura inglesa : Romance 821.111-31

1ª edição em 2025
www.cirandacultural.com.br

Para 엄마 e 아빠

por terem me dado as partes mais interessantes de mim.

RECEITA DE ELIZA PARK PARA O ANO DA FORMATURA

INGREDIENTES:

- 1 segundo lugar com muito esforço
- 1 garoto irritante e (irritantemente) fofo
- 1 punhado de receitas coreanas (medidas com o coração)
- A pimenta da competição, a gosto

Misture bem. Se a mistura ficar muito dura e você achar que está fazendo algo errado, provavelmente está. Continue e torça pelo melhor! Você vai saber que as coisas deram certo quando o produto final for doce, picante e tiver o sabor de casa.

Capítulo 1

Acordei sentindo cheiro de miyeokguk.

A tradução literal é "sopa de algas marinhas", tecnicamente precisa, mas que carece de contexto. "Sopa de algas marinhas" sugere a imagem de algas viscosas boiando em uma tigela, como se fossem mergulhadas em uma vasilha com água turva do mar e colocadas sobre um lugar à mesa. *Bon appétit.*

Miyeokguk é uma sopa tradicional, um símbolo de celebração, e, embora hoje seja o primeiro dia do meu último ano no colégio, esse não é o tipo de comemoração que explique o fato de minha mãe fazer miyeokguk logo pela manhã. Especialmente nos últimos tempos. Ela não tem feito muita coisa desde junho.

Mas, quando me levanto da cama, não continuo especulando qual pode ser a celebração do dia. Estou focada demais em deixar meu nariz me guiar escada abaixo e para a cozinha. O inconfundível aroma de caldo temperado e mexilhões picantes desperta meu estômago. Minha mãe sempre foi a melhor cozinheira que conheço, algo de que me lembro quando meu estômago se contrai de fome, uma resposta pavloviana que acontece quando ouço os movimentos dela aqui embaixo.

Fazia muito tempo que ela não cozinhava de verdade para nós. Deve passar algum tempo na cozinha, porque ela conserva o *banchan*, ou acompanhamentos, sempre à mão na nossa geladeira, mas a cozinha tem enfrentado uma temporada sem ela.

É por isso que a imagem de minha mãe na frente do fogão agora, mexendo com delicadeza o miyeokguk com uma colher de pau fina, é quase chocante. O cabelo dela, cortado reto na altura do queixo, é puxado para trás por uma fita fina que destaca os fios brancos nas têmporas. Eu os tirava para ela, mas agora eles disputam a primazia com os fios pretos. Desde que comecei o ensino médio, ela diz que não sabe o que mais a faz parecer velha: se o cabelo grisalho ou o fato de já não conseguir dormir depois das seis da manhã. Enquanto isso, meu pai, que leciona principalmente à noite e dá aulas interativas e longas, sai da cama quando o sol já percorreu metade de seu caminho no céu.

– Que cheiro bom – digo. O sono em minha boca faz as palavras saírem meio pegajosas.

Ela olha para mim. Ou na minha direção, mais precisamente. Não consigo me lembrar da última vez que minha mãe olhou diretamente para mim. Nunca pensei que fosse prestar atenção nisso.

– Você tem baba no queixo, Yeji-yah – ela avisa em coreano.

Eu me defendo em inglês.

– É creme dental. – E limpo com o dorso da mão o rastro que é baba, obviamente.

Esse é o acordo tácito entre nós: ela fala comigo em sua língua nativa, eu falo com ela na minha. Depois de ela passar anos exigindo que eu me matriculasse na escola coreana aos sábados, sei que minha mãe acredita que em um mundo ideal eu falaria coreano em casa. Mas há uma sensação de sufocamento que vem da necessidade de simplificar os pensamentos para encaixá-los no vocabulário limitado que conheço; uma pontada aguda de vergonha que aparece quando não consigo chegar à conjugação verbal correta. Então, continuo usando o inglês, e ela continua me pedindo para não usar.

Minha mãe balança a cabeça, e o cabelo toca seu queixo. Por um momento, penso ver o lampejo de alguma coisa estampada em sua testa, mas a indiferença retorna instantaneamente.

– Está... – Limpo a garganta com uma tosse forçada antes de tentar novamente. – Aconteceu alguma coisa?

É angustiante fazer essa pergunta a um dos pais, como uma acentuada subversão da natureza, e de repente me sinto muito mais acordada. Uma parte de mim questiona se é alguma coisa que vale a pena perguntar. Já tive alguma conversa com minha mãe que durou mais que uns poucos minutos? Não desde junho, certamente. Antes passávamos tardes inteiras juntas, na massagem de reflexologia e fazendo as compras da semana no H Mart, depois debatendo se deveríamos tomar um banho quente ou tirar um cochilo. Não é mais assim.

Por isso me surpreendo quando, depois de um momento de hesitação, ela diz:

– Você sabe que é tradição preparar miyeokguk no dia do aniversário de alguém?

Eu sei.

– É aniversário de alguém? – Revejo as datas mentalmente. O aniversário do meu pai é em fevereiro, o meu é em abril e o da minha mãe é em dezembro. Quem estou esquecendo?

– Já contei por que se come miyeokguk nos aniversários?

Alguma coisa muito distante pulsa em minha memória.

– É bom para as grávidas, não é? Tem muito cálcio no miyeokguk, ou alguma coisa assim.

Miyeokguk é a alga marinha que confere toda a identidade da sopa. Minha mãe jura que a qualidade da alga e o lugar onde você a compra fazem toda a diferença, o que ela deve dizer para justificar a alga que importa da Coreia.

– Sim, mas o mais importante é que, depois da gravidez, a mãe acabou de passar por um processo muito difícil e perdeu muitos nutrientes. Comer miyeokguk nos aniversários não tem a ver com quem faz aniversário. Tem a ver com cuidar da mãe. – Essa última parte é quase empurrada para fora à força, e essa também é uma novidade nela. O jeito como às vezes termina as frases, como se uma palavra adicional fosse fazê-la desabar.

E é isso que me faz entender, finalmente.

– É aniversário da halmeoni?

Minha mãe me encara. Os olhos dela estão úmidos, e sinto um impulso para desviar o olhar, como se não devesse vê-la assim. Nós duas fingimos que a umidade é vapor da sopa. Minha mãe murmura:

– Ela faria oitenta e três.

Minha avó materna faleceu este ano, no meio de junho, exatamente na época em que minha mãe faz a viagem anual para a Coreia do Sul. Tudo aconteceu de repente, como ler um livro e pular algumas páginas em dado momento. Um coágulo se moveu no corpo da halmeoni e chegou aos pulmões. Foi pura sorte minha mãe estar lá quando ela foi levada ao hospital. Meu pai e eu viajamos para o funeral. Capítulo seguinte. Depois de alguns dias, voltei sozinha para fazer as provas finais do ensino médio. Meu pai decidiu que não valia a pena remarcar as provas. Pouco tempo depois, ele também voltou para trabalhar, e semanas mais tarde minha mãe retornou sozinha. Agora é agosto, e, embora minha mãe não se tranque mais na suíte master depois do jantar, sei que ela está sempre a uma lembrança de cair nesse buraco outra vez.

Não sei o que dizer diante das lágrimas de minha mãe. O que se pode dizer a um dos pais sobre uma coisa como essa? *Sinto muito por sua perda? Quer falar sobre isso?* Não existe um mundo em que eu consiga me imaginar começando esse tipo de conversa com ela. Sou sua filha, não terapeuta, e às vezes mal falamos o mesmo idioma. Tudo seria meio falso, de qualquer maneira. Não ajudaria em nada dizer a ela que a mulher por quem está chorando era alguém que sinto que mal conheci. Eu via minha halmeoni uma vez em intervalos de vários anos, e o tempo que passávamos juntas costumava ser limitado por meu coreano ruim e sua insistência em apontar que eu precisava emagrecer mais. Mesmo assim, tento pensar em alguma coisa confortante para dizer, antes que o silêncio se prolongue por tempo demais.

É como se minha mãe pudesse sentir meu constrangimento. Ela sacode os ombros sutilmente, depois os gira, e por fim pergunta por que acordei tão cedo.

Olho para o relógio do micro-ondas. São quase sete e meia da manhã. Eu já deveria estar me arrumando.

– Tenho aula hoje – respondo.

Ela me encara com os olhos arregalados.

– Hoje?

– Primeiro dia do preparatório – lembro.

– Eomeo – ela reage, e essa é basicamente a versão coreana de *ai, meu Deus*. Nesse caso específico, a tradução é *esqueci completamente que as aulas recomeçam hoje*. Tenho certeza de que na cabeça dela ainda é junho. O tempo parou em um hospital coreano. – Não preparei seu lanche.

– Deixei tudo pronto ontem à noite.

A verdade era que sabia que essa era uma possibilidade. Não é como se não houvesse indícios do início do ano letivo por toda parte. Compramos o pouco material de que eu precisava dois fins de semana atrás, quando fomos a uma loja de departamentos. Também pedi um par de tênis brancos novos para ir à escola e até fui ao salão coreano para o corte de cabelo anual. Minha mãe esteve presente em todas essas ocasiões, mas só literalmente.

Houve um tempo em que minha mãe deixava meu almoço embalado com um bilhete de boa sorte preso ao pote de fruta cortada com capricho. Ontem ela teria me perguntado o que eu planejava vestir no primeiro dia de aula, para poder aprovar minha escolha com um aceno de cabeça. Teria me aconselhado a programar o despertador para mais cedo hoje, para ter tempo de pegar meu horário antes do início das aulas. Mas todas essas lembranças pertenciam a uma vida passada, a uma versão da minha mãe que agora eu perdi.

– Ah, Yeji-yah – minha mãe diz enquanto mexe o miyeokguk –, mianhae. – *Me desculpe.* A voz dela é frágil.

Respondo com um movimento breve de ombros.

– Vou me arrumar.

Depois de um verão muito lento em que estudei para as provas finais e dei aulas particulares para alunos do fundamental, o ano preparatório demorou muito para chegar. No primeiro dia do semestre, todos os alunos chegam cedo ao colégio para pegar o horário em cartões impressos por nossos orientadores designados pela escola. Se quer saber minha opinião, eu teria adotado um modelo on-line anos atrás e permitido a todos mais trinta minutos de sono, mas o horário de descanso de Eliza Park não parece estar na lista de prioridades do Highland Hills. Retirar o horário pessoalmente é uma espécie de tradição do Highland Hills, de qualquer maneira, e tenho certeza de que isso só serve para os orientadores verem nossa cara em uma verificação rápida, antes do início do ano.

Entendo a intenção. Highland Hills é, sem dúvida, uma das escolas mais ricas em Austin, e os pais desse distrito escolar esperavam que a administração usasse esse dinheiro para cuidar bem de seus filhos. Tenho certeza absoluta de que esse colégio é o motivo para meu pai ter decidido comprar uma casa no bairro onde moramos, embora seja o menor imóvel do quarteirão. Só para esclarecer, reconheço que tenho muita sorte por estudar em um colégio tão bom, especialmente porque ele me trouxe Kareena e Meredith. Mas esperar na fila pelo tempo que for necessário só para ter uma conversa de dois minutos e pegar um cartão com meu horário impresso? Acho um pouco exaustivo.

Reconheço que minha irritação este ano é maior porque não encontrei minha orientadora, a senhora Porter, desde que informei que minha halmeoni havia falecido. Depois de meses ignorando seus e-mails bem-intencionados mas excessivamente frequentes perguntando como eu estava, não me sinto muito animada para entrar outra vez na sala dela. Seria mais fácil evitar alguém se você não fosse obrigada a encontrar a pessoa ao longo do ano letivo.

Estou me odiando por não ter chegado a essa conclusão antes, enquanto espero na fila os sobrenomes que começam com as letras de N a R. Quando ouço meu nome, sinto que foi rápido demais.

A senhora Porter sorri para mim. Seu batom coral é impecável.

– Elizabeth Park!

– Eliza – eu a corrijo, e me sento na frente dela. Como sempre, sua mesa tem uma organização ameaçadora, como se eu corresse o risco de levar um tapa instintivo na mão antes de me desculpar, caso mudasse uma nota adesiva de lugar.

– Certo. Eu sei! – ela responde eufórica. – Sempre me surpreendo quando vejo "Elizabeth" na papelada. Mas, sim, Eliza, como vai?

– Bem. E você? – Só quero pegar meu horário e sair daqui, mas me obrigo a ser educada.

Não quero dar uma impressão errada à senhora Porter. Eu gostava de conversar com ela, gostava de verdade. Ela sempre foi uma orientadora capaz de oferecer apoio e incentivo. Mas também foi a orientadora do programa de mentoria de verão do colégio, no qual alunos do Highland

Hills dão aulas particulares para alunos do ensino fundamental de escolas locais. Tive de pedir licença para ir ao funeral na Coreia do Sul, e não seria dispensada se não informasse a senhora Porter sobre o que havia acontecido. Ainda me lembro de sua reação quando falei sobre a morte de minha avó. A boca aberta e a sugestão de lágrimas nos olhos delineados. A vergonha que senti ao perceber que minha orientadora teve uma reação mais intensa que eu à morte de minha avó. Não conseguia olhar para ela sem sentir culpa por minha indiferença, por isso evitei interagir com ela durante o restante do verão. Até agora, é claro.

A senhora Porter prende o cabelo atrás da orelha, ou melhor, faz esse gesto sem perceber que o cabelo já está perfeitamente preso.

– Escute, Eliza. Eu quero... estou realmente preocupada com você.

– Ah, por favor, não se preocupe. Estou ótima – respondo, esperando que meu entusiasmo seja convincente.

– Bem, não respondeu aos meus e-mails no verão, depois que viajou para o funeral de sua avó. Talvez não os tenha recebido – ela sugere com generosidade. Faço uma careta para demonstrar que essa é uma possibilidade. – Não sabia se você estava bem.

– Concluí todas as aulas particulares da mentoria – lembro, tentando banir o tom de defesa que receio que já esteja presente. Na verdade, dei mais aulas que todos os outros monitores na segunda metade do verão, mas não preciso mencionar esse detalhe, porque se tem uma pessoa que sabe disso, essa pessoa é a senhora Porter. Fiz mais que minha cota do trabalho, e fiz bem-feito. De que ela pode me acusar?

– Sim, e estou orgulhosa de você por isso. Teve uma das melhores avaliações de alunos que vi em muito tempo. Mas também quero que saiba que estou aqui, se precisar. Todos nós no Highland Hills estamos aqui, ok? – A senhora Porter olha para mim com uma expressão de súplica, como se esperasse ver uma demonstração vulnerável de emoção que não sinto.

Quando fica claro que não estou nem perto de chorar tão cedo, a senhora Porter suspira discretamente.

– Se isso afetar seu desempenho acadêmico ou a vida fora do colégio, é só nos informar e…

– Não vai afetar – eu a interrompo.

– É claro. Sabemos que você é uma ótima aluna, Eliza. E, pelo que parece, continua firme como oradora da turma. Por isso, quero ter certeza de que está bem. Você se esforçou muito, e, quando coisas assim acontecem na família, às vezes o aluno precisa desacelerar um pouco. Como orientadora, sei bem que alguns alunos têm grande dificuldade para pedir ajuda quando passam por momentos difíceis. Especialmente os alunos de alto rendimento.

Descubro que estou rangendo os dentes. Relaxo a mandíbula e digo:

– Obrigada, senhora Porter. Pode me dar o horário?

A senhora Porter pega o cartão, e percebo o começo de uma linha em sua testa quando ela o entrega a mim.

– Então, quero chamar sua atenção…

– Artes culinárias? – pergunto incrédula, olhando para o cartão em minha mão. Quem imprimiu esse horário cometeu um tremendo erro, porque na última janela tem uma matéria que certamente não incluí nas minhas opções, e nem sabia que o Highland Hills oferecia. De quem foi a ideia de transformar um hobby em matéria acadêmica? – Isso está errado. Eu me matriculei em Física Avançada.

– Eu sei. Mas infelizmente só tem um horário de Física Avançada, e é o mesmo horário de Cálculo Diferencial e Integral, que também só é oferecido no quarto período. Quando escolheu suas matérias no semestre passado, você classificou Cálculo antes de Física, e foi assim que a grade foi montada. – A expressão da senhora Porter é reservada, como se ela soubesse que minha reação seria essa.

– Mas Artes Culinárias não tem peso na nota final – lembro em voz baixa, só para subverter suas expectativas.

– Não tem.

– E Física Avançada tem.

– É verdade.

– Portanto, minha média final vai cair.

A senhora Porter comprime os lábios.

– Não é bem assim. Ela não vai *cair*, a menos que você tenha um rendimento ruim na matéria. Se tirar um A, e tenho certeza de que vai tirar, considerando seu histórico, sua média final vai continuar a mesma. Só não vai ter o impulso desse peso extra.

– Mas outras pessoas vão fazer todas as matérias com peso extra – insisto. – E eu não vou ser a oradora.

Ela olha para o cartão na minha mão como se quisesse poder pegá-lo de volta.

– Elizabeth, não vamos…

– Eliza. Quais são as outras opções para o oitavo período?

– As outras eletivas são Banda e Orquestra. Também oferecemos Química Avançada, mas você já fez essa matéria no ano passado.

Deixo os ombros caírem.

– Não tem nada que eu possa fazer, então?

– Acho que você vai gostar muito de Artes Culinárias, na verdade. O senhor Treviño é um dos professores mais amados que temos, e muitos alunos querem incluir essa matéria eletiva no horário, mas não podem! Então, Eliza, na verdade isso é muita sorte!

– Estou me sentindo muito sortuda – resmungo. Depois fecho os olhos. – Desculpe, senhora Porter, não quis ser... ah, você sabe. – Não sei como terminar a frase, por isso não a termino.

A senhora Porter assente com simpatia.

– Se não se importa, vamos mudar de assunto. Fomos orientados a discutir com nossos formandos os planos para a faculdade. É hora de começar a pensar em sua declaração pessoal, a quem vai pedir cartas de recomendação e para quais faculdades gostaria de se candidatar. Já pensou nessas coisas?

Confirmo com um movimento de cabeça.

– Eu adoraria entrar no MIT. Estudar ciências da computação. Meu pai é engenheiro.

– Ótimo! – diz a senhora Porter. – Bem, eu gostaria de ver um rascunho da sua declaração pessoal muito em breve, ok? Sem pressa, mas é uma coisa em que vai ter de trabalhar em segundo plano. E também gostaria muito de ver uma lista de faculdades para as quais pretende se candidatar, só para eu ter certeza de que existe um bom equilíbrio de concorrência. MIT pode ser o objetivo, mas temos de ampliar a lista.

Assinto mais uma vez. Ouço sem muito interesse porque, em parte, ainda estou pensando que minha média geral pode cair e impedir de me formar como oradora da turma, papel que cabe ao segundo melhor aluno; e para que me esforcei tanto nos últimos três anos, se não posso terminar com a força que quero? A diferença entre segundo e terceiro lugar parece intransponível. Um tem um título, o outro não. Um faz um discurso, o outro não.

A senhora Porter lê minha expressão, e alguma coisa nela a faz suspirar.

– Sei que o ano preparatório pode ser estressante, mesmo sem questões de família.

Ah. Ela confundiu meu silêncio com luto. Uma dedução razoável para outra pessoa, talvez, mas não para mim.

– Eu vou ficar bem. Garanto – respondo.

Não posso explicar para essa mulher que a morte de minha avó me afetou como a de um estranho, que a única vez que chorei durante um funeral foi quando vi minha mãe cair nos braços do irmão dela como uma boneca de pano. Dizer essas coisas em voz alta me faria parecer uma vilã, e quero muito acreditar que não é isso que sou.

– Escute, Eliza. Queremos muito que você consiga o que quer. Então não tenha medo de desacelerar.

Agora não é hora de desacelerar, quero dizer. Posso ir mais devagar quando for aceita em uma universidade e tiver feito meu discurso de oradora da turma em uma sala cheia de olhos lacrimejantes, quando todo o esforço que fiz nos últimos três anos finalmente se transformar em algo real. Mas, claro, não digo essas coisas. Em vez disso, respondo com um sorriso largo e simpático, enquanto me levanto e penduro a mochila no ombro.

– Obrigada, senhora Porter. Tenha um bom dia.

Saio da sala antes que ela possa dizer mais uma vez que está sempre ali, se eu precisar.

Capítulo 2

Pelo menos a escolha de turma foi acatada e consegui ficar na sala de Kareena e Meredith. As duas já estavam sentadas na primeira fila, comparando os cartões de horário. Acho que não foram atrasadas pela conversa esquisita com seus orientadores sobre a morte da avó. Elas levantam a cabeça quando me aproximo.

– Oi – falo, desanimada.

Kareena já está com a mão no meu horário. Entrego o cartão sem protestar.

– Artes Culinárias? – ela pergunta com mais incredulidade que eu, talvez. – Que diabo é isso?

Os horários de Meredith e Kareena são idênticos. Como foram nos últimos três anos. Olhei a aula do oitavo período: Química Avançada.

– Pedi Física Avançada – digo. – Mas parece que só tem essa aula no quarto período, no mesmo horário de Cálculo.

– E eles te inscreveram em Artes Culinárias? – Meredith reage. Seu cabelo loiro ainda tem resquícios da tintura azul que ela usou no verão, quando trabalhou em um acampamento de liderança para jovens. Cores artificiais era proibidas em Highland Hills, tecnicamente, mas eu duvidava de que haveria alguma sanção contra Meredith, que está entre os dez melhores alunos da nossa turma e leva a equipe de debate à disputa estadual todos os anos.

– Sabe cozinhar? – pergunta Kareena.

Meredith revira os olhos.

– Fala sério, Kareena. Quando foi que Eliza cozinhou alguma coisa para levar ao piquenique?

Todos os anos, desde a segunda metade do fundamental, Kareena, Meredith e eu fazemos um piquenique em Zilker Park depois da primeira semana de aula. Isso começou quando éramos jovens demais para ter carteira de motorista e precisávamos de carona dos pais. Levávamos tudo que tínhamos em casa – pacotes de balas, samosas requentadas, sanduíches de Nutella. Não fazia diferença o que levávamos para comer. Era só um jeito de encaixar mais um último minuto de diversão antes de o ano letivo nos consumir.

– Ah, então vocês duas vão preparar alguma coisa gourmet para o fim de semana? – pergunto com uma sobrancelha erguida.

Kareena encolhe os ombros.

– Tenho a sensação de que conseguiria, se tentasse, essa é a diferença.

– Não sou totalmente imprestável. Tipo, sei que Bagel Bites fica muito melhor no forno do que no micro-ondas.

– Certo. – Meredith pronuncia a palavra como se tivesse muito mais sílabas. – Você vai aprender, então.

Suspiro.

– Isso é injusto.

– Preocupada com o segundo lugar? – pergunta Meredith.

– Não me provoca.

Kareena segura minha mão. Espera-se que ela seja a melhor aluna, o primeiro lugar, como tem sido desde o primeiro ano do ensino médio, e a razão é óbvia. Ela é o tipo de aluna que é inteligente sem se esforçar, e parece ter nascido sabendo tudo sobre tudo. E ainda nem mencionei que ela tem uma ética de trabalho excelente. Desde o início do ensino médio, planejamos fazer os discursos de formatura juntas, e sei que estamos pensando nisso agora.

Para quaisquer outros dois nerds, dos quais Highland Hills é lotado, fazer o discurso de formatura provavelmente nem é um grande incentivo para conquistar o primeiro ou o segundo lugar. Mas para mim e Kareena, especificamente, esse tem sido um pequeno sonho em comum, com mais detalhes acrescentados a cada ano. Nós duas em pé diante do pódio, agradecendo aos nossos pais imigrantes de um jeito público e embaraçosamente sentimental. Uma confirmação inegável de que os sacrifícios deles resultaram em alguma coisa, que, neste colégio de um bairro branco e rico, os filhos de pais que deixaram sua terra natal com muito pouco ainda podem chegar ao topo. Se parece dramático demais, é porque deve ser, mas, quando você deixa um sonho crescer durante três anos, com mais tempo pela frente, ele parece tornar-se maior que você mesmo. Nós duas queremos muito esse momento, o imaginamos por anos, e me recuso a deixar minha chance escapar na última hora.

Kareena afaga minha mão e diz: "Vai dar tudo certo. Uma matéria não vai mudar muito as coisas".

Tento não bufar, porque até eu sei que estou sendo muito desagradável. Deve ser verdade que uma matéria sem peso na média não vai destruir o sonho que Kareena e eu temos, mas precisa ser uma matéria em que não tenho nenhum interesse? Eles podiam ter escolhido qualquer ciência ou idioma estrangeiro, e eu teria cursado com prazer. Mas, apesar de minha mãe ser uma das melhores cozinheiras que conheço, nunca passei muito tempo na cozinha. E agora percebo que nunca tentei mudar essa situação.

Meredith sorri.

– Sabe, isso é uma bênção disfarçada, na verdade. Acontece, jovenzinha, que cozinhar é uma habilidade essencial para a vida. Nós, mulheres, precisamos aprender a cozinhar para manter cheia a barriga do futuro marido todas as noites. Tenho certeza de que estou citando um trecho do *Código de Hamurabi.*

Kareena finge que vai vomitar.

Meredith, que prefere ter os pés amputados a se casar com um homem, levanta as sobrancelhas com uma inocência debochada. "Devia se matricular no curso de parteira, depois de culinária. Cozinha e partos. Para que mais servem as mulheres, não é?

– Juro que você não é tão engraçada quanto pensa – digo.

– Honestamente, isso é castigo por não ter feito Biologia Avançada com a gente no ano passado e escolhido Química – Kareena declara. – Se tivesse só acompanhado o grupo, seu horário estaria perfeito!

Meredith balança a cabeça, concordando com ela.

– Se eu quisesse ouvir sermão por causa das minhas decisões ruins, só deixaria minha psique falar um pouco mais alto, ok? – respondo.

Na época, a decisão fazia sentido. A professora de Química Avançada, senhora Pearson, também é orientadora do Campeonato de Ciências, do qual tenho participado desde o primeiro ano. Queria garantir que seria aluna dela de verdade, antes de pedir uma carta de recomendação neste semestre. Mas agora, com o maldito horário na mão, toda a lógica do ano passado se dissolvia em frustração furiosa.

– Talvez Artes Culinárias sirvam para você ter uma boa história para contar na sua declaração pessoal – Kareena sugere.

Ela começou a escrever a dela no fim do verão e já acumulava três rascunhos, que não me deixou ler com a desculpa de ainda serem bastante ruins para olhos respeitáveis. Palavras dela, obviamente. Com base no pouco que Kareena contou sobre isso, tive a sensação de que o trabalho voluntário no hospital durante o verão foi sua musa inspiradora. Não era inteiramente surpreendente, considerando que Kareena pensava em cursar medicina desde o segundo ano do ensino médio.

– Isso é tipo *High School Musical* – Meredith diz de repente, como se estudasse essa tese mentalmente e por fim as coisas se encaixassem. – As pessoas pensam que você é o arquétipo da nerd determinada, mas aí você vai preparar um crème brûlée no fim do semestre, e o absurdo de ser uma *pessoa multidimensional* com *vários hobbies* vai fazer todo mundo cantar e dançar espontaneamente.

Kareena e eu a encaramos espantadas.

– Eliza tem razão – Kareena diz. – Você não é tão engraçada quanto acha que é.

– Eu sou Zeke ou Gabriella nessa situação? – pergunto.

– Ah! Claro que você é os dois – responde Meredith. – Como eu disse. *Multidimensional.*

O resto do dia passa tranquilo, especialmente com Kareena e Meredith em todas as minhas aulas. Este ano tem uma energia diferente, com todas nós terminando o curso e as inscrições para a faculdade se aproximando. É como se funcionássemos no piloto automático, como se fizéssemos as coisas por memória muscular.

Isso, é claro, até chegar o oitavo período.

O local da aula no meu cartão de horário é Cozinha de Culinária. Não tem nem um número de sala, e não sei para onde ir, como se não tivesse estudado aqui nos últimos três anos. Ando na direção da cantina, porque o instinto sugere que a cozinha fica perto da outra cozinha. Mas a cantina está vazia, com exceção de uma funcionária, que limpa uma das mesas.

– Oi, você sabe onde fica a cozinha dos alunos de culinária? – pergunto a ela.

A mulher olha para o horário na minha mão.

– Acho que fica no outro prédio.

– Tem outro prédio?

Ela assente. Depois me diz para atravessar o pátio e procurar um predinho verde. Agradeço e vou embora, e nesse instante o sinal toca anunciando o início da aula. Suspiro. Causar má impressão a um novo professor por chegar atrasada no primeiro dia é algo que já apareceu nos meus pesadelos, tenho certeza.

Finalmente consigo encontrar o prometido prédio verde. Uma placa de metal ao lado da porta identifica o lugar: Cozinha de Culinária. Quem poderia saber que isso existia? Com exceção das prestativas funcionárias da cantina, quero dizer. Abro a porta e minha chegada interrompe o professor, que já começou a falar. Ele é latino, meio barrigudinho e com um cabelo enrolado e grisalho.

Toda a turma olha para mim quando entro. Muito bem, pelo jeito todo mundo sabia que esse lugar existia. Não tem muitos alunos, uns dez, talvez, e percebo que o tamanho da turma deve ser restrito por causa do equipamento de cozinha. Mesmo assim, enfrentar uma dezena de pares de olhos enquanto entro atrasada não é a maneira ideal de começar o semestre. Todo mundo já encontrou um lugar para se sentar em volta do grande balcão de alumínio no centro da sala. Em torno do perímetro da cozinha há estações de trabalho com fogões, fornos e pias. Só há um lugar vazio no centro da mesa, e me acomodo nele, meio constrangida.

O professor olha para sua folha de presença.

– Elizabeth Park? – pergunta.

– Eliza. Desculpe, tive dificuldade para encontrar este lugar.

– Não se preocupe, é para isso que serve o primeiro dia. Que bom que nos encontrou. – Ele une as mãos e retoma a aula. – Como eu estava dizendo, sou o senhor Treviño, e este é um curso de introdução às artes culinárias. Nessa matéria, não só vamos aprender a preparar o alimento e cozinhar de fato, mas também vou testá-los sobre temas como equipamento, nutrição e higiene. Mas quero garantir que o curso é mais *The Great British Bake Off* do que *Hell's Kitchen.*

A turma ri. Sorrio, embora não tenha entendido a piada.

– Muito bem, quantos aqui podem dizer que têm experiência na cozinha? – pergunta o senhor Treviño.

Fico desanimada quando todo mundo levanta a mão. As minhas são como chumbo no meu colo, mas por um segundo me pergunto se não deveria levantar uma delas também, só para não chamar atenção.

O garoto sentado à minha esquerda olha para mim.

– Nadinha?

Seus olhos escuros estão cheios de surpresa. Queria entender por quê. Porque estou nessa turma pequena com outras pessoas que têm interesse e experiência no assunto? Ou por eu ser uma garota e, naturalmente, já ter feito uma ou duas caçarolas, pelo menos, na vida?

– Wesley, não estamos aqui para questionar ninguém – o senhor Treviño interfere com um tom jovial, mas crítico. – Garanto que as aulas atendem a todos os níveis de habilidade.

Respondo com um sorriso pouco entusiasmado. Estou tentando me convencer de que vou conseguir me encontrar nessa aula sem nenhuma dificuldade. Cozinhar não é como ciências? Sempre fui boa em ciências. Sou cocapitã da equipe do Campeonato de Ciências este ano, o que me faz lembrar de que preciso avisar todo mundo que começamos os treinos na próxima quarta-feira.

O senhor Treviño distribui um questionário para todos nós

– Sem pânico. Isso é só um diagnóstico. Quero ver em que estágio está cada um. Não vai haver notas hoje.

O menino ao meu lado, Wesley me entrega a pilha de folhas depois de pegar uma delas. O sorriso dele para mim só pode ser descrito como arrogante. Por que esse cara acredita que pode sorrir para mim desse jeito?

– Boa sorte, oradora.

Pego uma folha do questionário e passo a pilha para o lado, antes de me dar conta de que ele sabe quem sou. Isso deve significar que também é do último ano, mas acho que nunca o vi antes. No mínimo, nunca tive aula com ele. Faço uma pausa nessa reflexão quando dou uma olhada no questionário e sinto o sangue gelar.

Não quero parecer muito petulante, mas nunca me senti tão perdida diante de uma tarefa escolar. Sei que o senhor Treviño disse que não valeria nota, mas a ideia de preencher um questionário e não gabaritar ainda parece ser ilegal. O questionário é direto, tecnicamente. Tem perguntas relacionadas à identificação de equipamentos. Posso chutar. Tem questões técnicas. Também posso chutar. A única pergunta para a qual tenho uma resposta segura é a temperatura em que a água ferve, e só sei disso porque é matéria básica em química.

Quando o senhor Treviño anuncia que o tempo acabou, deixo a caneta em cima da bancada e vejo Wesley espiar minha folha de papel. Se está tentando colar, escolheu a aula errada para sentar-se ao meu lado. Mas me surpreendo quando ele sorri. A arrogância continua se insinuando, mas agora não está presente de fato.

– A número cinco é mandolim.

Olho para a minha resposta. *Ralador.* Como ele em relação à minha paciência. Eu o encaro, irritada.

– Bandolim é um instrumento musical, não de cozinha.

Ele ri como se eu tivesse contado uma piada. Os olhos redondos se fecham um pouco quando ele ri, o que o faz parecer muito jovem. Mas, quando ele percebe que estou falando a sério, o sorriso desaparece e dá lugar à incredulidade.

O senhor Treviño nos faz corrigir a atividade. Ele avança de pergunta em pergunta, pedindo a resposta para a turma. Vou acompanhando as respostas que dei, marcando cada uma delas como incorreta. O senhor Treviño anuncia que o equipamento que aparece na questão número cinco é realmente um mandolim, e meu rosto esquenta. Não preciso levantar a cabeça para saber que (a) Wesley está sorrindo com aquela arrogância vaidosa e olhando para mim e (b) fui a pior da turma nessa atividade.

Odeio me sentir incompetente, por isso deixo o ódio transbordar sobre o garoto ao meu lado. Não acredito que ele se acha tão mais inteligente que eu. A única pessoa que eu deixaria me tratar com essa altivez é Kareena, e ela nunca faria isso. E daí se o questionário dele está praticamente todo certo? Não que eu esteja olhando. Sério, só estava tentando confirmar o nome dele, e meus olhos foram atraídos pelo tamanho do sobrenome. Wesley Ruengsomboon.

Depois do que parece tempo demais, o sinal toca anunciando o fim da última aula. Eu me levanto imediatamente e caminho para a porta, feliz por ter acabado. Honestamente, poderia mudar para Banda ou Orquestra e ter a mesma habilidade inicial. Seria até mais útil aprender um novo instrumento, acho. Talvez goste de violoncelo. Ou bandolim.

Sinto um ombro encostar no meu e dou um pulo.

Viro e… é claro:

– Wesley, não é?

Seu cabelo é curto nas laterais, mas a parte de cima tem um volume que sugere que foi intencionalmente despenteada. Ele caminha ao meu lado como se eu o tivesse convidado.

– Fiquei curioso. Como alguém consegue ser a segunda melhor aluna da turma em um colégio cheio de gente esforçada sem saber nada sobre um assunto do dia a dia?

– Beleza, você sabe o que é um mandolim. Seu Nobel vai chegar a qualquer momento.

Ele ri sem se abalar.

– Eliza, eu vi sua nota no questionário. Não vamos fingir que essa é a única coisa que não sabia.

Eu me recuso a deixar a vergonha colorir meu rosto.

– Pare de espiar minha atividade, esquisito.

– Todo aquele vermelho chamou minha atenção.

Paro e olho para ele, endireitando as costas para me sentir mais alta, mas ele ainda é uma cabeça mais alto que eu.

– Quer dizer que é coincidência você saber minha classificação na turma e ficar olhando meu questionário? – pergunto.

Ele balança a cabeça e vejo seu cabelo se mover. Quero dizer que não estamos em um comercial de xampu, mas isso revelaria que estou prestando muita atenção ao que ele faz.

– Para você, tudo gira em torno de classificação? – Há uma mudança nítida em seu tom, como se o humor tivesse desaparecido e dado lugar à desconfiança. É claro que não está pensando no meu papel em um comercial de xampu.

– Não é isso que...

– Não, eu entendi. Você é uma dessas garotas que acham que a escola é, tipo, sua vida inteira. Mas deve saber o que dizem sobre estar no topo.

Sem meu consentimento, ouço minha voz perguntar:

– O quê?

– O único caminho é para baixo – ele diz, e nem preciso ver a cara dele para saber que sua boca está distendida naquele sorriso arrogante que já desprezo. – Espero que seja tão boa aluna quanto pensa que é. Ganhar o torneio não vai ser tão bom se não houver competição de verdade.

Ele passa por mim e se afasta pelo corredor vazio. Em pouco tempo desaparece, e percebo que antes estava dando passos mais lentos para caminhar ao meu lado. Malditos garotos altos com suas malditas pernas longas e igualmente malditos passos largos.

– Se enxerga – eu digo, mas ele já está longe demais para me ouvir.

Capítulo 3

Quando chego em casa, minha mãe está com um aluno. Normalmente ela não costuma dar aulas a essa hora, mas sei que é um aluno porque as notas de um minueto entrecortado transbordam da garagem.

Minha mãe dá aulas particulares para dez crianças. Nem sempre ela foi professora de piano. Mamãe se formou em jornalismo na Coreia do Sul. Depois, ela e meu pai se mudaram para os Estados Unidos, onde o diploma dela parecia não fazer nenhuma diferença, e o que antes era seu ponto forte, o domínio do idioma, passou a ser seu maior problema. Então ela acabou adotando uma linguagem mais universal: música. Ainda havia algumas traduções para fazer, mas a maior vitória era que dar aula particular de piano não exigia mais diplomas ou licenças.

O aluno segue tropeçando pela melodia quando entro em casa. Esquento o miyeokguk e dou uma olhada na panela de arroz para ver se sobrou um pouco para mim. Estou com sorte, a panela está cheia. Sirvo uma porção generosa de arroz papa em uma tigela e olho em volta, esperando o miyeokguk esquentar. Tem uma pilha de papéis em cima da bancada, como se minha mãe não tivesse tido tempo de guardá-los antes da aula. Chego mais perto para ver o que é aquilo.

Os papéis são delicados e amarelados, com rasgos ocasionais nos cantos. Sinais apagados e digitais empoeiradas cobrem trechos do coreano escrito à mão com tinta preta. Não consigo decidir se os papéis são velhos ou se foram muito amados. Minha compreensão do coreano escrito é equivalente ao nível do terceiro ano, com muita generosidade, mas sei que estou diante de receitas. Deslizo os dedos pelas folhas enquanto olho uma por uma. Kimchi jjigae, dakdoritang japchae... reconheço cada prato das refeições que minha mãe preparava para mim na infância. A caligrafia me impede de entender todas as instruções. Ler em coreano já é difícil quando as letras são impressas por uma máquina. Letras manuscritas complicam demais a tarefa, mas acho que consigo decifrar o essencial. Estou tão absorta no estudo das diferentes receitas que não percebo que o piano parou e a porta da frente se abriu.

Minha mãe entra na cozinha dizendo:

– O miyeokguk está fervendo. Você precisa destampar a panela. – Ela abaixa o fogo e inclina a tampa para deixar sair o vapor. – Você mexeu? Estou sentindo cheiro de queimado.

Ela olha para mim, e sei o exato momento em que entende o que estou fazendo, porque murcha quase imperceptivelmente. Eu não teria notado se não a estivesse observando com tanta atenção. Minha mãe se aproxima de mim com os lábios comprimidos, como se prendesse o fôlego ou mordesse a língua, ou as duas coisas.

Começo a sentir que invadi alguma coisa. Empilho os papéis, tomando cuidado para não amassar mais as folhas.

A voz de minha mãe me interrompe.

– Estava olhando tudo isso hoje porque senti saudade dela.

Minhas mãos param onde estão.

– Halmeoni escreveu estas receitas?

– Ela as escreveu para mim quando eu disse que me mudaria para a América. Disse que nunca me perdoaria se eu me esquecesse de como preparar os pratos que ela fazia para mim. Logo que me mudei para cá, eu preparava essas receitas com tanta frequência que as decorei nos primeiros dois meses.

Por alguma razão, me sinto sufocada. Uma culpa repentina arrepia minha pele como um casaco de lã áspera quando percebo que nunca demonstrei interesse pela culinária de minha mãe. Nunca perguntei onde ela aprendeu suas receitas ou se eu também as aprenderia. E nunca fiz a conexão entre o que ela fazia para mim e o que era feito para ela quando era mais jovem, nunca pensei que podiam ser as mesmas coisas.

– Na verdade – minha mãe continua –, seu pai enjoou dos mesmos dez pratos que eu fazia o tempo todo. Ele dizia: "Estamos na América. Vamos experimentar comida americana! Tem um McDonald's em cada esquina, e é muito barato!". Se ele queria comer em algum lugar melhor, íamos ao Olive Garden. – Ela sorri enquanto me conta essas coisas, e tento imaginar o que exatamente ela está lembrando. – Engordamos muito. – Ela ri. – Halmeoni quase não me reconheceu na primeira vez que veio nos visitar aqui.

– Essa é a verdadeira experiência americana – respondo.

Minha mãe concorda, balançando a cabeça.

– Essas receitas são uma excelente base, mas meu gosto se tornou americanizado. Acabo acrescentando mais sal ou mais açúcar do que sua halmeoni anotou.

Concordo, porque, mais uma vez, sinto que não tenho nenhuma contribuição a dar. Em outra vida talvez eu crescesse aprendendo essas receitas com a própria halmeoni em alguma cozinha da Coreia do Sul, vestida com um uniforme de escola pública com Park Yeji bordado do lado direito do peito, falando coreano com fluidez, em vez de tropeçar tanto no idioma. Mas nesta vida essas receitas são só sinais em uma página, reminiscências de uma relação de mãe e filha que não vi e de um relacionamento de avó e neta que não existiu.

Quero que minha mãe continue falando, porque é a primeira vez que a vejo tão relaxada em meses, mas me sinto paralisada. Desde junho essa parede não declarada, mas inegável, se mantém entre nós. Sempre que parece haver um processo de demolição em andamento, uma de nós a constrói de novo. Tenho receio de que seja eu desta vez.

Ela suprime um suspiro e é como se sentisse meus pensamentos, como se soubesse que me sinto como se tivesse me esquecido de como conversar com ela. Minha mãe pega a pilha de receitas e as coloca dentro de uma pasta transparente, que encaixa entre potes de farinha e fécula de batata.

– Tenho que ir dar a próxima aula. Seu arroz deve ter esfriado. – E sai da cozinha para voltar à sala de aula.

Tarde demais percebo que o miyeokguk tem realmente um cheirinho de queimado. A frustração arde em meu peito como uma chama intensa. Não consigo nem esquentar uma sopa pronta sem estragar alguma coisa. Sou *tão* patética assim?

Estou comendo sozinha na mesa de jantar, quando meu pai chega em casa. Ele entra carregando o paletó embaixo do braço. É professor na faculdade local, onde leciona matérias no curso de engenharia elétrica, basicamente para turmas da graduação. A maioria das aulas é à noite, o que significa que não é muito comum vê-lo em casa na hora do jantar. Meu pai é uma dessas pessoas que vivem de perto as minúcias da academia. É necessário ser um tipo especial de pessoa para passar anos na escola e decidir que, ah, sim, também vai gostar de passar o resto da vida profissional na escola. Eu gosto da escola tanto quanto qualquer nerd, mas escolher a academia pelo resto da vida é demais até para mim.

– Oi, appa – digo com a boca cheia de arroz e sopa.

– Oi, Yeji-yah. Como foi no colégio? – ele pergunta. Meu pai fala comigo em inglês na maior parte do tempo. Acho que é porque está sempre no modo professor.

– Tudo bem – respondo.

Estou me preparando para contar sobre a aula horrível de Artes Culinárias, mas desisto. Se tem alguém que ficaria mais zangado que eu por não ter sido matriculada em Física Avançada, esse alguém é meu pai.

O relacionamento entre mim e appa é matemática simples. Ele ama a escola. Eu sou boa na escola. Pela propriedade transitiva das dinâmicas da família imigrante, nós nos damos muito bem. Essa tem sido a base da nossa ligação desde o ensino fundamental, quando minha professora do primeiro ano leu meu boletim em voz alta para a classe como um exemplo do que fazer. Quando ele descobriu que eu era a segunda aluna da turma em Highland Hills, um colégio conhecido por enviar dezenas de alunos para as vinte melhores faculdades todos os anos, insistiu em me chamar de *oradeadora* o dia todo. Ele tinha dificuldade em pronunciar a palavra *oradora*, e tenho de reconhecer que não é muito fácil assimilar todos os sons em outro idioma.

Tudo isso para dizer que, embora meu pai e eu sejamos bem próximos, talvez mais agora, quando minha mãe quase nem faz parte da família, não consigo criar coragem para divulgar a informação que, com toda a certeza, ele vai interpretar como uma ameaça à minha classificação. Em vez disso, olho para a mesa e pergunto:

– E você, como foram as aulas?

– Ótimas – ele diz, já a caminho da cozinha para se servir de miyeokguk.

Meu pai põe arroz no prato e pega diferentes potes de banchan na geladeira, empilhando-os como peças de Jenga. Kimchi, broto de feijão, espinafre, uma torre de coisas que minha mãe ainda faz, de vez em quando, apesar de nunca mais ser vista na cozinha. Considero meu pai um homem inteligente e capaz, mas me pergunto como ele viveria se minha mãe realmente abandonasse todas as coisas que faz por nós.

Ele se senta comigo à mesa de jantar.

– Cadê sua eomma?

– Na sala de piano. Acho que ela vai dar uma aula – respondo.

– Como ela está? – meu pai pergunta, e começa a comer. Nas primeiras mastigadas, os cantos de sua boca se voltam para baixo. – Ela queimou o miyeokguk?

Se eu tinha medo de falar com minha mãe desde a morte de halmeoni, meu pai estava simplesmente apavorado. Mal interagia com ela desde que mamãe voltou da Coreia, respeitando seu tempo, evitando conversas sérias e fugindo de perguntas diretas. Não tenho sido muito melhor que isso, mas não existe uma responsabilidade diferente entre pessoas casadas? Não consigo imaginar que meu pai se sente tão incomodado quanto eu perto de minha mãe. Acho que ele acredita que espaço pode resolver tudo, mas, enquanto isso não acontece, ele me pede para ser a ponte entre eles. E é claro que não tenho sido muito eficiente nisso.

– Hoje é um dia bem difícil – digo. – Halmeoni teria feito aniversário. Mas ela está se esforçando.

Não sei por que não falo sobre as receitas que encontrei. Considerando que minha mãe as preparava com frequência suficiente para meu pai preferir McDonald's, em vez delas, tenho certeza de que ele reconheceria o assunto. Mas, quando me lembro de minha mãe falando sobre suas lembranças na cozinha, de seus ombros relaxados... sinto vontade de guardar isso só para mim.

Meu pai assente e joga na boca cubos de kkakdugi, ou kimchi de rabanete.

– Ela sempre se esforça. E você, também. Por isso me orgulho tanto. Por isso você é a oradora.

– Obrigada, appa – respondo, e me levanto para ir lavar os pratos.

Quando subo a escada para ir para o quarto, penso em ler o programa de Artes Culinárias e me preparar para o dia seguinte. Mas a ideia é tão exaustiva que acabo dormindo sem sequer tirar as coisas da mochila.

Capítulo 4

A aula de Artes Culinárias no dia seguinte é um absoluto show de horrores. Nem a leitura do programa teria diminuído minha falta de aptidão.

Chego na hora certa para a aula, mas as pessoas criaram um padrão no primeiro dia e estão sentadas nos mesmos lugares, o que me deixa sem alternativa, a não ser me sentar ao lado de Wesley Ruengsomboon de novo. Ficamos os dois em silêncio, olhando para a frente e fazendo questão de não olhar um para o outro.

Quando o sinal toca, o senhor Treviño ocupa seu lugar diante da turma e olha para nós com um sorriso acanhado.

– Esqueci de dizer isso ontem em sala, mas um de seus colegas de turma, que já está me mantendo mais alerta, me perguntou sobre isso hoje depois de ver o programa do curso on-line. Fazemos alguma coisa diferente no fim do semestre aqui em Artes Culinárias. Este cara aqui não vai aplicar prova teórica – ele conclui com uma risada alta. Tem alguma coisa estranhamente alegre nele, como se quisesse de fato estar aqui conosco. – O que fazemos, em vez disso, é escolher uma noite em que todos estejam livres, o que não deve ser tão difícil, com uma turma tão pequena, e organizar uma competição! Ao longo do semestre, todos devem apresentar três receitas originais de entrada, prato principal e sobremesa, e depois preparar essa refeição de três etapas durante a competição. – O senhor Treviño baixa a voz para um tom conspirador e movimenta as sobrancelhas. – O vencedor ganha um prêmio especial!

– Qual é o prêmio? – alguém pergunta.

– Por que essa é sempre a primeira pergunta? – responde o senhor Treviño, fingindo irritação. – Não conseguem se empolgar com a vitória só pela graça de vencer?

Sufoco uma risadinha. Wesley olha para mim pelo canto do olho.

– Em resposta à pergunta – diz o senhor Treviño –, o prêmio é um jogo de panelas novinho. Uma fonte confiável, o cara que dá esta aula há cinco anos, diz que acha que tem uma bela panela de ferro Le Creuset no meio disso, mas eu não disse nada.

Alguns alunos se endireitaram na cadeira. Acho que faz sentido que pessoas que cozinham de verdade se interessem por utensílios de cozinha. Eu me sinto uma farsa ainda maior nessa turma, porque não consigo imaginar que graça pode ter uma panela de ferro.

O senhor Treviño levanta as mãos de um jeito dramático e anuncia, eufórico:

– Mas esperem! Tem mais! – É evidente que ele está se divertindo muito. – Além de um jogo de panelas novo, o vencedor também leva algo de valor inestimável... uma forcinha na média final! Quem vencer a disputa culinária ganha meio ponto a mais na nota final, o que significa que pode ter uma soma maior que quatro, se tentar!

Meu coração dá um pulo, perde o passo. Depois dispara como um rolo compressor. Ninguém parece estar tão chocado quanto eu com essa notícia. Só eu entendo o que isso significa? Meio ponto adicional é equivalente a um curso com peso extra na média. Minha cabeça gira. Se eu conseguir um A nesta matéria e vencer a disputa, o resultado pode ser o mesmo de um curso de Física Avançada. Não vou ter de me preocupar com perder posições na classificação, não vou precisar nem contar ao meu pai sobre esta aula, e ainda garanto meu lindo, pungente e lacrimejante discurso de formatura! Tento me controlar. Tem muitos *se* nisso, e eu já estou bem atrasada em relação ao restante da turma.

Tento banir o pensamento assim que ele aparece na minha cabeça, mas a palpitação no peito persiste. Preciso pensar nisso de um jeito lógico. Até eu posso admitir que já é demais imaginar que vou ter nota máxima neste curso, então seria quase impossível superar os outros alunos na disputa. Mas uma parte irritante e arrogante de mim não consegue deixar de pensar que, se eu acreditar na minha capacidade e me esforçar muito, a recompensa virá naturalmente. Isso é uma falácia tipo sonho americano, provavelmente, mas talvez eu seja exatamente como meu pai e boba o bastante para acreditar nela. Até agora, nada me convenceu de que estou errada. E agora é como se eu tivesse seguido minha lógica por um ouroboros que me levou exatamente ao que eu tentava evitar: o brilho sedutor da esperança. Minha perna começou a se mexer para cima e para baixo, reflexo da ansiedade, mas não percebo até que, sem querer, bato na perna de Wesley.

– Desculpe – murmuro instintivamente.

– Está se mijando pela chance de uma notinha extra? – ele provoca.

Minha expressão deve ser bem transparente, e me pergunto o que ele vê nela. Alguma distorção de fervor obcecado por classificação, provavelmente, confirmando que sou o que ele pensa de mim: um monstro faminto por notas.

– Só estava imaginando sua reação quando eu ganhar – respondo.

Estou falando bobagem e sei disso. Mas que solução perfeita seria. Eu poderia manter o título de *oradora da turma*, ganharia uma nova e valiosa habilidade e provaria a Wesley que, às vezes, as pessoas no topo estão lá por alguma razão.

A voz do senhor Treviño interrompe meus pensamentos.

– Hoje é dia de mais um diagnóstico – ele avisa, empurrando um carrinho cheio de produtos alimentícios. – Temos aqui uma variada seleção de ingredientes. Alguns básicos da confeitaria, como farinha, sal e açúcar. Alguns itens de despensa: macarrão, grão-de-bico, tomate em lata. Muitos ingredientes divertidos. Durante a aula, quero que vocês façam alguma coisa. Pode ser qualquer coisa, literalmente, desde que esteja pronto no fim da aula. O resultado não me interessa, na verdade, embora o ideal seja criar algo comestível! Só quero ver todos vocês em seus processos, ver qual é o nível de habilidade de cada um em ação.

Ele nos deixa andar à vontade, apontando onde está um ou outro equipamento, se alguém pergunta. Um aluno quer saber se temos um liquidificador de imersão, que imagino seja um liquidificador para usar embaixo da água. As pessoas estão só tentando impressionar, não é? Não é possível que esses alunos tenham passado dez mil horas na cozinha assim, de um jeito casual. O senhor Treviño anda pela sala enquanto todo mundo pega ingredientes e se acomoda em uma das estações de trabalho em volta do espaço. Ele se aproxima de mim, e só então me dou conta de que estou ali parada, olhando para o que os outros estão fazendo, sem fazer nada.

– Procurando inspiração? – ele pergunta.

– Mais ou menos isso.

– Bom, você precisa começar por algum lugar.

Assinto. Ficamos os dois ali em pé. Ele espera eu me mexer. Não me mexo.

– Hoje, Eliza. – O senhor Treviño sorri.

– Na verdade, senhor Treviño, eu nem deveria estar aqui nesta aula. Não me inscrevi para ela. Sei que outras pessoas querem estar aqui, e acho ótimo para elas, mas só fui matriculada nesta turma porque era o que cabia no meu horário. Se tentar cozinhar, é possível que eu incendeie o prédio inteiro, o que seria bem perturbador, tenho certeza. E quem sabe quais são as cláusulas na apólice de seguro do colégio?

O senhor Treviño ri. Gosto que ele ri com o corpo todo, como um personagem de desenho animado.

– Eu falei sério quando disse que a aula era adequada a todos os níveis de habilidade. Aqui não tem espaço para medo ou fracasso. Pegue alguns ingredientes. Sabe cozinhar massa?

Assinto sem ser convincente, o que o faz rir ainda mais.

– Tente fazer o melhor que puder. Como eu disse, ainda não vou atribuir notas hoje.

Queria saber que parte de mim exala essa preocupação tão grande com notas, a ponto de ele sentir necessidade de insistir nisso. Talvez minha reação ao anúncio do reforço na média final tenha sido evidente para mais alguém além de Wesley. Inspirada pela orientação quase motivacional do senhor Treviño, pego uma embalagem de espaguete e a lata de tomate em cubos. Não sei como preparar molho para macarrão, se não for algo que já sai pronto da embalagem, mas, considerando que ninguém vai provar essa comida, acho que não corro o risco de provocar ânsia em alguém usando apenas uma lata de tomate.

Encontro um fogão e uma panela. A panela é pequena para cozinhar o espaguete, e metade dos fios cozinha antes de amolecer o suficiente para eu poder empurrar a outra metade para dentro das água. Quando puxo um fio para experimentar, metade está crocante, mas mastigável. Deve ser o suficiente, certo? As pessoas gostam de massa al dente, e só metade de cada fio está extra-al dente. É variação de textura. Escorro a água e visito outras três estações de trabalho, até encontrar um abridor de lata. Despejo o tomate em cubos sobre a massa e misturo. Parece bom, se ninguém se importar com os pedaços de tomate e olhar para o prato até perder o foco, mas não estou ansiosa pela hora do teste de sabor. De qualquer maneira, o senhor Treviño disse que o que interessava era o processo. Espero que ele tenha acompanhado o meu. De longe, de preferência, de onde não tenha visto meus erros.

Devo ter passado muito tempo parada olhando para os colegas no início do teste, porque, quando meu prato fica pronto (estou usando *prato* e *pronto* de um jeito generoso), a aula quase acabou e o senhor Treviño está andando pela sala, inspecionando os resultados finais. Só percebo porque, da minha estação, ouço quando ele diz:

– Uau! Impressionante!

Levanto a cabeça e, é claro, ele está parado na frente de Wesley Ruengsomboon, que exibe orgulhoso uma espécie de curry de grão-de-bico. Parece maravilhoso. Mesmo de onde estou, posso ver que ele se esforçou para empratar adequadamente e até usou um raminho verde para finalizar. Desde quando tem Iron Chefs no ensino médio?

– Onde aprendeu essa receita, Wesley? – pergunta o professor. – Não faço teste de sabor nos dias de diagnóstico, mas seu prato está me tentando a abrir uma exceção.

Wesley sorri. Eu o analiso, desesperada para encontrar defeitos, e fico irritada ao constatar que seu sorriso praticamente cintila.

– Quando eu era criança, encontrei uma receita de chana masala on-line, e a aperfeiçoei ao longo dos anos. Foi um pouco difícil executar esta receita aqui, porque não sabia que não teria garam masala. Tive de improvisar com cominho e coentro.

– Isso me lembra de uma coisa que comi certa vez no Grain and Garlic – o senhor Treviño comenta, pensativo.

– Ah, fala sério – resmungo pensativa.

Grain and Garlic é um dos restaurantes mais bem-sucedidos de Austin, o tipo de lugar onde você tem de pedir para ser avisado quando houver possibilidade de reservas. Nunca comi lá, porque meus pais não são de gastar com comida, e o menu degustação do Grain and Garlic custa mais de cem dólares por pessoa, mas todo mundo que mora na região do Highland Hills conhece a reputação do estabelecimento. Tenho quase certeza de que ele começou com um cara qualquer que ganhou uma dessas competições de culinária na TV.

Parei de prestar atenção ao restante da conversa, me recusando a ficar nervosa por causa do meu macarrão com molho de tomate em cubos. É claro, eu achava que alguns alunos cozinhavam havia anos, mas a confirmação dessa suspeita, em especial por Wesley, me deixou pouco à vontade. A esperança ingênua de vencer o campeonato de culinária e manter minha classificação parece cada vez mais absurda. E quanto é insano comparar a comida desse aluno do ensino médio com a de um chef da televisão?

Quando se aproxima de minha estação, o senhor Treviño olha para o meu macarrão e sorri para mim com simpatia.

– Olha só, Eliza! Isso já é alguma coisa.

– Alguma coisa incomível – concordo.

– Deixa essa parte comigo. Um semestre é muito tempo para aprender algo novo. Guardou a água em que cozinhou sua massa?

– O quê?

Alguém na sala reage com uma exclamação chocada, como se eu tivesse cometido um pecado imperdoável.

– Tudo bem – continua o senhor Treviño. – Vamos aprender sobre emulsificação mais tarde.

Meu cérebro de Campeonato de Ciências diz que sei exatamente o que é emulsificação. O cérebro de Artes Culinárias parece um cursor piscando em um documento do Word vazio.

Depois que o senhor Treviño passa pela estação, o aluno pode limpar tudo e está dispensado da aula. Ele segue em frente, e estou pronta para jogar a comida no lixo, quando alguém diz:

– Não quer levar isso para casa?

Levanto a cabeça e vejo Wesley segurando um Tupperware com seu curry de grão-de-bico. Ele já carrega a mochila nas costas.

Olho para o meu macarrão.

– Pensei que fosse dizer que está feliz por eu ter entendido qual é o lugar disso.

– Não precisa de mim para fazer sermão sobre desperdício de comida, não é? Ok, seu molho de tomate parece um vinagrete. Isso não significa que não pode ser aproveitado.

Devolvo o macarrão à estação.

– Acho que é impossível desperdiçar *lixo*. Isso é, por definição... lixo. – Falei a palavra "lixo" muitas vezes.

– Pega – ele diz, e me oferece o pote com o curry de grão-de-bico. – Vamos trocar.

– O quê?

Wesley vai buscar outro pote em um armário e o traz até minha bancada. Começa a transferir minha massa com vinagrete para o recipiente antes que eu possa protestar.

– Vou levar isto para casa. Você leva o meu.

– Quem disse que eu quero o seu? – É difícil parecer indignada depois de ele ter visto de perto meu fracasso culinário, mas estou fazendo um bom trabalho.

– Garanto que não vai odiar – Wesley responde. Tem uma confiança inconfundível em seu tom, e isso me faz querer apagar o sorriso daquele rosto. Mas sei que não tenho vantagem nenhuma aqui, então eu o deixo continuar.

– O que vai fazer com o meu prato? – pergunto. Resignada, levo os utensílios que usei a uma das pias, para lavá-los.

Ele me segue.

– Ainda não sei, mas não parece muito difícil de melhorar.

Eu o encaro, irritada.

– Por que não me deixa jogar isso fora?

– O lixo de um aluno é o tesouro de um aluno melhor, ou alguma coisa assim, é o que dizem. – Ele encolhe os ombros e desvia o olhar. – Espero que goste do curry, Eliza. Coma com arroz, qualquer tipo serve.

O jeito como ele oferece conselhos que não pedi, todos encharcados de condescendência, me incomoda. O que mais me irrita é que não sei que tipos de arroz existem, além do branco e do integral, mas sinto que não é disso que ele está falando. Wesley finalmente vai embora, me deixando com a louça para lavar e um pote cheio de comida insuportavelmente perfeita.

Capítulo 5

Quando chego em casa, meu estômago ronca, e percebo que o estou ignorando de propósito. Abro a geladeira, mas não encontro nada adequado lá dentro, e acabo entrando em um campeonato de encarada com o Tupperware de Wesley. Em parte, estou inegavelmente curiosa para descobrir se isso é tão bom quanto parecia na aula, perfeitamente empratado. A reação do senhor Treviño, ou pior, a confiança de Wesley, era justificada? Mas tenho também o desejo de jogar o curry fora por puro despeito. Só trouxe essa comida porque ele viu quando eu ia jogar a minha no lixo. Ele não poderia ver se eu fizesse a mesma coisa com a dele.

Meu estômago faz um barulho parecido com o de um triturador de lixo na pia da cozinha, e eu engulo o orgulho e tomo a decisão.

Lavo um pouco de arroz branco e o levo para cozinhar na panela elétrica, que é o melhor que consigo fazer na cozinha sem ajuda. Por que espaguete é tão comprido, aliás? Arroz sempre cabe na panela.

Enquanto espero o arroz cozinhar, começo o dever de casa. Não tem muita coisa para fazer, já que hoje é só o segundo dia, mas o aluno que está com minha mãe garante uma boa trilha sonora. Quando o arroz fica pronto, esquento o prato de Wesley no micro-ondas. Ao pegar a comida, o cheiro é tão bom que meu estômago se contrai um pouquinho.

A primeira coisa em que penso quando experimento a comida é que desprezo Wesley Ruengsomboon. Eu o desprezo por criar algo tão delicioso, por usar tão plenamente seus talentos e me dar essa refeição em troca daquele triste macarrão com molho com cara de vinagrete. O curry de grão-de-bico tem a medida certa de temperos, e é impossível isolar os sabores individuais, que se integram com perfeição. Nunca me considerei uma grande apreciadora de grão-de-bico, mas este prato seria capaz de converter qualquer um. Quando minha mãe termina a aula, minha louça está limpa.

– Que cheiro é esse? – ela pergunta ao entrar e me ver.

– Curry de grão-de-bico.

– De onde?

Hesito, sem saber como explicar a situação. Não contei aos meus pais sobre a aula de Artes Culinárias, o que é ridículo, porque um horário de aulas não é um assunto confidencial. Mas não posso contar para minha mãe e correr o risco de ela contar para o meu pai.

– Um amigo me deu. – "Tecnicamente, não é um amigo", penso, mas também não vou falar para minha mãe que aceitei comida de um estranho. Ou pior, de um inimigo.

A situação toda me faz pensar. Por que Wesley me deu esse prato? Apesar de ele saber qual é minha classificação, não nos conhecemos de verdade, e há muitos alunos na turma que prepararam coisas comestíveis e até gostosas, tenho certeza. Ele estava tentando me intimidar, me mostrar que não preciso nem me esforçar para tentar derrotá-lo no fim do semestre? Uma espécie de cavalo de Troia: *pega aqui esta comida deliciosa e um lembrete de que você nunca vai me alcançar!*

Tenho uma ideia.

O que pode ser melhor para desenvolver minhas habilidades e, mais importante, vencer Wesley Ruengsomboon do que ter aulas com minha mãe, que anotou as receitas de seus pratos coreanos mais personalizados? Não conheço cozinheira melhor que minha mãe. Por mais que Wesley tenha dado um sabor impressionante ao grão-de-bico, sei que minha mãe pode fazer melhor. Ela pode me ensinar, e o prêmio, a classificação e os direitos de me exibir orgulhosa cairiam no meu colo. Preciso me acalmar, ou vou começar a torcer a ponta do bigode.

Mas é tudo perfeito demais. Mais perfeito até que o curry de Wesley.

– Eomma, sabe aquelas receitas da halmeoni?

– Hum – ela responde.

– Estava pensando que talvez pudesse me ensinar a prepará-las. – A insegurança em minha voz dá à frase uma entonação de pergunta. Acho que é uma pergunta. Não sei mais quanto posso envolver minha mãe em uma conversa antes de ela desaparecer de novo, então é como se cada afirmação precisasse de autorização.

A voz dela também é cautelosa.

– Por quê?

Porque quero derrotar Wesley Ruengsomboon.

Porque quero garantir minha classificação.

Porque quero que você me veja no palco na formatura.

– Você sente muito a falta da halmeoni – digo, em vez de todas essas alternativas. – Aprender as receitas talvez me ajude a sentir a falta dela também. – Eu me assusto com o que digo. Estou falando a verdade? É alguma coisa em que acredito inconscientemente, ou Highland Hills me ensinou a ser tão mentirosa que nem eu mais consigo perceber a diferença?

Para ser honesta, acho que nunca me interessei por saber mais sobre minha halmeoni. E com certeza nunca quis me dedicar à cozinha voluntariamente.

Mesmo assim, ainda que minhas ações sejam só uma reação a toda essa confusão com o horário de aulas, talvez essa não tenha de ser a única razão. Ou, na melhor das hipóteses, minha mãe pode acreditar que não é.

Ela olha para mim, e seus olhos se iluminam. Ganham vida. Quando foi a última vez que a vi desse jeito?

Eu me pego pensando no dia anterior ao meu aniversário de dezessete anos.

Não me lembro de quando a tradição começou, mas é uma das coisas que a gente sente que sempre esteve ali, um marco do relacionamento com minha mãe. O pensamento incomoda, me faz lembrar que a versão atual de minha mãe não é quem ela foi um dia.

Todos os anos, quando meu aniversário chega, no fim de abril, o prolongado inverno de Austin finalmente se rende ao calor repentino de uma primavera no Texas. O clima no Texas é imprevisível, mas esse é um padrão que posso esperar sempre, sem falha. Sempre sei que meu aniversário se aproxima porque a temperatura sobe de repente como se tentasse comemorar comigo.

Um dia antes de 27 de abril, minha mãe me diz:

– Sabe do que esse tempo me dá vontade?

Podemos estar sentadas no sofá, assistindo a uma daquelas séries coreanas para as quais ela diz que não liga mas vê quase todos os dias. Ou voltando de carro para casa depois de uma visita ao HomeGoods, onde não compramos nada, depois de uma tarde inteira inspecionando embalagens de óleo de avocado e mel de manuka. Não importa onde estamos ou o que estamos fazendo, quando ela faz essa pergunta, só tem uma resposta correta.

– Gaja. – *Vamos lá.*

O bingsu de que mais gostamos é servido em um lugar pequeno, espremido entre uma papelaria japonesa e uma churrascaria coreana superestimada. Bingsu é uma raspadinha de leite congelado coberta com uma variedade de frutas, bolos de arroz ou caldas. Sempre peço com morango, mas minha mãe prefere o tradicional, que inclui pasta doce de feijão-vermelho, conhecida como pat, e injeolmi, bolos de arroz cobertos com um fino pó dourado feito de soja torrada e triturada.

Quando o bingsu fica pronto, ela leva a bandeja para a mesa e canta "Parabéns a você" em coreano bem baixinho, só para nós duas ouvirmos.

– Não é meu aniversário – falei na primeira vez que ela fez isso.

– Não posso impedir que passe o dia do seu aniversário com seus amigos. Seria muito egoísmo. Mas o dia anterior pode ser nosso.

Sempre agimos como se esse bingsu fosse melhor que o último, esvaziando a tigela e lambendo a colher como gatos esganados. Dizemos coisas como "devem ter mudado o chef!", ou "o gelo está bem saboroso!", sabendo muito bem que nossa aprovação é diretamente proporcional à quantidade de leite condensado na mistura. A ideia de alternar entre morango e injeolmi a cada ano foi minha, mas normalmente não conseguimos lembrar o que escolhemos na última vez, e minha mãe insiste em dizer que foi injeolmi e por isso dessa vez devemos pedir morango.

Abril era uma versão mais relaxada da minha mãe, e é nesse momento que consigo ver claramente que ela se tornou uma casca. Ela não tinha essa tristeza constante pesando sobre os ombros, e sua filha não sabia que o tempo para conhecer a avó estava acabando. Penso se teria agido diferente se as coisas fossem menos repentinas. Eu teria me esforçado um pouco mais para conversar com halmeoni nas viagens à Coreia? Teria pedido para ela me contar histórias sobre a infância da minha mãe?

Um arrepio feio de vergonha começa no meu estômago. Não sei se isso teria feito alguma diferença. Minha indiferença era tão antiga, tão enraizada, que é difícil me imaginar sem ela.

Mas agora, com seus olhos um pouco mais brilhantes que antes, vejo um lampejo da minha mãe de abril enquanto ela examina as receitas manuscritas da halmeoni.

– Seria divertido ensinar você a cozinhar. Quando tinha a sua idade, eu já sabia fazer comida para mim e seu samchon. – Ela usa a palavra para se referir ao meu tio, seu irmão mais novo.

Tento entender o que aconteceu entre a geração dela e a minha para eu chegar até aqui sem saber o que fazer na cozinha. Meus pais eram poucos anos mais velhos que eu quando decidiram sair da Coreia do Sul e emigrar para a América do Norte, sem conhecer o idioma ou um único vizinho. É humilhante pensar que eles tomaram a decisão mais transformadora da vida deles com a mesma idade em que eu não consigo nem escrever uma declaração pessoal. Tenho a sensação de que meus pais cresceram muito mais depressa que eu. Lembro-me de como Wesley é perturbadoramente competente na cozinha, apesar de ter a mesma idade que eu, e penso que eu talvez esteja usando diferenças entre gerações como desculpa, quando o problema está dentro de mim.

Minha mãe olha para o relógio do micro-ondas.

– Não pode ser hoje, ainda tenho de dar uma aula. – Ela pega o celular e consulta a agenda. Meu coração fica um pouco apertado. Minha mãe deveria ter marcado o primeiro dia do meu último ano semanas atrás, mas tudo que vejo são os blocos coloridos que representam cada aula de piano já marcada. Ela passa para a semana seguinte. – Pode ser às terças, antes da minha aula das sete e meia da noite. Acha que funciona?

Não preciso verificar nada. Sei que estarei disponível.

Capítulo 6

Na hora do almoço, Kareena, Meredith e eu gostamos de comer na sala da nossa professora de espanhol. A *señora* Molina deixa a porta destrancada para nós, para termos todo o espaço e privacidade. Enquanto isso, ela passa o intervalo do outro lado do corredor com madame Granger, que leciona francês.

A rotina é simples. Meredith abre uma playlist no computador da *señora* Molina. Adiantamos a lição de casa. Almoçamos. É uma fórmula perfeita desde o primeiro ano.

– Que hora marcamos o piquenique sábado? – pergunto.

– Que tal na hora do almoço? – sugere Kareena. – Vi a previsão do tempo, e não deve ficar muito quente até umas três da tarde.

– Acho ótimo – diz Meredith. – A loja de boba[1] vai sentir nossa falta.

Normalmente passamos pelo menos uma tarde do fim de semana na nossa loja favorita de boba. Temos até uma mesa preferencial no canto do salão, a que tem mais luz natural e muitas tomadas, que usamos enquanto fazemos a lição de casa juntas.

– Ela não vai falir sem a nossa presença em um fim de semana – comento.

Nesse momento, alguém bate na porta aberta da sala.

---

[1] Boba pode se referir a chá de bolhas, uma bebida taiwanesa, ou a uma mistura de chá ou suco com leite, calda de frutas, gelo e pequenas bolinhas de tapioca. (N.R.)

Todas nós olhamos e vemos Jess Archibald parada na entrada. Como sempre, ela está vestida com uma roupa que parece ter sido tirada de um manequim de vitrine e segura uma pasta contra o peito.

Há três coisas importantes para saber sobre Jess Archibald. A primeira é que, embora todos os moradores do distrito de Highland Hills tenham um bom dinheiro, os Archibalds *têm dinheiro.* Jess contratou uma pop star do Disney Channel para se apresentar em sua festa de dezesseis anos e convidou a classe inteira. Kareena, Meredith e eu fomos só para assistir ao espetáculo completo, e os Archibalds não decepcionaram.

A segunda coisa para saber sobre Jess, mais importante que a primeira, é que Jess é a candidata mais provável ao meu posto de oradora da turma, se eu perder uma matéria com peso extra. Tecnicamente, Highland Hills só divulga a classificação do aluno ao próprio aluno, de forma que essa é uma informação privada, mas as pessoas falam e os boatos circulam, especialmente em um colégio tão competitivo quanto esse. Minhas amigas e eu não interagimos de fato com Jess, por isso não posso confirmar essa informação diretamente, mas já ouvi muita gente dizer que Jess Archibald ocupa o terceiro lugar na classificação.

A terceira coisa é que Jess Archibald é mentirosa e traiçoeira, mas essa é outra história.

– Oi – Jess cumprimenta da porta, sem entrar na sala.

Ela deve ter a sensação de que a sala de aula de espanhol é nosso território, e está certa. Também tenho quase certeza de que Jess cursa francês, o que me deixa ainda mais confusa sobre o motivo de ela estar ali. Olho para minhas amigas para ver se estão tão perplexas quanto eu.

Kareena não me encara. Na verdade, ela olha para Jess e sorri.

– Oi, Jess.

Que porra é essa?

– Será que é uma boa hora para a gente fazer a lição de química? – Jess pergunta.

Kareena se levanta e pega a pasta de química na mochila.

– Sim, vamos sentar no corredor. – Ela sai da sala e Jess a segue. Kareena não olha para mim.

Olho para Meredith com uma mistura de confusão e contrariedade.

– Desde quando Kareena conversa com Jess?

Meredith encolhe os ombros.

– Ela se sentou ao nosso lado no primeiro dia da aula de Química, e as duas conversam de vez em quando. Acho que foram voluntárias no mesmo hospital no verão.

– É claro que ela se sentou perto de vocês. – Desisto da barra de granola. De repente perdi o interesse em comer.

– Sei com que está preocupada – diz Meredith, e revira os olhos. – Jess não vai te ultrapassar.

A imagem de Jess fazendo o discurso de formatura invade minha cabeça. Ela em cima do palco, usando um vestido de grife e agradecendo aos pais, que deram dinheiro suficiente ao colégio para mudar o nome dele, se quisessem.

– Mas pode – respondo, tomando cuidado para manter o tom neutro. – Principalmente se continuar confirmando respostas com a Kareena. As respostas dela nunca estão erradas.

É nesse dia que Artes Culinárias fica ainda pior, de certa forma.

No início do oitavo período, o senhor Treviño faz um anúncio que me obriga a pensar em abandonar o curso e tentar Orquestra. O violoncelo está me chamando, definitivamente.

– Muito bem, sei que ontem eu disse que diagnóstico era só isso e não valia nota. Mas não é bem assim, não necessariamente.

Sinto que estou prestes a ter um ataque cardíaco.

O senhor Treviño me encara e sorri como se quisesse me acalmar.

– A atividade de ontem não valeu nota, mas me ajudou a entender qual é o nível de conforto de cada um na cozinha. Cozinhar e comer são duas maneiras maravilhosas de se conectar com outras pessoas e aprender com elas. E minha filosofia de ensino também pressupõe que vocês aprendam uns com os outros tanto quanto aprendem comigo.

As palavras dele eram a introdução de um projeto em grupo, eu sabia, e isso fez meu sangue gelar.

O professor continua:

– Na aula de hoje, distribuí vocês em duplas. Se olharem a página da matéria on-line, verão que postei um novo informativo com uma lista de pratos. Quero que cada dupla trabalhe essa lista ao longo do semestre, assim garantimos que vão praticar fora do horário de aula. Algumas seleções são complexas, e outras exigem alguma técnica difícil. Mas não se preocupem, a nota não vai ser sobre o resultado dos pratos! Em vez disso, quero que tirem uma selfie com os pratos e postem essas fotos na pasta que abri para essa matéria. Esse vai ser nosso método de avaliação, um jeito de ver o que vocês fizeram e garantir que os dois membros da dupla estejam presentes e envolvidos. A nota não vai ser dada aos pratos por seu sabor ou aparência, mas ao que vocês aprenderam. Cada aluno vai redigir uma reflexão sobre como progrediu como chef ao aprender novas técnicas culinárias com um colega. O prazo para entregar esse trabalho normalmente se encerra no Halloween, mas fiquem à vontade para entregar antes, se terminarem.

Tem uma coisa sobre amar a escola e ser um nerd convicto: os projetos em grupo são os piores. É sempre você que carrega o peso, enquanto todo mundo se beneficia da nota que você conquistou sozinho. Pelo menos, é assim que costuma ser comigo. De repente, estou nervosa por ser o outro lado da equação, a que vai atrasar o parceiro, uma preocupação que nunca tive na vida. A realidade dessa matéria é que não sei se existe na turma alguém com quem o professor possa me associar e que não seja muito melhor que eu.

O senhor Treviño acrescenta:

– Tentei dar a cada dupla um equilíbrio de habilidades. Tem a ver com ensinar ao outro e também aprender com ele. O que não vai acontecer se as duas pessoas souberem as mesmas coisas, não é?

Ai, Deus. Ah, não. Congelo na cadeira e sinto um gosto ácido na boca.

– A cozinha de Artes Culinárias vai ficar aberta depois das aulas até às seis da tarde nos dias úteis para as duplas que precisarem de um espaço compartilhado. Além disso, se quiserem praticar mais, usar a cozinha como espaço para estudo ou fazer um lanchinho à tarde, fiquem à vontade. Mas o zelador virá fechar a cozinha às seis, então terminem tudo e limpem a área antes disso. Não vamos complicar a vida dele, certo? Agora, as duplas...

Não preciso ouvir o anúncio do senhor Treviño para saber com quem vou ter de trabalhar nos próximos meses.

Quando ele diz meu nome seguido pelo de Wesley Ruengsomboon, nós nos encaramos por um instante, depois desviamos o olhar. A expressão dele é tão contrariada quanto a minha. O ácido volta a queimar minha garganta.

Depois disso, o senhor Treviño tem a ousadia de começar a falar sobre o que considero um conteúdo mais "acadêmico", como se não tivesse acabado de nos condenar ao semestre mais torturante de todos. Toda a boa vontade que ele despertou em mim na primeira semana se dissipou instantaneamente.

Faço um esforço para anotar tudo, tentando encontrar conforto na sensação de normalidade e tirar proveito de poder fazer alguma coisa que não seja trabalhar com meu parceiro designado. Há novos termos, novas estruturas para aprender, e, apesar de alguns colegas parecerem entediados, sinto certo alívio. Esse é o tipo de conteúdo que posso aprender sozinha, se me esforçar. Posso ler um capítulo de um livro didático, fazer apontamentos, guardar informações na cabeça pelo tempo suficiente para responder corretamente a um questionário. A prática, os resultados insuficientes, apesar do esforço, é aí que me perco.

Quando o sinal toca, Wesley não se mexe para recolher seu material. Os outros saem apressados, mas ele continua sentado.

– Imagino que queira falar sobre o projeto em dupla – resmungo, enquanto tiro da mochila o Tupperware vazio e lavado. Vou guardá-lo no lugar certo no armário. – Olha só, também não estou animada com essa ideia de trabalhar com você.

Ele revira os olhos.

– Quanto mais cedo terminarmos as receitas, mais depressa podemos nos livrar um do outro. Que dias você tem livres?

– Como assim?

– Você não é presidente de um desses clubes do colégio? Vai ter de dar uma apertada na agenda, se a gente quiser trabalhar na cozinha depois das aulas.

– Tenho de ir para a reunião do Campeonato de Ciências agora – aviso, olhando o relógio na tela do celular. – Neste ano sou cocapitã.

Ele me faz o favor de não falar nada, mas posso praticamente ouvir o revirar de olhos.

– Sexta-feira – sugiro, fechando o zíper da mochila antes de pendurá-la no ombro. – Estou livre às sextas depois da aula. Tenho de ir.

– Não vai falar nada sobre o meu curry? Vou ter de perguntar? – diz Wesley.

Sufoco uma risadinha. Eu deveria estar saindo, mas alguma coisa me mantém ali.

– Quando as pessoas procuram ouvir elogios, normalmente são menos transparentes que isso.

– Se quiser ouvir alguma coisa sobre o seu prato, não sei bem o que vai ser – ele responde.

Aperto os olhos.

– Vai ter de esperar até sexta-feira.

E saio, o que faz dele a última pessoa na cozinha de Artes Culinárias. Sigo para a reunião do Campeonato de Ciências, e deveria estar pensando em estratégias para chegar ao estadual este ano. Mas na verdade estou pensando sobre como acabei de prometer minhas tardes de sexta-feira para alguém que me irrita mais que Jess Archibald.

Quando a sexta-feira chega, mal consigo fazer as anotações sobre a introdução ao capítulo de intoxicações alimentares, porque estou muito nervosa com a ideia de cozinhar com Wesley depois da aula. Ele não falou comigo desde quarta-feira, apesar de nos sentarmos a mais ou menos quinze centímetros de distância durante as aulas. Não me deu nenhuma indicação sobre que prato vamos preparar primeiro.

Olhei a lista ontem à noite. Mantive o documento aberto por dois segundos, antes de sentir vontade de fechá-lo. A maior parte das palavras ali nem era em inglês; não de verdade, pelo menos. Palavras como roux, béchamel, au gratin, isso tudo em um só prato! A única coisa mais direta era molho de tomate, mas a lembrança do meu molho com cara de vinagrete fez minhas bochechas esquentarem. Por que tenho a sensação de que o senhor Treviño acrescentou o molho à lista só por minha causa?

Cada prato tem técnicas culinárias indicadas entre parênteses, coisas que ele quer que pratiquemos. Molho de tomate tem *moer, picar, sauté* – e conheço todas elas por definição, embora não me sentisse confiante o bastante para colocá-las em prática. Mas as outras coisas na lista eram um mistério. Até algo tão simples como cookies com gotas de chocolate tinha *dourar manteiga* entre parênteses. Como se elimina toda a diversão de fazer cookies acrescentando coisas desse tipo?

Pelo menos a lista é curta. Tem só cinco pratos. Então, se Wesley e eu nos encontrarmos todas as semanas, podemos terminar as receitas bem antes do prazo de Halloween.

O sinal toca anunciando o fim da aula, e em minutos restamos apenas eu e Wesley na cozinha de Artes Culinárias.

– Esta é a primeira vez que ninguém mais fica aqui – ele comenta. – Acho que todo mundo quer a sexta-feira livre.

– Ah, desculpa – respondo. – Nem perguntei se você... é que a sexta é o único dia em que não tenho alguma coisa.

– Tudo bem.

– Sexta-feira funciona para você? – A pergunta é inútil a esta altura, já que na segunda-feira tenho Conselho Estudantil; na terça, Sociedade de Premiação; na quarta, Campeonato de Ciências; e na quinta-feira, Key Club. Tecnicamente, acho que poderia faltar a algumas reuniões da Sociedade de Premiação, se fosse necessário, já que não sou do comitê. Kareena é presidente da Sociedade de Premiação, ela entenderia. De repente penso em uma coisa que me obriga a recuar. – Espera aí, você fica na escola depois das aulas todos os dias?

Ele encolhe os ombros e evita o contato visual. Parece quase acanhado.

– Está realmente tentando se destacar, não é? – pergunto.

Ele se vira e me encara, e seus olhos são frios.

– Algumas pessoas pensam que cozinhar é mais que uma ferramenta para tirar uma nota máxima. Sei que para você é difícil entender.

Endireito as costas e alinho os ombros.

– Ninguém disse que essas coisas são mutuamente exclusivas. Mas, se quiser seus finais de semana de volta, talvez eu consiga encontrar um espaço na terça-feira...

– Pode ser na sexta – ele diz. E é ríspido.

– Não quer começar seu fim de semana?

– Não.

Outras perguntas ocupam o espaço entre nós, mas não tenho a coragem necessária para perguntar, e tenho certeza de que ele não ia querer responder.

– Tudo bem, então. Por qual receita vamos começar? – Faço um esforço para manter um tom natural e diplomático que espero que dissipe toda a tensão que começou a se formar.

Funciona, em parte. Sua expressão é um palimpsesto de antigos sorrisos arrogantes.

– Acho que já é hora de você aprender a fazer um molho de tomate.

– Acha que ele acrescentou isso à lista por minha causa?

Wesley levanta as sobrancelhas.

– Quer que eu responda com honestidade?

Suspiro.

– Deixa para lá. Nem todo mundo é capaz de fazer um curry incrível no primeiro dia.

Ele ameaça um sorriso.

– Incrível, é?

– Não me obrigue a repetir.

– Então, ela não sabe cozinhar, mas tem paladar – ele diz, e assente. Depois sorri para mim, e, embora seja irritante, acho que prefiro o sorriso à cara fechada. – Muito bem, oradora da turma. Vamos ver como você corta uma cebola.

– É claro. – Pego uma cebola da despensa e a levo para minha estação de trabalho. Não vou dizer isso em voz alta, é claro, mas nunca cortei uma cebola na vida. Também não digo que não sabia que precisava de cebola para fazer um molho de tomate. O nome é molho de tomate, não molho de tomate com cebola. – E aí, tiro a casca primeiro? – pergunto, deslizando o dedo pela película escura. É muito fina, eu poderia cortar através dela com facilidade.

– Você não está me perguntando se precisa descascar uma cebola...

– Isso não é resposta.

– Eliza. Diz que você não está falando a sério.

Arranco a casca de qualquer jeito, removendo também uma camada do que acredito ser a cebola de verdade, antes de começar a cortar. Mas, à medida que vou cortando, as camadas começam a se separar; as de cima deslizam sobre as de baixo, e meus dedos ficam pegajosos com o que só posso presumir ser sumo de cebola.

– Mantenha as camadas juntas – Wesley exige.

– Estou tentando – respondo, irritada.

Mas as camadas continuam escorregando, e minha faca não corta tão reto quanto acho que deveria. Os pedaços que produzo variam em tamanho, vão de borracha de lápis a peça de dominó. Picada grosseiramente, alguns diriam.

– Meu Deus, como pode ser tão sem noção? – As palavras de Wesley são mais cruéis que seu tom.

– Eu não... você é... ah – resmungo. Minha voz se torna um suspiro. – Ah, não.

Ardendo. Meus olhos estão ardendo.

Acontece de repente, meus olhos se enchem de lágrimas que não permiti que surgissem. É como se as córneas reagissem ao inseticida mais nocivo do mundo. Pisco várias vezes, mas o ardor persiste, implacável.

– Ai, merda – diz Wesley. – Desculpa. Não queria magoar você desse jeito.

– É a cebola, seu... seu *pateta*.

– *Pateta*? – ele repete, mas está dando risada.

Reconheço, não passo muito tempo ofendendo as pessoas em voz alta. Não tinha nada pronto.

Mesmo assim, continuo:

– Como se eu fosse chorar por sua causa!

A intensidade das palavras é sabotada por meus olhos, que não param de lacrimejar. Faço uma nota mental para me lembrar de pesquisar o que na cebola irrita tanto as glândulas lacrimais, porque essa seria uma boa pergunta para o Campeonato de Ciências. Mas por enquanto só consigo piscar e fungar.

– Eliza, por que está fazendo esse curso?

Olho para ele sem enxergar direito, incapaz de decifrar se está rindo ou se está frustrado.

– Como assim?

– Não é uma matéria avançada. Você não tem interesse nenhum por cozinha, isso é óbvio, nem tem a menor chance de ganhar a disputa final. Por que cursar Artes Culinárias?

Finalmente meus olhos começam a se acalmar e as lágrimas cessam.

– Wesley, não sei o que tem em mim que faz você pensar que me conhece tão bem, mas...

– Fala sério, você é um estereótipo ambulante – ele me interrompe, e me surpreendo com o tom venenoso. – Não preciso nem conversar com você para saber quais são suas prioridades. Nota máxima? Ganhar a disputa para reforçar sua média final já quase perfeita? Correr atrás de aprovação adiantada para Harvard?

"MIT, na verdade", quase respondo. Mas só consigo ficar quieta.

– Cozinhar não é uma coisa para a qual você possa simplesmente estudar para ser competente – ele continua. – É um pouco de intuição e muita prática.

A condescendência dele é nauseante. Não acredito que esse zé-ninguém que nunca deve ter feito uma matéria com peso extra na vida está me dando um sermão.

Mas odiar meu parceiro de projeto em dupla não vai colaborar com a minha nota. Portanto, engulo o orgulho. Ele desce pela garganta como uma coleção de facas.

– Bem, que bom que você forma dupla comigo, então – respondo sem me alterar.

Ele me encara, e, apesar de eu ainda estar aprendendo a ler suas reações, tenho a impressão de que está surpreso por eu não ter me alterado. Considero essa interação uma vitória na batalha que, eu sei, pode estar acontecendo apenas na minha cabeça. Wesley ri, mas a risada é praticamente um sopro.

– Escuta – digo. – Se tem alguma coisa em que sou boa, é levar um projeto a sério. Então vou te encontrar aqui toda sexta-feira. E toda sexta-feira vamos trabalhar em uma das receitas do senhor Treviño, e, se as sextas não forem suficientes, eu ocupo seus sábados também. E até seus domingos. Depois vou escrever a reflexão mais incrível sobre o que você me ensinou, nem que eu tenha de morrer e que o senhor Treviño chore ao ler meu texto. E então, no fim do semestre, vou apresentar meus três pratos maravilhosos, ganhar a disputa, e você vai se sentir humilhado por ter duvidado de mim. Acha que é um bom plano?

Dessa vez, quando Wesley ri, o som é mais que um sopro. A gargalhada enche a cozinha vazia e ecoa nos utensílios de aço inox. Ele finge enxugar uma lágrima, e me pergunto se isso é uma resposta ao meu fiasco com a cebola. Finalmente ele para de rir, olha nos meus olhos e diz:

– Ai, meu Deus. Vou adorar ver você tentar.

Capítulo 7

Exatamente dez minutos antes de bater meio-dia, Kareena chega em seu Volkswagen azul-marinho. Meredith já está sentada no banco do passageiro, e eu me acomodo no banco de trás com minha ecobag cheia de pratos descartáveis, talheres de plástico e um Tupperware.

Quando chegamos ao Zilker Park, já tem dezenas de cobertores de piquenique no chão. Ninguém vê tantos golden retrievers na vida até visitar uma área verde em Austin. Kareena tira de sua ecobag o mesmo cobertor dourado-claro que usamos desde os piqueniques do ensino fundamental e o estende sobre a grama. A família dela o comprou na Índia antes de Kareena nascer, por isso as cores estão desbotadas e tem um buraco no canto esquerdo superior, único motivo para a mãe dela nos deixar usá-lo ao ar livre.

– Muito bem, meninas, animem-se – sugiro, e pego o Tupperware da bolsa. Tiro a tampa e revelo fileiras de Bagel Bites perfeitos. – Parecem ótimos, não?

– Eliza, um pouquinho de empenho seria legal – diz Meredith, enquanto pega um pacote de chips de tortilla e um recipiente de queso com o logo do Torchy's gravado em toda a circunferência da embalagem. Todas nós estamos de acordo, é possível encontrar tacos melhores que os do Torchy's em praticamente todas as ruas de Austin, mas eles fazem um queso tex-mex perfeito.

– É brincadeira? – Kareena protesta. – Eu sou a única que fez alguma coisa?

Kareena revela três fatias do que imagino ser um cheesecake, mas é cor de laranja e tem furinhos na superfície. Tem uma porção de chantilly ao lado de cada fatia.

– Nunca pensei que fosse viver para ver o dia em que Eliza traria a melhor comida ao piquenique – Meredith resmunga. – Kareena, isso é torta de abóbora? Em agosto?

– O chantilly está derretendo – acrescento, prestativa.

Kareena revira os olhos e empurra o cabelo preto e grosso para trás dos ombros.

– É cheesecake de manga! Tentei ser criativa, e nenhuma de vocês nem se esforçou para tentar acompanhar minha energia. E, sim, talvez não tenha assado direito, ou sei lá, talvez eu não tenha batido o chantilly pelo tempo certo, mas ainda assim é gostoso!

– Cozinhar é difícil, não é? – digo com um tom pretensioso, quebrando uma tortilla e jogando um pedaço na boca.

– Garota, eu sei cortar cebola – Kareena responde.

É claro que mantenho minhas amigas informadas sobre todos os detalhes e todas as interações em minha vida pelo nosso grupo de mensagens, que muda de nome a cada semana. No momento o nome dele é "vacinadas contra a preguiça de formando", mas só porque mudei novamente assim que Meredith escolheu "duas nerds e uma chorona", depois de ouvir minha história sobre a cebola.

Talvez eu nem precise dizer, mas Wesley e eu não terminamos o molho de tomate na sexta-feira. Condescendente, ele me mostrou como cortar uma cebola e exigiu que eu imitasse seus passos até cortarmos três cebolas inteiras e uma cabeça de alho. Foi tão desmoralizante e paternalista que pensei seriamente em jogar um punhado de cebola em seus olhos só para tirá-lo de perto de mim. Quando Wesley disse que o zelador chegaria logo, a gola da minha blusa estava molhada de lágrimas provocadas pelas cebolas. Acordei hoje de manhã com os dedos ainda cheirando a alho. Quantas semanas vai demorar para eu conseguir fazer molho de tomate? Essa é a pergunta que faço a mim mesma, e também foi o nome que Kareena deu ao nosso grupo de mensagens antes de Meredith contribuir me chamando de chorona.

Kareena continua:

– Metade do preparo é refogar cebola e alho.

"Bem, na verdade é um pouco de intuição e muita prática", quero dizer, mas me contenho ao lembrar onde ouvi essa frase. Não estou acostumada a citar pessoas que não sejam Kareena e Meredith. Essa sensação é inquietante.

– Não acredito que tenha de trabalhar com aquele cara – Meredith diz. – Parece um projeto em grupo do inferno.

Suspiro.

– Não acredito que meu último ano está sendo arruinado por um aluno medíocre cuja definição de "avançado" é um estágio de cozimento.

Meredith ri e morde uma tortilla.

– Falando em estágio de cozimento – Kareena ironiza –, nossa menininha está *aprendendo*.

– Ele fala comigo como se fosse mais inteligente que eu. É irritante. – Seguro um Bagel Bites com tanta força que quase o esmago. – Tipo, vai aprender sua tabuada, ou seja lá o que faz nas outras matérias, e para de fungar no meu cangote!

Kareena ri.

– Meu Deus, Eliza, não sei se já vi você desse jeito antes. Ele incomoda mesmo, não é?

Meredith ergue as sobrancelhas.

– Você não está na nossa turma de química, mas será que isso é... *química*?

– Prefiro beber alvejante – respondo com um tom duro. – Aliás, falando em química, acho que esperei respeitosamente o tempo necessário, antes de tocar nesse assunto. – Mudo de posição para ficar de frente para Kareena e tento banir a expressão crítica do meu rosto, porque a última coisa que quero é que nosso piquenique se transforme em uma discussão incômoda. – Devo estar perdendo alguma coisa, porque não sabia que éramos amigas de Jess Archibald. Desde quando? – Uso o verbo no plural de propósito, para lembrá-la de onde deveria estar sua lealdade.

Kareena baixa a cabeça imediatamente, olha para os Bagel Bites. Jesus, é pior do que eu pensava. Ela parece culpada. Como tanta coisa pode ter acontecido só nesta primeira semana?

– Kareena? – insisto.

Meredith cutuca meu joelho com o dela.

– Dá um tempo! Que droga. É um piquenique, entendeu, não um interrogatório.

– Demorar para responder dá a impressão de que você está tentando inventar uma história – digo. – Se vocês são amigas da Jess, vocês são amigas da Jess. Só quero saber por quê. E por que agora? Ela pode tirar meu posto de oradora da turma tranquilamente no fim do semestre. O momento é...

Kareena suspira.

– De verdade, vou falar uma coisa com todo o meu amor, mas nem tudo tem a ver com você, ok?

– Eu sei. Desculpa. Só estou ansiosa. Acho que Artes Culinárias vai ser a nota mais baixa de toda a minha vida, e a senhora Porter me pediu a declaração pessoal no começo da semana, e tenho a sensação de que não estou onde deveria estar nisso tudo.

Kareena pega um Bagel Bites e sente o peso na palma da mão.

– Meu pai vai me levar para a Filadélfia daqui a algumas semanas para visitar a Universidade da Pensilvânia. Minha prima está lá e disse que posso ser ouvinte em uma de suas aulas. Talvez você possa ir conhecer o MIT. Quem sabe a inspiração não aparece?

– Ei, talvez eu deva ir visitar Brown – diz Meredith, adotando a expressão clássica do interesse repentino. – Tem uma aula sobre descolonização que viralizou, e eu adoraria pesquisar. – Tão viral quanto alguma coisa pode ser nesse pequeno nicho de internet que presta atenção aos cursos básicos da Brown, ela quer dizer.

Cada uma de nós tem sua faculdade dos sonhos desde o primeiro ano do ensino médio. É conveniente que cada uma queira uma coisa diferente, mas isso me faz ter medo de ficar sozinha na universidade. Nosso interesse acadêmico foi o que nos aproximou, mas não sei o que faria em uma escola onde isso já é comum a todo mundo. Em Highland Hills há alunos que não fazem as matérias avançadas, como Wesley. Na faculdade, tenho certeza de que todos são versões ampliadas de nós três, e, se for assim, o que eu vou fazer?

– Não tem nenhuma ideia sobre o que escrever? – Meredith pergunta, interrompendo meus pensamentos. Já li e editei um rascunho da declaração pessoal que ela escreveu no verão. É uma história cativante sobre se revelar para os pais e encontrar poder em uma política pública. É excelente. É essencialmente Meredith.

Só não sei o que significa ser essencialmente Eliza. Escrever sobre querer ser uma garota em ciências da computação é algo esgotado. E é o MIT – tenho certeza de que todas as candidatas dizem uma variação da mesma coisa.

Kareena sugere:

– Podia escrever sobre o Campeonato de Ciências.

Meredith balança a cabeça, concordando com ela.

– Ou sobre o Key Club e como você organizou a campanha de arrecadação de produtos de higiene para o abrigo de mulheres vítimas de violência doméstica.

– Sim, talvez – reconheço.

– Você consegue – Kareena afirma. – É muito inteligente.

– E, se seus Bagel Bites saírem tão bons, com certeza você vai ganhar o campeonato de culinária – Meredith acrescenta, jogando um na boca.

– O jeito como você fala com a boca cheia é encantador – Kareena provoca.

Meredith mistura uma tortilla à massa de bagel e exagera os movimentos da boca ao dizer:

– Obrigada, Kareena. Estou igualmente encantada com seu cheesecake deformado. – E desvia depressa, antes de a tortilla arremessada por Kareena atingir seu rosto.

Na terça-feira seguinte, minha mãe entra na cozinha com um ar meio perdido. Talvez até ela sinta a ausência que deixa nesta casa. Será que ela reconhece as mesmas coisas que eu, e, como eu, guarda tudo para si?

Em nossa primeira aula, vamos preparar doenjang jjigae, ou ensopado de pasta de soja fermentada. É um clássico coreano, um prato que toda mãe e todo pai na Coreia sabem fazer e até conquistou popularidade no Ocidente como acompanhamento comum do churrasco coreano. É um dos pratos favoritos da minha mãe, algo que ela sempre pede nas raras ocasiões em que vamos a um restaurante coreano, porque é modelo da comida que conforta. Ela escolhe a receita com facilidade na pilha de folhas de papel, acomodando o restante na pasta com um nível de cuidado meticuloso.

– Todo coreano tem de saber preparar doenjang jjigae – ela diz.

A aula começa tranquila. Ela me pede para ler a lista de ingredientes e os tira do refrigerador um a um.

Pego duas tábuas de corte e facas. Escolho uma cebola e pico, tomando cuidado para criar pedaços iguais. Sinto o ardor familiar nos olhos, mas consigo concluir a tarefa. Enquanto corto uma cebola só, a tábua da minha mãe é ocupada por pilhas de abobrinha, batatas e tofu cortados de maneira uniforme. Sua eficiência impressionante não é muito diferente da que vi em Wesley na última sexta-feira, mas ignoro o pensamento.

– Quando halmeoni ensinou isso a você? – pergunto, tentando fazer minha mãe se abrir.

Ela pensa um pouco enquanto amassa o alho. Percebo como encolhe os dedos para não se machucar e tento imitá-la com a mão que deslizo pela bancada.

– Sabe o que é engraçado? Eu ensinei para mim mesma.

– Sério?

– Um dia halmeoni não se sentia muito bem. Eu estava no sexto ano, e harabeoji já tinha saído para trabalhar. Então tentei fazer doenjang jjigae para ela comer e sentir-se melhor.

Ela começa a trabalhar na sopa à base de anchovas secas, usando nossa panela preta de barro chamada ttukbaegi. Minha mãe enche a panela com água e a leva ao fogo.

– Como ficou?

– Ah, não muito bom. Mas halmeoni comeu. E se sentiu bem melhor! E depois ela me disse que, se ficasse doente de novo, preferia que eu fizesse dakjuk. – Ela sorri da lembrança. Na opinião da minha avó, mingau de frango é uma refeição mais apropriada para doentes do que uma preparação apimentada.

– Ela não ficou grata, então?

– Ficou. Mas era o jeito dela. Nunca dizia as coisas de maneira explícita, mas dava para entender o que ela queria dizer.

Talvez esse fosse o problema entre mim e halmeoni. Havia muitas coisas perdidas nas entrelinhas, e outras perdidas na tradução do meu coreano maluco e do desconhecimento dela sobre o inglês.

Ajudo minha mãe a transferir os vegetais cortados para a panela. Até agora, a receita parece bem simples.

– O que você fez foi muito carinhoso – comento. – Lamento nunca ter feito doenjang jjigae para você quando ficou doente.

– Não é obrigação dos filhos cuidar dos pais. Ainda não – ela diz.

Dou de ombros.

– Mesmo assim, acho que desse modo poderia ser um pouco mais equitativo. – E, como não sei se ela sabe o que significa *equitativo* em inglês, esclareço: – Equilibrado.

Quantas vezes nos últimos meses eu vi uma oportunidade de ajudar a cuidar da minha mãe e a ignorei? A culpa que sinto com isso é nauseante, mais forte que os aromas deliciosos na cozinha.

– Doenjang jjigae sempre me lembra de casa – minha mãe diz de repente. – É como a infância. – Ela então vai para outro lugar, seu rosto se transforma com as lembranças e o foco perdido.

Me deixa entrar, uma parte de mim quer dizer. *Me fala aonde você vai quando desaparece desse jeito.*

Para de me abandonar, outra parte de mim exige com frieza. *Pensa na família que você abandonou.*

Mas nenhuma das partes diz nada, até que chega a hora de mexer a pasta do doenjang. A essa altura o prato está quase pronto, e minha mãe vai preparar a próxima aula na sala de piano.

Saber que Wesley Ruengsomboon fica na cozinha de Artes Culinárias todos os dias depois da aula nem deveria me irritar tanto, mas irrita. Ele nunca tem pressa de sair. Às vezes nem arruma a mochila. Deixa tudo espalhado e aberto, como se tivesse feito desse espaço sua casa. Na quarta-feira o último sinal toca e ele permanece sentado em sua banqueta. Eu também.

– Tem alguma coisa para fazer depois da aula? – pergunto.

– Tipo o quê? Esportes?

– É, talvez. Ou clubes. Atividades extracurriculares. Sabe, as coisas que põe no seu currículo.

A irritação está estampada em sua testa.

– Está tentando bancar a orientadora?

A distração me confunde. Nunca vou conseguir alcançá-lo com as aulas semanais com minha mãe, especialmente se ele passa horas na cozinha todos os dias, literalmente.

– Só estou curiosa para saber por que um formando do ensino médio ia querer passar todas as tardes na escola.

– Algumas pessoas têm paixões, Eliza. Nem todo mundo é só um refluxo das expectativas alheias.

Minha inspiração chocada é constrangedoramente audível.

– Qual é o seu problema? – Ele fala comigo como se já tivesse aberto minha casca e encontrado algo podre lá dentro.

Wesley não tem a decência de olhar para mim.

– Não está atrasada para a reunião do Campeonato de Ciências?

Relutante, olho a tela do celular para ver as horas. Ele tem razão.

Seguro a língua, principalmente pelo bem de nossas notas, mas nesse momento eu me sinto muito cansada de bancar a pacificadora. Não sei como vou aguentar um semestre desse tipo de tensão, se mal conseguimos conversar sem trocar insultos.

Mas ninguém faz sucesso balançando o barco. Portanto, eu o deixo na cozinha. Nenhum de nós se despede.

Capítulo 8

Quando a aula termina na sexta-feira, e assim que as pessoas saem da cozinha, Wesley pega um estojo de DVD e se dirige ao computador do senhor Treviño. Ele manipula os controles que conectam o computador ao projetor.

– Vamos trabalhar hoje ou não? – pergunto.

– Vamos – ele diz.

Wesley consegue fazer o projetor reproduzir a tela do computador, e o DVD começa a rodar. Pela introdução, parece ser um filme da Disney, mas não consigo dizer qual, exatamente.

– Devo ter perdido alguma coisa – comento –, e não sou de perder nada.

Ele dá pausa no filme antes de a exibição começar de verdade e caminha até a banqueta bem na minha frente. Não me lembro da última vez que Wesley virou o corpo inteiro de frente para mim desse jeito, se é que já aconteceu. Nossos joelhos praticamente se encontram. Alguma coisa nisso é enervante, embora eu não saiba o que pode haver na situação para me amedrontar.

Ele olha nos meus olhos, e tenho de fazer um esforço consciente para não desviar o olhar. O cara não pode falar o que tem a dizer sem me invadir desse jeito?

– Eliza, me desculpa pelo que eu disse no outro dia. – A sinceridade na voz dele é honesta, embora um pouco perturbadora.

Apesar da surpresa, não me permito perder a oportunidade.

– Obrigada.

– Achei que a gente poderia assistir a um filme para criar o clima – ele diz, encerrando o pedido de desculpas.

– Que filme? E que clima?

Em vez de responder à minha pergunta, Wesley se levanta e volta para perto do computador do senhor Treviño. Ele aperta o botão do play.

A voz do narrador brota dos alto-falantes do projetor.

"Embora todos os países do mundo gostem de discutir esse fato, nós, os franceses, sabemos qual é a verdade: a melhor comida do mundo é feita na França.

Minha gargalhada é tão repentina que quase me engasgo com ela.

– Ai, meu Deus. Isso é *Ratatouille*?

– Inteligente, não é? – ele retruca. E começa a andar pela cozinha, recolhendo ingredientes e utensílios. Penso se deveria ir atrás dele. – O filme é ótimo, mas essa primeira fala é uma tremenda bobagem. Ninguém que tenha crescido em uma casa não branca pensa que a cozinha francesa é a melhor.

– Não vi o filme – confesso.

Ele quase derruba uma panela.

– *O quê?* Nunca?

A intensidade de sua incredulidade me faz reconsiderar.

– Talvez tenha visto uma vez há muito tempo. Não lembro, para ser honesta.

– Normalmente, gosto de pensar que minha comida é a estrela do espetáculo, mas nesse caso o filme pode me superar.

– É isso que vai me ensinar a preparar? Ratatouille? – pergunto. – Não vi essa receita no programa do curso.

Ele ri baixinho.

– Chocante, não é?

Franzo a testa.

– Não entendi.

Ele balança a cabeça, e me pego prestando atenção a como seu cabelo se move.

– Bem, adoro o senhor Treviño, mas o programa do curso é bem… eurocêntrico.

– Ah – reajo. – Está dizendo que só tem comida de gente branca.

Ele me encara sem esconder a surpresa. Alguma coisa na expressão de Wesley é mais suave do que jamais vi, como se ele me enxergasse de verdade pela primeira vez no semestre.

– Isso.

– Definitivamente, tem um monte de palavras francesas.

– *Ratatouille* faz ainda mais sentido, não é? – Ele parece bastante satisfeito.

– Não vamos repetir o molho de tomate, então? Que, aliás, os italianos afirmam ter criado – acrescento, olhando para a coleção de ingredientes.

Tem uma cebola, uns dentes de alho e uma lata de tomates, como na última vez. Mas vejo também um pimentão, quase meia dúzia de ovos e uma coleção de temperos que ele tirou do armário, e tenho certeza de que não usamos nenhum deles na semana passada.

– Vamos. Mais ou menos – Wesley responde. Ouço o sorriso em sua voz sem precisar olhar.

– De novo, não entendi. Não consigo ler pensamentos, Wesley.

– Vamos fazer shakshuka.

Olho para ele sem esconder a confusão.

– E eu devo saber o que é isso?

Ele suspira. Toda suavidade de antes desaparece completamente.

– Esqueci que você é…

– Pula para a parte em que você explica o que é isso.

– É um prato do norte da África. Basicamente, ovos em molho de tomate.

– Não me lembro de ter visto nada disso no programa do senhor Treviño. – Queria não parecer tanto um bichinho de estimação do professor, mas não consigo lutar contra a essência do que sou.

Wesley acena como se nada disso fosse importante.

– Qual é o objetivo do senhor Treviño quando nos obriga a fazer molho de tomate do zero? As técnicas. Cortar, moer, refogar, cozinhar os sabores sem queimar nenhum deles ou prolongar o tempo de cozimento até que fiquem amargos. – As palavras saem tão depressa de sua boca que ele se obriga a parar e respirar. – Pensei em trazer todos esses elementos que ele quer nos fazer praticar, mas criar alguma coisa mais interessante. Não acha ridículo que praticamente a lista inteira seja em francês?

Dou de ombros.

– Não pensei nisso, na verdade. Seria meio bobo prepararmos miyeokguk. Sopa de algas marinhas, quero dizer. Não é isso?

Ele olha para mim. Tem uma luminosidade tão intensa nos olhos que me desarma.

– Por que seria bobo?

Acho que de maneira geral sou boa em responder a perguntas. É parte da minha identidade. Mas, por alguma razão, com os olhos de Wesley brilhando sob a luz fluorescente e alguma coisa parecida com entusiasmo transformando seu rosto, fico sem palavras.

– Não sei. Talvez porque ninguém mais na turma comeria isso. É só um prato que minha mãe faz de vez em quando.

– Eu comeria – ele declara sem nenhuma hesitação.

– Sério?

– É claro que sim. Miyeokguk parece ótimo. E, francamente, quantas vezes você prepara molho de tomate em casa? Porque eu… nunca.

Ele tem razão. Não sei por que estou resistindo ao impulso de dizer isso em voz alta. A imagem da minha mãe preparando um molho de tomate do zero, em vez de comprar um pronto no supermercado, é quase bizarra.

– Não acha que é importante seguir as instruções do professor, em vez de criar as suas? Além do mais, ele vai olhar nossas fotos. Vai dizer que nos desviamos do programa.

– Duvido que ele se importe – Wesley argumenta. – Como eu disse, estamos aprendendo todas as coisas certas, e tecnicamente shakshuka é um molho à base de tomate, de qualquer maneira. Além do mais, as fotos nem recebem notas! Com que está preocupada?

– Não gosto de desrespeitar regras.

Wesley desvia o olhar e, por um momento, registro um traço que pode ser de desapontamento. Odeio como isso me faz sentir, como se tivesse dado a resposta errada. Ou como se o tivesse afastado de novo.

Deixo escapar um suspiro alto e finjo bufar.

– Beleza. Vamos adotar seu programa revisado.

– Está falando sério? – Não consigo decidir se essa incredulidade deveria ser ofensiva.

Reviro os olhos.

– Desde que você garanta que vamos abordar os pontos que ele determinou. Não vou fazer um curso em que todo mundo consegue dominar as técnicas e eu não.

– Ai, Eliza... milagre eu ainda não faço.

– Cala a boca. Eu corto a cebola.

Ficamos trabalhando em silêncio enquanto o filme continua ao fundo. Wesley me deixa cuidar da cebola e do alho, enquanto ele remove as sementes do pimentão e o corta em cubinhos.

Ele arqueia uma sobrancelha ao me ver trabalhar.

– Melhor que na semana passada.

– Obrigada.

– Por outro lado, piorar era impossível.

Olho para ele de cara feia.

– Esta faca é afiada, sabe?

Wesley não se abala com a ameaça.

– É, mas tem que saber usar. – Seu sorrisinho é tão irritante que eu desvio o olhar para garantir que só vou cortar vegetais.

Shakshuka é um prato surpreendentemente fácil de fazer. O molho ferve em fogo baixo com os tomates amassados e os aromas provocantes de páprica e cominho. Wesley cria pequenos poços no molho e quebra ovos nesses espaços, depois tampa a panela.

Ele olha para a tela onde o filme é projetado.

– Parece que vou conseguir ver minha cena favorita.

Para ser completamente honesta, não estava prestando muita atenção ao filme. Só queria garantir que a cebola não ia queimar, depois de Wesley ter dito que "translúcida" era o ponto certo, e isso exigia toda a minha reserva de capacidade mental. Mas, agora que só precisávamos esperar os ovos cozinharem, comecei a prestar atenção.

Tenho de admitir, *Ratatouille* é envolvente. Encantador, até. Não preciso me esforçar muito para acabar torcendo pelo sucesso de Remy e Linguini. Quando Colette volta para ajudá-los, Wesley se junta a mim nas banquetas que ocupamos junto à bancada principal. Ele põe um prato na frente de cada um de nós e me oferece uma colher. O molho de tomate ainda borbulha com o calor do fogo, e a gema dos ovos brilha como ouro. O cheiro é tão bom que me sinto tentada a enfiar o nariz no prato, mas me lembro da pimenta-caiena que Wesley acrescentou à receita e me contenho.

– Uau, Wesley. Isto parece incrível – comento. Minha boca se enche de água e engulo com um barulho alto.

Wesley tira uma foto nossa com os pratos, antes de sentar-se.

– Parece mesmo. Nem você consegue errar essa receita. Deveria se sentir inspirada.

Olho para ele de cara feia, mas, no segundo em que levo a colher à boca, tudo para. Não sabia que tomate e ovos podiam ser tão reconfortantes, como um abraço quentinho. E não sabia que podia contribuir para criar algo assim apenas cortando alguns vegetais.

Wesley, que estava observando minha reação, sorri.

– Melhor que molho de tomate?

– Não tem nem comparação – respondo. – Como aprendeu a preparar esse prato?

Ele encolhe os ombros e quebra um ovo com as costas da colher.

– Não cresci vivendo nada muito especial. Não como você com miyeokguk. Não tem nada que me dê a sensação de ser meu, então só experimento todo tipo de cozinha que consigo imaginar.

Uma pergunta que tem persistido na minha cabeça, mas nunca fiz em voz alta, sai da minha boca sem passar por nenhuma censura.

– Você não é tailandês?

– O sobrenome de cem sílabas me denunciou? – Ele parece prestes a dizer mais alguma coisa, mas olha para a tela e me silencia com um chiu.

– Eu nem estava fal...

– Chiu – ele repete mais agressivo. – Essa é a melhor parte.

Olho para a tela. O crítico gastronômico de rosto comprido e sobrancelhas muito afinadas se prepara para experimentar o prato de Remy. A primeira porção o transporta de volta à infância, o emociona tão intensamente que ele engole a ideia de um rato ter preparado sua comida.

– Essa é minha cena favorita – diz Wesley, ainda sussurrando. – Ela me faz chorar. – E é verdade; quando olho para ele pelo canto do olho, vejo que seus olhos estão brilhantes demais.

Meu primeiro instinto é fazer uma piada. Quero machucar, debochar de sua vulnerabilidade e aproveitar a oportunidade para restaurar o equilíbrio de forças. Mas me condeno pelo pensamento. Fomos civilizados por cerca de um minuto, o que deve ser um novo recorde para nós, e é melhor que eu não estrague tudo. Quando olho novamente para a tela, uma coisa me surpreende.

– Isso me lembra minha mãe. – Falo tão baixo que espero que Wesley não tenha ouvido.

Ele olha para mim, surpreso. E aquela luminosidade aparece de novo, como se ele me visse por lentes diferentes.

– Sua mãe é uma vilã?

– Não… quê? Estou falando da parte em que ele se lembra da infância. Minha mãe está tentando me ensinar algumas receitas antigas da mãe dela. Acho que está muito empolgada com isso, porque a toda hora ela se lembra de quando era criança. – Por que estou falando tanto? Não contei sobre as sessões de culinária com minha mãe nem para Kareena ou Meredith, mas agora as palavras fluem com facilidade. Não sabia que estava pensando nessas coisas até elas se manifestarem.

– Que fofo – responde Wesley. Depois de um momento, acrescenta: – Minha mãe é a vilã da minha história, provavelmente. Se não for eu mesmo, é claro. – Sua voz tem uma indiferença ensaiada, como se ele tratasse a questão como piada e esperasse ser convincente. Seu olhar volta à tela e parece ficar preso lá.

Faço uma pausa.

– É por isso que sempre fica aqui depois da aula?

Ele come uma colherada de shakshuka.

– Podia ter acrescentado mais cominho. Precisa de um pouco mais de intensidade. E me esqueci de enfeitar com coentro. Ou salsinha, talvez.

– Como é sua mãe?

– Você pergunta demais.

– É mesmo? – Minha reação é instintiva, depois rio. – Talvez deva tentar responder a algumas dessas perguntas.

– Ser xereta e excessivamente esforçada o tempo todo são coisas que andam de mãos dadas? – ele pergunta com falsa curiosidade.

– É estranho fazer esse tipo de julgamento sem elaborar, na minha opinião. – Olho para ele de lado. Wesley continua olhando para a tela. – Mas não vou insistir.

– Ótimo.

Comemos o restante do shakshuka em silêncio. O filme acaba e os créditos começam a subir na tela.

– Foi um filme excelente – reconheço. E foi mesmo. Não acredito que ainda não tinha visto.

– É evidente que sim. Achei que também ia gostar de um dos mantras do filme.

– Que mantra?

– Qualquer um pode cozinhar. – Ele sorri para mim, e é tão rápido, tão inesperado, que me pega desprevenida. Agora ele voltou a me encarar? – Até você, senhorita Molho com Cara de Vinagrete.

É irritante, mas não tenho nenhuma resposta engraçadinha pronta.

– É melhor a gente começar a limpar tudo. São quase seis horas.

Assinto devagar.

– É, está ficando tarde.

– É a hora em que o zelador vem fechar a cozinha – ele explica.

– Ah. É verdade.

Ele fala com a tranquilidade de quem internalizou o horário. Penso que deveria considerar a duração de suas estadas na cozinha, além da frequência. Pela primeira vez sinto que ele não usa o tempo nessa cozinha só para progredir mais que os outros, mas também para se afastar de tudo. Quero saber mais. Dezenas de perguntas se atropelam em minha cabeça, mas a lembrança da crítica à minha curiosidade ainda é fresca. Se ele não vai responder, eu não vou insistir.

Lavo a louça enquanto Wesley arruma tudo na cozinha e tira o DVD do computador. Quando terminamos, pegamos nossas coisas e deixamos a cozinha, justamente quando o zelador está chegando.

– Pontual como um relógio – Wesley comenta. – Bom te ver, senhor Wilby.

O senhor Wilby ri e acena com simpatia para Wesley.

– Oi, garoto. Bom fim de semana.

– Para você também.

Wesley e eu caminhamos juntos para o estacionamento. Andamos em silêncio, e penso se não deveria inventar uma desculpa para ir em outra direção.

– Obrigada – consigo dizer. – Pela cultura. O filme e a comida, é claro.

– Por nada – ele responde. – Pode escrever sobre isso na reflexão. Como eu te apresentei à cultura.

Finalmente, chegamos ao meu carro e percebo que ainda não nos afastamos.

– Não precisava me acompanhar – digo. – Onde está seu carro?

– Lá atrás. – Ele aponta um canto afastado do estacionamento. Restam poucos carros por ali. Queria saber qual é o dele. – Até segunda.

– Até. Obrigada de novo.

Quando saio da escola, vejo Wesley pelo espelho retrovisor. Mas ele não está no estacionamento nem no carro. Está na calçada, indo para casa a pé.

Capítulo 9

Minha mãe começou a aceitar aulas nos fins de semana, e o som do piano se espalha pelo sábado. A melodia ocasional é o único lembrete de que não somos só eu e meu pai em casa.

No sábado de manhã, meu pai me chama na sala de estar.

– Estava pensando que podíamos dar uma olhada juntos nos seus livros de física. Quero saber o que estão ensinando na sua escola.

– Você me chamou no sábado de manhã para falar do colégio?

– Ah, o que é isso, Yeji-yah. Quando era pequena, você perguntava se não podia ir para a escola nos fins de semana também. Lembra-se disso?

– Você deve estar inventando.

– É verdade! Além do mais, é física. Não é nem trabalho. É beleza.

Queria poder dizer que meu pai está brincando, mas não está. Ele realmente acredita que física é o assunto mais elegante de todos os tempos. Às vezes acho que, se perguntasse se ele ama mais minha mãe ou a física, meu pai teria dificuldade para responder.

– Appa – eu falo, e me sento no sofá. Não quero abrir o jogo, mas acho que é melhor agora do que mais tarde. É bom prepará-lo para as más notícias, a queda no ranking, a frustração quando eu não fizer o discurso de formatura. – Não estou cursando física.

Ele pisca e me encara através dos óculos de armação de arame preto.

– O quê?

– O colégio não conseguiu me encaixar. Houve um conflito no horário. – A desculpa parece frágil até para mim, mas não tenho outra justificativa.

– E o que está fazendo? Outra ciência?

Balanço a cabeça.

– Não, é mais uma aula de... arte.

– Hum? – Ele sobe o tom. – Artes Avançadas? Acho que a filha da senhora Oh fez essa matéria. E ela foi aceita na UCLA.

Balanço a cabeça de novo.

– Não, o nome é... Artes Culinárias.

– Artes Culinárias? – ele repete. Sua incredulidade ecoa a incredulidade de Kareena naquele primeiro dia de volta às aulas e a minha na reunião com a senhora Porter. – Isso é... cozinhar?

– É.

– Não sabia que havia esse tipo de matéria avançada.

– Não é... avançada. – Sinto meu rosto se torcer em uma máscara de constrangimento quando digo isso.

Meu pai continua inabalável.

– É honra ao mérito, então?

– Não.

– Não? – Posso dizer que ele está tentando computar os dados, e as informações não batem. – Então é... regular? – Ele fala *regular* como se fosse depreciativo. Não posso culpá-lo, porque sei com clareza repentina que esse hábito ele aprendeu comigo. Não é possível que tenha criado isso sozinho nesse tempo de Estados Unidos.

– Sim – confirmo.

– Você está prestes a se candidatar para a faculdade, e eles te matriculam em uma matéria regular?

– Sim.

O queixo dele cai, e as sobrancelhas quase encostam na raiz do cabelo.

– Vou ter de telefonar para a diretoria.

– Appa, hoje é sábado.

– Eles não podem fazer isso! Você pediu Física! Eu assinei seu formulário! – Os olhos dele brilham em razão do ultraje.

– Appa, eu sei. Não tem nada que se possa fazer. Eu já perguntei. Minha melhor chance de manter a classificação é tirar uma nota máxima em culinária. – Tomo a decisão consciente de não contar a ele sobre o campeonato. Não acho que meu pai vai me pressionar pela vitória, mas sei que seria mais uma decepção para ele se eu não vencesse.

– Ah, Yeji-yah… mas você não sabe cozinhar.

– Puxa, obrigada pelo incentivo!

Ele balança a cabeça.

– Ah, isso não é bom.

Concordo com ele, mas queria que meu pai demonstrasse um pouco mais de otimismo.

– Vou me esforçar muito. Eomma vai me ajudar.

– Que bom. Ela disse que pode te ajudar a tirar nota máxima?

Mordo o lábio.

– Bom, ela acha que pedi ajuda para conhecer melhor as receitas da halmeoni. Não sabe que é para o colégio.

– Grande ideia, Yeji-yah! – ele exclama. Não pensa duas vezes na mentira que acabei de admitir, o que me faz pensar se estou dando importância demais a essas coisas. Ou se ele me ouviu. – Halmeoni era a melhor cozinheira da região dela.

Assinto.

– Também acho que isso está ajudando eomma a se sentir menos… deprimida. Ela parece mais feliz quando se lembra da halmeoni.

Meu pai ignora meu comentário e diz:

– Foi muito inteligente pedir ajuda a eomma. Minha oradeadora.

– Oradora.

– Isso. – Ele se encosta na poltrona de couro e apoia as mãos na barriga reta. – Yeji-yah, eu observei você nos últimos três anos. Ficava acordada até tarde para terminar um trabalho, desistia de aproveitar um fim de semana para se ocupar de competições ou prestar serviço em algum lugar. Você se esforçou muito, e, agora que chegou a hora de se candidatar à faculdade, é sua oportunidade de mostrar o que fez.

– Ainda estou me esforçando muito, appa. Garanto.

– É claro que está. Já falei para os meus amigos do golfe que eles podem ir assistir ao seu discurso de formatura.

– Appa!

– Que foi? Estou muito orgulhoso de você. Quero que todo mundo veja minha filha.

Fico feliz por ouvir meu pai dizer isso, de verdade. Mas essa é a primeira vez que também me sinto um pouco sufocada.

Na terça-feira, minha mãe pega uma receita da coleção e diz:

– Esta é a mais simples. Achei que seria bom você aprender primeiro.

Olho por cima do ombro dela para ver que receita foi escolhida. Quase não tem instruções ou ingredientes na página. Hesitante, leio o título:

– Kimchi bokkeumbap?

Arroz frito kimchi é uma das minhas comidas preferidas entre as que minha mãe prepara quando está sem tempo. Tenho certeza de que deve haver alguma ciência por trás do fato indiscutível de qualquer coisa com um tom intenso de vermelho ter um sabor muito melhor. A ideia de que comemos com os olhos tem seu mérito.

– É uma receita muito fácil – ela diz. – Você só precisa de algumas coisas básicas. A parte mais importante é o kimchi, é claro. – Ela se dirige à geladeira e pega uma vasilha com o repolho vermelho. – Eu tinha quinze anos, quando sua halmeoni me ensinou a fazer kimchi. É uma habilidade importante.

– É mesmo? – pergunto. – Deve dar muito trabalho. – Nunca passou por minha cabeça que algum dia eu faria kimchi na vida adulta, muito menos aos quinze anos de idade.

Quando eu era criança, percebia com facilidade quando era dia da nossa família preparar kimchi. O cheiro pungente dos ingredientes se espalhava por todos os cantos da casa e alertava todo mundo, mesmo quem não queria ser alertado. Eu descia a escada e encontrava minha mãe sentada no chão de ladrilhos da nossa cozinha, usando luvas plásticas e mantendo entre as pernas enormes vasilhas de aço inox. Cabeças de repolho-chinês rolavam nas vasilhas enquanto ela revestia cada folha com pasta vermelha apimentada. Eu sufocava com o cheiro quando chegava mais perto dela, e minha mãe reagia aproximando o nariz da tigela e respirando fundo. Cada vez que se dedicava a esse processo, ela preparava kimchi para meses, de forma que não tivesse de repetir o preparo com muita frequência, mas sempre tive a impressão de que era muito trabalhoso. Não como kimchi o suficiente para justificar todo esse esforço.

– É muito trabalho – minha mãe confirma, deixando a vasilha de repolho em cima da bancada e se movendo com agilidade entre os armários para pegar os temperos. – Mas vale a pena. Todo mundo deveria ser capaz de fazer o próprio kimchi.

– Acho que é mais fácil comprar pronto – confesso.

– É o que muita gente faz – minha mãe concorda. – Eu acho que o kimchi comprado pronto é muito doce. É o pior. Mas, quando você prepara o seu, pode atender ao seu gosto e fazê-lo como quiser. Eu acho que o sabor do meu kimchi é o melhor. – Ela sorri da autoindulgência. – Não, talvez o kimchi da halmeoni fosse o melhor. O meu é o segundo, logo atrás do dela.

A imagem de minha mãe com quinze anos sentada no chão da cozinha da halmeoni na Coreia do Sul se forma em minha mente. Duas cabeças de cabelos negros debruçadas sobre recipientes de repolho e pasta, rindo, sorrindo e oferecendo uma à outra as folhinhas que caíam. Isso me deixa nostálgica por uma lembrança que nem é minha.

– Sua halmeoni costumava organizar um kimjang em nossa casa para todas as mulheres da vizinhança. Eram tantos repolhos e tantas vasilhas que eu não conseguia ver o chão – minha mãe conta. A imagem é corrigida. Em vez de minha mãe e halmeoni, agora imagino dezenas de mulheres com as pernas se sobrepondo, reunidas para o kimjang, que um dia minha mãe me explicou que era o evento para preparar kimchi. De repente as memórias de minha mãe sozinha no chão da nossa cozinha aqui em Austin pareciam muito mais frias. Uma coisa que antes era um símbolo de comunidade se transformou em solitude. Por que nunca me juntei a ela? E meu pai?

– Leia os ingredientes – minha mãe pede.

Atendo ao pedido. Não tem muitas surpresas. Kimchi e arroz, é claro. Gochujang, que é uma pasta de pimentão picante, para temperar. Óleo de gergelim para dar o aroma inconfundível. Tiras de zimbro, ou alga marinha torrada, para enfeitar. Minha mãe estava certa sobre a simplicidade. Nem eu consigo errar nessa receita.

Vamos acompanhando as instruções linha a linha. Minha mãe conta histórias entre elas, como se isso despertasse uma memória. O jeito como ela fala sobre a mãe é tranquilo, como se as histórias estivessem sempre ali, esperando sob a superfície, prontas para submergir, caso a tensão dessa superfície fosse alterada. Ela me fala de uma vez quando se ofereceu para ajudar halmeoni a cortar o kimchi, primeiro passo para preparar o kimchi bokkeumbap. Ela era jovem, tão nova que meu tio ainda era um bebê, e não tinha muita experiência com a faca. Acabou cortando o dedo do meio. O sangue se misturou ao caldo do kimchi na tábua de corte, e o kimchi teve de ser descartado. Minha mãe chorou, mas halmeoni riu daquelas lágrimas enquanto fazia um curativo em seu dedo.

– Eu faço isso desta vez – minha halmeoni falou para ela. – Da próxima vez, quando seu dedo estiver curado, você faz.

Não consigo contar quantas vezes minha mãe espalhou pomada antibiótica sobre meus machucados e os cobriu com um curativo do Bob Esponja ou da Hello Kitty. Tento imaginar minha mãe machucada, olhando para halmeoni com os cílios molhados e o queixo tremendo. É estranho pensar que um dia ela também foi criança.

– Quando era criança, eu estava sempre com pressa para aprender – ela me conta.

– E hoje não? – pergunto.

– Hoje nem tanto.

– Por quê?

Ela encolhe os ombros.

– Vim para os Estados Unidos com um diploma e prêmios de jornalismo universitário, mas isso não tinha importância para mim. Percebi que você pode ter pressa de aprender alguma coisa, ir para um lugar novo e descobrir que todo mundo acredita que você não sabe nada. Como se só um tipo específico de conhecimento fosse valioso. As palavras dela são sérias, mas sua expressão permanece serena. Minha mãe fez as pazes com essa realidade há muito tempo. Mais uma vez, me surpreendo com quanto ela está compartilhando depois de passar os últimos meses tão quieta. Tem alguma coisa em cozinhar que parece fazê-la relaxar e baixar a guarda.

Ela abre a geladeira e pega uma grande vasilha de arroz branco coberta com filme plástico. Vejo as gotinhas de condensação que revelam que o arroz foi coberto quando ainda estava meio quente.

– Você pode fazer kimchi bokkeumbap com qualquer tipo de arroz, mas o branco tem sabor melhor, especialmente se estiver pronto há um ou dois dias. – Minha mãe frita o kimchi picado em uma panela wok, depois acrescenta o arroz e mistura colheradas de gochujang. – Sua halmeoni não pôs na receita, mas adoro servir com um ovo frito com a gema mole. Quer fritar os ovos?

– É claro – respondo. Pego dois ovos e aqueço uma frigideira pequena ao lado da minha mãe. Unto o fundo com óleo e quebro os ovos. Eles continuam transparentes.

– Você precisa esperar a frigideira esquentar bem, antes de quebrar os ovos nela – minha mãe explica.

– Ah, desculpa.

Aos poucos a parte de baixo dos ovos começa a ficar opaca, mas as gemas permanecem cruas. Tento pressionar um deles com a espátula para aumentar a base em contato com o calor, mas a gema estoura e um rio amarelo escorre para o segundo ovo. Quando consigo dividi-los com a beirada da espátula e virá-los, o lado de baixo queimou. Odeio como minha mente traz de volta o jeito como Wesley quebrou e cozinhou os ovos no nosso shakshuka com toda a eficiência. Ele fez parecer tão fácil que nem pensei em prestar atenção a como ele fazia aquilo.

Enquanto isso, minha mãe acrescenta óleo de gergelim ao arroz e desliga o fogo. O cheiro de óleo de gergelim faz algo indescritível com a fisiologia do meu corpo, como se ativasse minha fome.

– Gosto de adicionar o óleo de gergelim só no final. Quanto mais ele cozinha, maior é o risco de arruinar o sabor. E agora – ela anuncia, sacudindo a frigideira com o arroz frito mais uma vez – é hora de empratar! Fácil, não é?

– É – concordo, mas não sou muito convincente.

Ela divide o kimchi bokkeumbap em duas tigelas.

– Os ovos estão prontos?

– Talvez – hesito.

Minha mãe serve um ovo em cada tigela. Depois enfeita cada uma salpicando zimbro esfarelado.

– É muito fácil, mas ficou bonito, não ficou?

É verdade. O vermelho do gochujang, o branco dos ovos (se a gente ignorar as partes queimadas), o verde-escuro do zimbro. É meio artístico. Minha mãe leva as tigelas para a sala de jantar, e eu pego duas colheres de madeira. Começamos a comer.

Na minha opinião, poucas coisas têm um sabor melhor que kimchi quente. O calor abre o sabor ácido e picante, transformando-o em algo muito mais complexo. Isso me faz pensar em kimchi pajeon, uma panqueca frita, outro veículo perfeito para a mistura de especiarias e picância. Se eu ignorar as partes queimadas do ovo, que ficaram escuras e crocantes demais, essa é a refeição reconfortante perfeita.

– Pôs sal nos ovos? – minha mãe pergunta.

Paro com a colher a caminho da boca.

– Esqueci. – Wesley pôs sal nos ovos? Por que não consigo lembrar?

Ela sorri.

– Tudo bem. Vai se lembrar na próxima vez. – E continua comendo, sem se incomodar com meus ovos sem sal e queimados. Ela parece não se importar por eu ter feito besteira com minha única responsabilidade no preparo desse prato.

Mas eu me importo. Penso no campeonato de culinária no fim do semestre, no curry de Wesley, penso em quanto é possível aprender o suficiente em um semestre para derrotar pessoas que têm anos de prática. Como meu arroz frito e a cada pedaço do ovo queimado, a ideia de que sou capaz de chegar ao nível de todos os outros fica cada vez mais difícil de engolir.

Capítulo 10

Na sexta-feira seguinte, depois da aula de Artes Culinárias, toda a turma sai da sala em minutos, e Wesley e eu ficamos sozinhos, como na semana anterior. Eu me pergunto quantas vezes ainda vamos ter de passar por isso sem que seja constrangedor. Seria mais fácil se fôssemos amigos ou se eu não tivesse o objetivo único de derrotá-lo no campeonato no fim do semestre. Também seria mais fácil se ele não me considerasse um estereótipo ambulante e se eu conseguisse me convencer de que não sou exatamente isso.

– Estou pronta para aprender – anuncio, animada, tentando romper o silêncio. – Estava pensando, a gente podia providenciar aventais iguais, ou aqueles chapéus de chef com nosso nome bordado neles. Não seria bonitinho?

– Um toque blanche.

– Hum?

Wesley revira os olhos para mim.

– O chapéu de chef que você mencionou. O nome dele é toque blanche. E, sem querer ofender, acho que ainda não está qualificada para usar um desses.

– Ah, fala sério. Você quis ofender, sim.

Isso provoca um daqueles sorrisos arrogantes.

– É, eu quis.

– Qual é a agenda de hoje, chef? – pergunto. – Que sugestão do senhor Treviño vamos reproduzir? – Ele olha para mim com um ar tão debochado que não consigo evitar a atitude defensiva quando pergunto: – Que foi?

– Só estava pensando se está morrendo por dentro por ter de aprender com outro aluno. Pior ainda, com um aluno *comum*. – Fala *comum* com um tom sarcástico de desprezo, criando uma imitação caricata de mim e dos outros parecidos comigo.

– Ah, estou, com toda certeza – respondo. – Mas, como você sabe, faço qualquer coisa por uma nota boa. Até ser legal com os *comuns*.

Ele dá uma gargalhada.

– Ah, ela tem autoconsciência, então.

– E de vez em quando ele fala na terceira pessoa. Estamos aprendendo muito sobre o outro.

– Muito amiguinhos. Acho que a gente pode encomendar aqueles aventais.

– Você está brincando, mas, se isso servir para aumentar a probabilidade de o senhor Treviño dar uma boa nota para nós, eu topo.

– Meu Deus, você é tão desesperada por nota que topa até virar uma baba-ovo.

– Estava brincando – digo.

Ele balança a cabeça e me encara.

– Só em parte.

Forço um sorriso melado.

– Só em parte.

– Estava pensando, hoje podemos fazer batatas au gratin.

– A pronúncia é assim mesmo? Por que escuto um som parecido com "ô satã"? Acho que podiam ter caprichado um pouco mais no nome.

Ele dá de ombros, como se não tivesse tempo para minhas gracinhas.

– E "roux" é "rú"? E "béchamel" é tipo "bel chanel", é isso?

– Estou testemunhando seu momento de descoberta da língua francesa? – Wesley pergunta com uma cara irritada.

– Não foi você quem começou a reclamar da lista de receitas brancas demais?

Wesley suspira.

– Se não começarmos logo, não vamos terminar a tempo. E acho que nós dois queremos passar o menor número possível de sextas-feiras juntos. Preparada?

Cruzo os braços.

– Ok.

Wesley se dirige a um dos armários de utensílios e pega um deles, que agora sei que tem um nome: mandolim. Já decidi que essa é a coisa de que menos gosto na cozinha.

Ele o coloca sobre a bancada de trabalho da nossa estação.

– Esta receita pede seu instrumento de cordas favorito.

Preciso fazer uma correção. Wesley é o número um. O mandolim é o número dois.

– Esta é uma daquelas coisas que são igualmente úteis e perigosas em uma cozinha – ele anuncia com tom sério.

– Vamos cortar batatas com ele. Entendi. Vamos começar logo.

Ele parece propenso a discutir, mas só suspira.

Trabalhamos rápido descascando as batatas. Decido tomar a iniciativa com o mandolim. Wesley me observa, atento. Parece estar fazendo um grande esforço para ficar calado, enquanto eu tento me entender com o utensílio. Acho que compreendo o funcionamento dessa coisa em um tempo até que respeitável. Tem um botão que serve para determinar a altura da lâmina em relação à base. Parece bem simples.

Começo a fatiar. Deslizo a primeira batata para cima e para baixo, para cima e para baixo, e vejo as fatias finas como papel se empilhando na tábua de corte sob o instrumento. A uniformidade das fatias é algo quase bonito. Talvez tenha julgado mal e muito depressa esse instrumento não musical que também não é um ralador.

– Ei, isso é fácil – anuncio com um sorriso. É divertido? A ideia quase me faz rir.

– Vai mais devagar – Wesley me avisa.

– Por quê? Foi você quem disse que não temos muito tempo. – Estou quase terminando a batata, e ainda faltam duas. Sem mencionar que nem começamos o béchamel. Continuo trabalhando, deixando a mão se perder no movimento de passar a batata na lâmina. Estou prestes a dizer para Wesley que ele pode parar de me cercar quando, de repente, mais rápido que uma piscada, vejo uma gota vermelha que se transforma em um pequeno fio. O ardor vem depois.

– Eliza! – A voz dele é retumbante, e percebo que é porque ele está ao meu lado. – Eu falei para você tomar cuidado! – Wesley segura minha mão, me impedindo de contaminar a pilha de fatias de batata. Ele põe meu dedo ensanguentado embaixo da torneira da pia. – Você está bem? – As palavras são relutantes, quase um grunhido.

– Estou – respondo, ainda um pouco confusa. – Não sei como isso aconteceu.

– As pessoas se cortam com o mandolim o tempo todo. Por isso às vezes usam luvas. – Wesley me deixa na frente da pia e vai procurar alguma coisa nas gavetas da mesa do senhor Treviño, mas isso não o impede de continuar com a palestrinha. – Quando você está quase terminando de cortar o vegetal, é melhor parar e usar a faca. Você não tem propriocepção para saber quando está perto da última fatia. Não sabe se falta um centímetro ou meio centímetro, até a ponta do seu dedo passar pela lâmina.

Ele volta com um tubo de pomada antisséptica e uma caixa cheia de curativos.

– Wesley, não precisa...

– Não tenha tanta pressa. Sei que não gosta de ouvir alguém que considera tão pouco inteligente, mas às vezes sei do que estou falando. – Apesar das palavras cortantes, ele é gentil quando segura minha mão e a enxuga com papel toalha. Depois passa um pouco de pomada sobre o corte vermelho e cobre a área com um curativo, alinhando as duas extremidades com perfeição.

– Obrigada. – Fico constrangida quando a palavra sai quase como um sussurro. É meu orgulho ou é a surpresa com toda essa gentileza que está bloqueando a garganta?

– Vou lavar o mandolim, e aí podemos terminar as batatas.

Não discuto. Sei que mereci o puxão de orelha.

Quando traz de volta o mandolim lavado, Wesley olha para mim.

– E o dedo?

– Tudo bem – digo.

– Que bom. Vem cá. Vamos tentar de novo. – Ele corta cada batata ao meio e diz: – É mais seguro quando a gente trabalha com uma superfície plana. Dá mais estabilidade.

Seguro uma das metades da batata com cuidado e alinho o lado plano com a inclinação do mandolim. Deslizo a batata lentamente pela lâmina, mas meu movimento é tão lento que a fatia sai irregular.

Wesley está observando por cima do meu ombro e segura meu pulso.

– Não é assim. Olha só. – Habilidoso, ele põe a mão sobre a minha e, juntos, deslizamos o vegetal pela inclinação. Ele empurra minha mão para aumentar a pressão e flexiona os dedos sobre os meus, dobrando-os. – Proteja os dedos sempre. Como se estivesse usando uma faca de chef.

As palavras dele são suaves, e não consigo decidir se estou imaginando o sopro de ar que faz cócegas em minha orelha. Penso que ele deve levar a culinária muito a sério, se não hesita nem em segurar minha mão. Ou talvez ele pense em mim como algo tão distante de uma garota de verdade que nem registra a proximidade entre nós.

Digo a mim mesma para ignorar a força da mão em torno da minha e o calor que queima minha nuca. Ignoro como, pela primeira vez, percebo o cheiro dele. Alguma coisa parecida com baunilha, mas mais quente. Mais picante. Desligo o cérebro, porque meus pensamentos são misturados demais para terem alguma coerência. Vejo com os olhos vidrados dezenas de discos regulares e claros caírem da lâmina. A ação parece mais segura com a mão dele guiando a minha e executando movimentos corretos.

Minha boca não recebe o memorando para ficar fechada. Ouço minha voz dizer:

– Podia ter só me falado que queria segurar minha mão.

Wesley ri, mas me solta imediatamente. Tento continuar trabalhando por inércia. Funciona até certo ponto. Ele me deixa terminar de fatiar as batatas. Até me orienta sobre como usar a faca de chef para fatiar os pedaços restantes, mas são orientações verbais, sem nenhuma proximidade física. Talvez ache mais seguro manter distância, considerando meu nível de habilidade.

– Vamos começar a preparar o béchamel – diz Wesley, usando a balança da cozinha para pesar farinha e manteiga. – Tecnicamente, para fazer um béchamel, começamos com…

– Um roux – sugiro.

Ele não consegue esconder o choque, ou nem tenta.

– Como sabe disso?

– Sou nerd. Fiz umas leituras antes da aula.

Wesley levanta uma sobrancelha.

– O que você leu?

Pigarreio com exagero e recito o que li on-line na noite anterior.

– Um roux é a mistura de porções iguais de farinha e gordura. Quando adicionamos leite, ele se transforma em um béchamel. E um béchamel é um molho branco, uma das principais bases dos molhos franceses. Como o molho de tomate, que já fizemos.

– Pela primeira vez consigo entender por que você é a oradora da turma. Decorou tudo isso?

Assinto.

– Não sabia sobre as bases dos molhos – Wesley admite. E não parece constrangido por isso. Na verdade, parece feliz por poder arquivar a informação em algum lugar embaixo daquele cabelo bagunçado. Wesley *gosta de aprender*? Temos alguma coisa em comum, então?

– Você traz a sabedoria das ruas, eu trago a sabedoria dos livros – declaro com um sorriso largo.

Ele me deixa começar o roux, mas se coloca atrás de mim para observar todo o processo enquanto vai dando dicas que não pedi.

– Não deixe a farinha ou a manteiga queimar, mantenha o fogo baixo. Não pare de mexer! Vai acabar com um molho empelotado. Tudo bem, para, *para*. Isso é um béchamel, não um gumbo. – É irritante e útil, o que, de certa forma, exacerba a parte irritante.

Por fim as batatas fatiadas vão para o forno sob um borbulhante molho béchamel cheio de queijo. Estou surpresa com quanto o processo foi relativamente simples. Com exceção do dedo cortado, é claro. Tenho evitado pensar nessa parte, porque me lembrar de como Wesley fez o curativo em meu dedo me faz sentir como se estivesse desintegrando.

As batatas au gratin ficam lindas. Wesley bate na crosta crocante com uma colher e serve a comida quente em duas vasilhas rasas. Ele usa uma toalha de papel para limpar as beiradas das vasilhas e garantir uma apresentação impecável, e quero ficar incomodada com quanto esforço ele dedica a uma coisa que é só para nós dois, mas uma parte de mim está impressionada. O cuidado com que ele cozinha não é exibição, é para ele mesmo. Isso é algo que posso respeitar.

E então, experimentamos as batatas.

– Wesley, pode falar todas as merdas que quiser sobre a comida francesa, mas isto é... perfeito. – É temperado, cheio de queijo, cremoso e amanteigado... todas as coisas de que mais gosto. Quero beijar a lâmina do mandolim por produzir essas batatas.

– Não tem como errar com batatas e queijo – ele diz. – É previsível.

– É perfeito – insisto. Levo uma porção generosa de batata cremosa à boca e sufoco um grito quando sinto o céu da boca queimar. – Quente!

Wesley suspira.

– Quantos ferimentos vai colecionar em uma tarde só? Não vou passar pomada na sua boca.

Olho para ele com uma expressão furiosa, mas não sei quanto isso é eficiente, enquanto estou soprando ar quente com a boca cheia de batata.

– Ah, isso me lembra... – diz Wesley. – Hora da foto.

Antes que eu possa dizer alguma coisa, ele pega o celular e faz uma foto de nós dois com os pratos. Meu rosto está vermelho, e minhas bochechas estão inchadas, cheias de batata quente.

– Apaga isso – exijo.

– De jeito nenhum. É nossa prestação de contas, lembra?

Tento empurrar a cadeira dele para longe chutando as pernas, mas ela nem balança. Wesley ri da minha tentativa patética.

Quando terminamos de comer, ele se oferece para lavar a louça. Diz que seria desperdício molhar o curativo tão cedo, mas suspeito de que esse tipo de cavalheirismo é algo que acontece naturalmente. Só enfrenta a resistência de suas tendências igualmente naturais para ser babaca, acho, o que cria uma competição muito dura. De qualquer maneira, eu me sento perto da mesa e recolho minhas coisas.

Juro que não quero ser invasiva. Mas o canto de uma prova escapa da mochila dele, aberta. Sério, não tenho culpa se ele mantém tudo tão exposto. Pelo que consigo ver do restante da página, é um teste de matemática. Pré-cálculo, talvez? Muito mais óbvia é a nota vermelha no alto da página. Um C menos. Ver uma nota como essa é suficiente para fazer meu sangue gelar. Fico chocada por Wesley ter agido tão naturalmente durante todo esse tempo. Como ele está reagindo tão bem?

Olho para ele, que entende instantaneamente o que vi. Quase no mesmo instante, está ao meu lado enfiando tudo na mochila. É óbvio que dá mais importância à velocidade que à ordem, porque amassa o teste que vi e o empurra para dentro da bolsa. A nota vermelha desaparece.

– Ei, está tudo bem? – Tento ser gentil.

– Cuida da sua vida, Eliza – ele responde por entre os dentes.

– É só uma prova – digo. – Sim, sei que uma nota ruim pode ser absolutamente devastadora, mas tenho certeza…

– Já falei para cuidar da sua vida. – O jeito como ele olha para mim poderia ser enquadrado em assassinato de primeiro grau. Wesley sai correndo sem se despedir.

Fico ali por um segundo, pensando no que poderia ter dito para provocar uma reação melhor. Ele achou que eu o estava julgando por causa da nota? Aquilo era só um teste. Não serve como base para um julgamento de caráter. Eu deveria ter me esforçado mais para tentar confortá-lo? Pelo jeito, minha ameaça de tentativa só serviu para provocar revolta.

Depois de alguns minutos, pego minhas coisas e também vou embora, para não ser encontrada ali sozinha quando o senhor Wilby chegar.

* * *

Aparentemente, sou arrogante o bastante para presumir que o tempo limitado que passo com Wesley me tornaria uma master chef, porque na terça-feira seguinte, quando minha mãe me ensina a fazer gimbap, tenho a esperança de impressioná-la.

Só para esclarecer, gimbap parece ser uma receita muito simples. Todos os ingredientes do rolinho precisam ser preparados com antecedência, inclusive o arroz. Muitas vezes essa preparação é confundida com sushi por pessoas que não a conhecem ou pensam que as cozinhas asiáticas são intercambiáveis. Quando eu estava no ensino fundamental, às vezes minha mãe mandava um rolinho de gimbap para o meu almoço, e meus colegas reagiam horrorizados. "Você está comendo alga marinha?", perguntavam, enquanto devoravam queijo e nuggets de frango. Pedi para minha mãe parar de mandar gimbap. Ela não quis saber o motivo, mas desconfio de que já soubesse.

Pedir para minha mãe parar de mandar gimbap para o almoço foi a escolha óbvia naquela época. Mas agora tento imaginar o que ela sentiu quando fiz esse pedido. Não imagino como deve ser entregar parte de sua cultura e da sua infância para um filho e ele reagir envergonhado, cheio de rejeição e com uma irritação petulante ao que recebeu. Lembro todas as vezes que deixei minha mãe sozinha no chão da cozinha nos dias de kimjang, tapando o nariz e reclamando do cheiro, em vez de me sentar e ajudá-la. É uma culpa recém-descoberta, um sentimento desconfortável. Quando minha mãe sugere gimbap como receita do dia, concordo entusiasmada, como se isso pudesse aplacar a vergonha que vem crescendo recentemente.

– Gimbap é uma coisa que se pode personalizar – minha mãe comenta enquanto me vê lavar o arroz de grão curto. Essa é uma coisa que ela não precisa me ensinar, a obrigação de lavar o arroz antes do cozimento. – Quando eu era pequena, era enjoada demais para comer. Não gostava de danmuji. Então sua halmeoni fazia um rolinho sem danmuji para mim, e um com danmuji extra para o seu harabeoji.

O processo de fazer gimbap consome um tempo surpreendente. A primeira coisa a fazer é cozinhar o arroz. Depois que ligamos a panela, passamos para os outros ingredientes.

– Sua halmeoni usava bulgogi, mas substituí por carne de caranguejo e bolinho de peixe.

– Por quê? – pergunto. Espero uma lembrança da infância, ou alguma associação especial com os ingredientes que ela prefere.

Mas minha mãe só explica.

– Você tem de fazer o bulgogi. Caranguejo e bolinho de peixe são vendidos pré-preparados e embalados.

Sorrio. Não tem história, é só preguiça.

Entendo rapidamente o desejo de eliminar etapas, porque elas são muitas. O espinafre, os ovos e as cenouras precisam ser cozidos e temperados. O arroz tem de ser misturado com óleo de gergelim e sal, e depois precisa esfriar. O danmuji, ou nabo em conserva, e os bolinhos de peixe são cortados em tiras. Parece que a preparação é o que mais pesa na culinária. Eu me lembro de quanto tempo demorei para fatiar todas as batatas para o au gratin.

– Agora vem a parte divertida – ela avisa. – Enrolar. – Minha mãe pega uma esteirinha de bambu e a coloca sobre a tábua de corte.

– E essa é a parte em que você pode personalizar. Acrescente mais dos seus ingredientes favoritos. Menos dos outros. Enrolar parece fácil, mas requer prática.

Ela põe uma folha de zimbro sobre a esteira de bambu e espalha uma camada de arroz. Depois começa a montagem, colocando cada ingrediente alinhado à beirada inferior da base. Ela me mostra como enrolar a esteira de bambu para não permitir que a ponta fique presa dentro do gimbap. Mostra quando apertar um pouco o rolinho para dar a firmeza necessária. Quando ela termina, surge um rolinho preto e liso. É tão perfeito que não consigo imaginar como seria possível estragar essa parte.

Então é minha vez. Minha camada de arroz é irregular, com um ou outro trecho de zimbro espiando entre as áreas de grão branco. Empilho os outros ingredientes e faço um esforço para impedir que se espalhem demais no meio do arroz. Minha mãe parece ter uma medida instintiva de quanto acrescentar de cada ingrediente sem desmontar as pilhas. Quando começo a enrolar, porções do recheio se derramam para a frente, e eu empurro tudo de volta e tento de novo.

– Dobre os dedos para manter o recheio aí dentro – minha mãe me orienta. Mas a ajuda chega tarde demais. O formato fica todo errado. Quando termino, meu gimbap parece um pneu murcho, torto.

Bato com a esteira de bambu na bancada.

– Onde foi que eu errei? – O gimbap murcha um pouco mais diante dos meus olhos, como se fosse inútil enrolar tudo aquilo.

Minha mãe ri do produto final, e o som me assusta.

Quando foi a última vez que ouvi essa risada?

Ela continua:

– Eu avisei que enrolar era difícil! Você deixou tudo um pouco frouxo. Mas, se apertar demais, o sabor fica ruim. – Ela fatia seu rolinho de gimbap, e eu a observo enquanto reflito sobre o que pode ter sido uma revelação. Todo esse tempo, e eu só precisava tentar cozinhar com ela para libertar sua antiga versão?

Minha mãe emprata o gimbap fatiado. Como eu esperava, o dela fica lindo. As cores do espinafre, da cenoura e do danmuji amarelo lembram um jardim na primavera. Quando ela fatia o meu, o zimbro não sustenta o rolinho, e os ingredientes começam a cair. Não acredito que passamos uma hora preparando os recheios só para eu conseguir estragar o produto.

Minha mãe e eu continuamos enrolando o gimbap até usarmos todos os ingredientes. Todos os rolinhos da minha mãe ficam impecáveis. Quando tento fazer o próximo, ele não desmonta, mas fica apertado demais. Ela abre a boca para dizer alguma coisa, mas eu a interrompo.

– Sim, eu sei. Enrolei com muita força. – É difícil disfarçar a irritação. Cada vez que entro na cozinha, sou forçada a encarar novamente essa nova falta de aptidão. É como um videogame que não salva a última fase que você superou.

– Não se aborreça – diz minha mãe, usando os dedos para desmanchar a linha em minha testa. – Não pode esperar perfeição em tudo desde a primeira vez.

Desde quando? Sinto vontade de perguntar em voz alta, mas enfio meu gimbap deformado na boca. Ela tem razão. Quando fica apertado demais, o sabor é ruim.

Minha mãe olha para o relógio e tira o avental.

– Está quase na hora da minha aula. Bom trabalho, Yeji-yah.

Quando chega em casa, meu pai olha para as torres de gimbap fatiado arrumadas com perfeição nos pratos do nosso jantar.

– Eomma fez gimbap? – ele pergunta, surpreso.

Confirmo com um movimento de cabeça.

– Ela estava tentando me ensinar.

Ele pisca, ainda mais surpreso.

– Sério?

– Bom, eu pedi.

– Hum. – Meu pai põe um rolinho na boca. – Tem pouco danmuji, não acha?

Encolho os ombros.

– Fico feliz por estar pedindo para a eomma te ensinar coisas novas. Mas pode pedir para mim também.

– Você sabe cozinhar?

Meu pai acena como se a ideia fosse absurda.

– Estou me oferecendo para ensinar física. Seu pai é professor, afinal de contas.

Olho para ele, desconfiada.

– Minha mãe também é.

– Só estou dizendo que um de nós pode ensinar coisas que vão te ajudar na faculdade. – Ele pega um dos gimbap da minha mãe, um rolinho perfeito e colorido que levou horas para ser criado, e o examina com um olhar atento. – Isso é hobby, não é ciência. – Depois come o rolinho e sai da cozinha.

Capítulo 11

Como fazemos sempre, as meninas e eu estamos almoçando na sala da *señora* Molina, e mais uma vez olho para o documento em branco, tentando pensar em alguma coisa sobre a qual valha a pena escrever na minha declaração pessoal. Já redigi mais ou menos treze aberturas diferentes, doze delas porcarias intoleráveis, e a décima terceira era uma citação de Alexandria Ocasio-Cortez, o que me deu a sensação de estar trapaceando. Mais uma vez, meu documento volta a ser uma página em branco, enquanto reflito como deve ter sido a declaração pessoal de AOC. Isso, é claro, me leva à toca de coelho da página da parlamentar na Wikipedia, onde descubro que ela se formou na Universidade de Boston com honras, apesar de ter perdido o pai no segundo ano do curso. A primeira coisa que penso é: *como pessoas tão impressionantes existem?* A segunda é: *a senhora Porter teria sido uma excelente orientadora para AOC.*

Batidas à porta me fazem desviar o olhar da tela. Tenho de recorrer a toda minha força de vontade para não revirar os olhos quando vejo quem está parada na entrada.

– Oi, meninas – diz Jess. Ela segura a pasta de química em uma das mãos, como se isso fosse justificativa suficiente para estar se infiltrando mais uma vez em nosso espaço. – Posso roubar Kareena por um segundo?

Assim que Kareena sai, olho para Meredith.

– Não acha estranho ela não pedir para comparar respostas com você também?

Meredith encolhe os ombros.

– Kareena e eu comparamos nossas respostas. Acho que dá na mesma.

Não consigo decidir se Meredith está se fazendo de boba de propósito ou se eu estou me incomodando com isso sem motivo.

– Como vão as aulas de culinária? – Meredith pergunta com um sorriso. – Já ganhou alguma estrela Michelin? Aliás, eu pesquisei, o nome *é* o da companhia de pneus.

Escorrego um pouco na cadeira.

– As aulas estão me espancando. – É constrangedor reconhecer isso em voz alta, dizer que essa matéria que todo mundo considera uma piada está exigindo de mim um esforço enorme. Que estou me machucando física e emocionalmente por causa da minha incompetência na cozinha.

– Você não vai se deixar derrubar por pessoas que veem um homem marshmallow como o Deus Supremo da Comida, Eliza Park.

– Marshmallow? O boneco Michelin é feito de pneus. São pneus brancos.

– Como se isso fizesse mais sentido. O ponto é que não tem jeito de você não ser melhor que qualquer aluno dessa turma. Eu já sei disso. Com o tempo, todo mundo da turma também vai saber. – Meredith diz isso com tanta honestidade que é impossível não ser um fato científico.

Só queria que não fosse um fato tão difícil de provar.

Desde que vi o teste de Wesley, ele tem me tratado com uma frieza evidente. Não fala comigo na aula e já quase não falava antes. Agora ele nem olha na minha direção. Quando levanto a mão para responder a uma pergunta do senhor Treviño (estamos estudando higienização e segurança, e o Campeonato de Ciências me dá uma boa base sobre intoxicações alimentares), é como se eu fosse invisível.

Por isso, quando a tarde de sexta-feira chega, nem sei se ele ainda quer manter o plano de trabalharmos juntos. Há alguns pratos que deveríamos preparar, e, embora ainda falte mais de um mês para o Halloween, sei que nós dois preferimos concluir as tarefas quanto antes.

Quando a aula termina e a cozinha fica vazia, Wesley se dirige ao refrigerador para pegar ingredientes.

– Ei – chamo, antes de segui-lo. – Não vai falar comigo?

– Oi – ele responde com tom seco.

– Vamos trabalhar juntos hoje ou não?

– Não.

– E você não ia dizer nada.

– Não estou deixando claro?

Reviro os olhos.

– Somos uma dupla, Wesley. O projeto é em *grupo*. Acho que devíamos garantir um mínimo de comunicação.

– Vai para casa, Eliza. Ou não vai. Tanto faz.

Finjo que não estou magoada. Quero ir para casa. Quero escapar de seu tom ácido, da expressão de censura e do humor sombrio.

Mas uma semente do mal germina dentro de mim. Por alguma razão, tenho a certeza de que nada o incomodaria mais que minha permanência.

Então, vou à despensa e escolho uma cebola. Separo dentes de alho. Pego uma lata de tomate pelado. Chego às gavetas antes de Wesley e escolho a faca de chef que, eu sei, é a favorita dele, além de uma tábua de corte.

E começo a trabalhar.

Enquanto corto a cebola, tento me avaliar com objetividade. A cebola ainda me faz chorar. O alho ainda gruda nas minhas mãos quando tento amassá-lo. Mas, de maneira geral, constato que minha habilidade com a faca está melhorando. Talvez esteja me iludindo um pouco. Olho para a estação de Wesley e vejo que ele tem todos os ingredientes separados em pilhas organizadas, como se isso acontecesse naturalmente. Ele empunha a faca, sua segunda opção, como se ela fosse uma extensão natural do braço. Como se sentisse meu olhar, ele volta os olhos para cima e vira para o outro lado quase no mesmo instante, provavelmente porque se lembra de que está me ignorando.

Quando acrescento o alho à cebola refogada, cometo o engano de manter o fogo alto demais. Só um ou dois minutos de foco reduzido, olhando para a única outra pessoa presente na cozinha, desafiando-o a olhar para mim, e as extremidades do meu alho queimaram. Resmungo um palavrão e tiro a panela do fogo rapidamente, desligando a chama. Mas o estrago está feito. O alho queimou.

– Que cara feia – Wesley comenta.

Então ele não estava me ignorando, afinal.

– É, talvez seu mau humor seja contagioso.

Ele faz um barulho que é uma mistura de deboche e risada.

Levanto a cabeça.

– Que é? – pergunto.

– Você se comporta como se nunca tivesse sido ruim em alguma coisa antes disso.

– Para tudo tem uma primeira vez – respondo.

– Fala sério.

Estou falando. – Mexo o alho queimado e a cebola translúcida. Acho que não dá para salvar o refogado. – Bem, piano, na verdade. Minha mãe é professora de piano e, naturalmente, tentou me ensinar a tocar quando eu era pequena. Foi horrível. Desisti depois de dois meses, e eu estava no primeiro ano. – Minha mãe foi muito compreensiva. Disse que eu poderia voltar quando quisesse. Isso nunca aconteceu.

– Então você nem tentou.

Levanto uma sobrancelha.

– Não ouviu a parte em que mencionei os dois meses?

– No *primeiro ano*. Acha que foi razoável?

– Tem algum jeito de um aluno do primeiro ano ser razoável? Além do mais, Mozart compunha aos cinco anos.

– Então você desistiu assim que percebeu que não seria o próximo Mozart – Wesley resume, e balança a cabeça. – É ainda mais incrível que tenha aceitado fazer esse curso. Acho que você faz qualquer coisa por uma forcinha na média geral.

Deixo a espátula de madeira cair em cima da bancada com um barulho alto.

– Não finja que você é muito diferente.

– Não poderíamos ser mais diferentes – Wesley argumenta.

– Queremos a mesma coisa. Por que fazer de conta que não?

– Não, eu quero ganhar a disputa no fim do semestre porque amo cozinhar. É uma *paixão*. – Ele reforça as sílabas como se apresentasse uma palavra nova a uma criança de dois anos. – Você não quer coisas pelas quais é apaixonada, só quer aquelas em que é a melhor.

– Qual é a diferença?

– Você é absurda.

– Quer saber de uma coisa? Talvez eu vá para casa – declaro, me aproximando da pia para lavar as mãos. Eu as esfrego furiosamente com detergente para remover o cheiro de alho, que parece durar a semana inteira.

– Vai desistir porque não é boa – ele aponta. – Pelo menos seu comportamento é consistente.

Sei que ele está tentando me provocar, mas enxugo as mãos determinada e volto à mesa, sem sequer me incomodar com guardar utensílios ou ingredientes. Se Wesley se importa tanto com isso, ele que limpe tudo. E só estou indo embora por culpa dele. O cara está praticamente me forçando a sair daqui.

Mais uma vez, Wesley deixou as coisas dele espalhadas sobre a mesa. Vejo o mesmo papel de testes escapando pela abertura do zíper da mochila. Na última vez, a nota era sete ponto dois. Agora é um sete. E na última vez, o teste parecia ser de pré-cálculo. Agora acho que é biologia. Vejo as palavras *transcrição* e *mRNA* no bloco de perguntas. Dessa vez nem disfarço a curiosidade. Pego o teste para examiná-lo de verdade. É fácil, só biologia introdutória. Pela primeira vez no dia, sinto uma onda de empatia ao pensar em Wesley. Ele estava doente na semana passada e eu não percebi? Ou não conseguiu se concentrar por privação de sono? Essa é a explicação para o mau humor durante a semana inteira?

– Jesus Cristo! – Escuto a voz dele antes de a mão arrancar o teste das minhas. – Já não falei para você cuidar da sua vida? – Como um *déjà vu*, eu o vejo enfiar a folha de prova na mochila, como se quanto mais depressa a escondesse de mim, mais depressa eu esqueceria que a vi.

– Está acontecendo alguma coisa? – pergunto.

Ele fecha o zíper da mochila com tanta força que o fato de não arrancá-lo depõe a favor do fabricante.

– Tipo o quê? Ter a parceira de projeto em grupo mais invasiva que já conheci, alguém que não consegue respeitar os limites de outras pessoas?

Ouço as palavras da senhora Porter ecoando em minha cabeça: *quando coisas assim acontecem na família, às vezes o aluno precisa desacelerar um pouco.* Olho para Wesley com um olhar diferente. Alguma vez perguntei a ele sobre qualquer coisa que não tivesse a ver com Artes Culinárias? Com exceção da única vez que insinuou que não se dava muito bem com a mãe, Wesley já falou sobre si mesmo? Seu mundo fora do colégio pode estar desmoronando e eu não sei de nada, porque nunca o considerei mais que um obstáculo no meu caminho para uma premiação.

– Não sei, e também não quero ser invasiva – começo –, mas às vezes, quando a vida fora da escola fica maluca, é mais difícil ter um bom rendimento nas aulas. – Deixo a implicação no ar.

Ele me encara, estuda meu rosto em busca de… não sei. Sarcasmo? Julgamento?

– Acha que estou tirando essas notas porque tem alguma coisa acontecendo na minha vida?

Não consigo interpretar o tom. Wesley está impressionado porque minha dedução foi correta ou está constrangido porque agora sei algo mais profundo sobre ele?

– Pensei nessa possibilidade.

Ele endireita as costas, e isso me faz constatar que ele é mais alto do que me lembrava. Depois olha de cima para mim e diz:

– Talvez deva pensar que algumas pessoas tiram essas notas, só isso. Não é porque está acontecendo alguma coisa, não tem a ver com alguma tragédia pessoal e não é falta de empenho. Da mesma forma que algumas pessoas tiram A, outras tiram C.

Continuo olhando para ele, tentando processar essa revelação com a maior neutralidade possível no rosto, mas sinto que minhas bochechas esquentam. Será que Wesley, que sabe tanto sobre culinária e fala com tanta autoridade sobre as coisas com que se importa, é um *mau* aluno? Ou, no mínimo, um aluno medíocre? Na minha cabeça, essa ideia nada tem a ver com o garoto em pé na minha frente. Eu sabia que ele não fazia nenhuma matéria avançada, mas imaginei que tivesse um bom rendimento nas matérias normais, pelo menos.

– Wesley, qual é sua classificação geral?

Ele desvia o olhar, mas percebo que os dedos apertam com mais força o zíper da mochila.

– Estou no quarto quartil. – Seu tom de voz sugere que a informação não poderia ser menos relevante, mas tem uma sombra em seus olhos que pode ser... constrangimento?

– Então, tenho certeza de que você também precisa desse acréscimo na média geral – concluo.

Por um longo instante, não sei se ele vai responder. Vejo uma fibra do músculo de seu rosto se contrair em silêncio. Então ele me encara, e tem uma raiva ou uma frustração nos olhos que expulsa as palavras.

– Estamos no último semestre antes das inscrições para a faculdade. Seria ótimo mostrar que sou bom nessa coisa em que sou realmente bom, de verdade. Em vez de perder essa chance para uma cópia em carbono de aluno premiado cujo boletim dá a impressão de que o teclado emperrou na letra *A*. Eliza, se é para falar sério, você não é capaz de admitir que não é possível provar sua capacidade mais do que já provou?

Instantaneamente, adoto uma atitude defensiva. O discurso. O título. Minha família na formatura. Dezenas de amigos coreanos do meu pai na plateia para me ver discursar. Kareena e eu sentadas lado a lado no palco, de mãos dadas. O *discurso*. Wesley não conseguia entender. Ele tem razão, não estamos nos esforçando pelas mesmas coisas.

Mas sei que minha melhor chance de vencer a disputa no fim do semestre é ter um bom resultado nesse projeto em grupo e, enquanto isso, aprender tudo que puder com o talento natural de Wesley. Ele pode ser um tremendo porre, mas faz de mim uma cozinheira melhor. Sou inteligente o bastante para saber que não vou muito longe sem ele.

– Posso te dar aulas particulares – falo de repente.

– O quê?

– Como eu disse na última vez: você traz a sabedoria das ruas, eu trago a sabedoria dos livros. Já é hora de termos uma parceria mais equilibrada, não acha? Posso te ajudar a melhorar em pré-cálculo e em biologia, ou em qualquer matéria em que precise de ajuda.

– Isso é...

– E seria só neste semestre – interrompo. – Como você mesmo disse, é a última vez que as faculdades vão ver nossas notas. Então é melhor fazer alguma coisa enquanto ainda pode, certo? Já dei aula particular para alunos do fundamental. Sou boa nisso.

– Está comparando essas aulas com as de um... aluno do fundamental?

– Estou dizendo que sei exatamente o que estou fazendo. – E, como ele não parece ter se convencido, acrescento: – Como você na cozinha. – Não sei por que estou insistindo tanto nisso. Se ele não quer ter notas boas nas outras matérias, quem se importa? Eu não, com certeza. Mas essas aulas podem servir para ele se abrir, para tornar esse projeto em grupo muito mais suportável, e talvez, só talvez, eu aprenda o suficiente com ele para superá-lo em seu próprio jogo.

Wesley batuca com os dedos na alça da mochila, franze a testa. Ele sustenta meu olhar, e vejo quando os olhos castanhos perdem a frieza e recuperam um pouco do brilho. Quanto mais tempo passamos nos encarando, mais ele parece quase vulnerável, uma palavra que nunca pensei associar a esse garoto. Mas recebo a confirmação quando ele finalmente diz:

– Vai me fazer sentir patético se eu pedir sua ajuda?

– Como você faz comigo porque não sei cortar uma cebola?

– Eu faço isso com você? É sério? – Agora há uma suavidade, o mais leve toque de emoção estampada no rosto.

Desvio o olhar, interrompo o contato. Tenho a sensação de estar desistindo de algo que ainda não reconheço.

– Não, não faz. E eu também não vou fazer isso com você.

Capítulo 12

Kareena, Meredith e eu conversamos no grupo de mensagens, que agora se chama "morte por escolha pendente", e decidimos combinar nosso dia semanal de boba no próximo sábado, que é o primeiro de outubro. Kareena e Meredith decidem que a virada do mês significa que agora tem um fogo aceso embaixo do traseiro de cada uma em relação ao prazo para a escolha antecipada. Só para constar, o nome do grupo não tem nada a ver comigo. As duas vão se candidatar a faculdades que exigem escolhas antecipadas, por isso o prazo de inscrição para elas é começo de novembro. Felizmente, o MIT não faz parte desse grupo, e eu posso adiar minha decisão até o prazo regular para a escolha do curso, em janeiro.

Nós nos encontramos na mesa que decidimos que é nossa. A essa altura, eu me sinto como se tivesse gastado dinheiro suficiente nessa loja de boba para merecer uma placa na mesa com nossos nomes. Passamos tantas horas estudando juntas aqui que os bancos devem ter a impressão do traseiro de cada uma. Em vez disso, nossa mesa tem a mesma aparência de todas as outras ali, portanto só é nossa se chegarmos cedo. Por sorte, Kareena já se sentou no lugar de costume, e eu peço um chá verde de jasmim com leite, pouco adoçado e com boba, antes de ir me juntar às meninas.

Meredith e Kareena estão preenchendo juntas o formulário comum de inscrição on-line. A conversa tem coisas como:

– Qual é a melhor maneira de dizer "eu fiz"?

– Realizei…

– Executei...

– Desempenhei...

– Conquistei...

– Atingi!

– Opção de título para a biografia de Kareena?

E:

– Vejam se fica bom: "uma oportunidade única de desenvolver...". Ah, não, já usei "desenvolver" na linha anterior, ignorem.

E:

– Por que eles precisam saber tanto sobre nós? É só pegar meu dinheiro e me aceitar, que coisa.

Mesmo com toda essa falação, sei que as duas estão construindo as mais fantásticas inscrições que esses avaliadores já tiveram o prazer de ver. É fácil acreditar em minhas amigas depois de anos vendo as duas se superarem. Uma coisa é saber que seus amigos são inteligentes, outra é considerá-los tão competentes que isso inspira você a ser melhor.

– Estão nervosas com a ideia de ir para a faculdade sem as outras duas? – pergunto.

Kareena levanta a cabeça, e a luz da tela do laptop faz seus olhos brilharem ainda mais.

– Por que vamos nos separar?

Acabei de encher a boca com um punhado de bolinhas de boba, por isso só confirmo com um movimento de cabeça.

Kareena encolhe os ombros.

– Não sei, eu acho que depois do Face Time, ninguém mais perde amizades, a menos que não se esforce.

– É, mas e se a gente se transformar nisso? Vamos nos envolver com todas as novas experiências da faculdade, e vai ser cada vez mais difícil fazer esse esforço. Talvez a gente nem queira – sugiro.

Meredith se debruça sobre a mesa para empurrar meu braço.

– Está tentando avisar que não vai querer falar com a gente no ano que vem? Caramba, outubro mal começou.

Dou risada e empurro a mão dela.

– É sério. Só pensei que... quais são as chances de encontrar amigas como vocês de novo nesta vida?

Meredith cobre os olhos.

– Está tentando me fazer chorar só porque eu contei que estou experimentando um rímel novo, e isso é muita maldade.

– Não é verdade, mas percebi que seus cílios estão quase tocando o teto, pode mandar o link – peço.

Kareena fecha o laptop.

– É claro que não vai mais encontrar amigas como nós nesta vida. Vai encontrar outras na faculdade, com certeza, porque é inteligente, divertida, legal e sabe fazer pizzas do tamanho de bagels. E, quando encontrar essas outras amigas na faculdade, ainda estaremos aqui para lembrar que chegamos primeiro. Elas que entrem na fila.

Quando ela diz isso, a tela de seu celular se acende com uma nova mensagem. Kareena desliza o dedo na tela para esconder a notificação, mas o formato do nome confirma quem eu penso que é.

– Onde Jess vai se inscrever? – Mantenho a voz leve e casual, tentando evitar qualquer julgamento por ela se aproximar furtivamente da minha única rival. Não sei se consigo.

Vejo o rubor que sobe pelo pescoço de Kareena.

– Ela ainda não decidiu. Talvez Vanderbilt. Ou Pensilvânia.

Levanto as sobrancelhas.

– Pensilvânia?

Até Meredith parece surpresa.

– Ela vai com você para lá?

O rubor se espalha pelo rosto todo. Kareena abre o laptop de novo, tentando disfarçar a repentina necessidade de distração.

– Não tenho exclusividade sobre as inscrições para a Pensilvânia. Talvez eu nem entre.

Alarmes disparam em minha cabeça, porque são muitas coisas incorretas acontecendo ao mesmo tempo. Primeiro, Kareena está duvidando de si mesma, o que, infelizmente, é uma característica de sua personalidade, e é um traço tão forte quanto sua competência real. Segundo, mais alguém no mesmo ano que nós pode se candidatar à universidade dos seus *sonhos*, e ela se comporta como se isso não a incomodasse? E até incentiva? E não é só outra pessoa qualquer, mas a garota que está na minha cola pelo discurso de formatura e está obcecada pelas lições de casa de Kareena. Por que todo mundo se comporta como se fosse normal, quando é claramente tudo, menos isso? Bebo um gole de chá para controlar a frustração, mas até as bolinhas de boba são menos doces.

– Muito bem, antes que uma de vocês diga alguma coisa – Kareena se manifesta, embora eu não fosse falar nada –, é claro que não tem problema nenhum em Jess se inscrever. Se alguma de vocês quiser se candidatar à Pensilvânia também, fique à vontade. – Os brincos dourados de argola brilham à luz do sol quando ela começa a desmanchar a trança. Os dedos desmentem a indiferença que ela quer transmitir. Kareena sempre teve o hábito de trançar, destrançar e trançar o cabelo de novo quando está ansiosa. Olho diretamente para ela, até o peso do meu olhar paralisar seus dedos.

– Para de me encarar, Eliza.

– Acho que sua trança precisa de mais trança, na verdade. – Tem uma nota incisiva demais na minha voz? Tusso para fingir que o problema é a garganta.

– Se todas nós fôssemos para a Pensilvânia, não precisaríamos do Face Time – brinca Meredith. – Poderíamos até morar juntas em um triplo! Que fofo!

– Ei, vai com calma – Kareena reage. – Eu falei que vocês podem se candidatar. Mas, para continuarmos amigas, não podemos dividir o mesmo quarto, de jeito nenhum.

– Ela está falando com você, Meredith – aviso.

– Ah, fala sério. Não sou tão bagunceira – Meredith protesta.

– Não me esqueci de quando comprou calcinhas novas porque as limpas tinham acabado – comento.

Kareena assente.

– E sua mãe cuida da roupa. Você foi preguiçosa demais para pegar as calcinhas sujas do chão do banheiro e jogar no cesto de roupas.

Meredith inclina a cabeça.

– Calcinha nunca é demais, não sei qual é o problema nisso.

– O problema é que não quero ver as calcinhas de vocês – Kareena declara com firmeza, e fala tão alto que as garotas da mesa ao lado olham para nós com um sorrisinho debochado.

– Tudo bem, é melhor voltar ao trabalho, ou vamos ter de parar de vir aqui para não passar vergonha – digo.

– Ah, vamos usar essa. – Meredith pega o celular. Um minuto depois, recebo uma notificação sobre nosso grupo ter mudado de nome, agora é "mortas de vergonha na loja de boba".

Sorrio.

– Espera, e se… – O novo nome do grupo agora é "Morte! na Loja de Boba".

Kareena balança a cabeça, mas participa da digitação caótica na tela do celular. O nome do grupo muda para "desafio meredith, lave suas calcinhas".

Meredith ri tão alto que, de novo, as garotas da mesa vizinha olham para nós.

– Gente, vamos segurar a onda – digo. – Quero continuar vindo aqui.

– Não! – exclama Meredith. – Não pode parar agora! Está dizendo que vamos manter o desafio de lavar minhas calcinhas?

Essa deve ser a gota de água, porque as garotas da mesa ao lado se levantam e vão embora. Mal passaram pela porta quando nós três começamos a rir, e gargalhamos tanto que o ataque de riso se transforma em exclamações sufocadas e dor nas costelas.

No começo da aula seguinte com minha mãe, ela me pergunta:

– Os americanos levam comida à casa dos amigos?

Normalmente ela usa *americanos* para se referir a *pessoas brancas*.

– Tipo uma festa em que cada convidado leva um prato? – devolvo.

Ela balança a cabeça para dizer que sim.

– É isso. Essa receita é um prato perfeito para levar a uma festa. Fácil de fazer em grande quantidade, nutritivo e delicioso.

Hoje vamos fazer japchae, que é um dos meus pratos preferidos com macarrão. A massa, cujo nome é dangmyeon, é feita com amido de batata doce, que dá a ela uma textura estranha, mais mastigável que a do macarrão de arroz ou farinha. Como o gimbap, todos os vegetais e as carnes são fritos e preparados individualmente, então esse é mais um projeto que consome um bom tempo, mas, quando é com minha mãe, não me importo.

Ela corta a carne em tiras longas, enquanto eu corto os vegetais. A cozinha coreana tem seus produtos mais queridos, como espinafre, cebola, cogumelo e cenoura. O molho é principalmente molho de soja, óleo de gergelim e açúcar. Apesar de eu não estar nem perto de ser muito habilidosa na culinária coreana, gosto de já conseguir identificar as semelhanças com o que minha mãe me ensinou antes. É fácil entender por que ela se sentia tão confortada preparando sempre essas mesmas refeições quando se mudou para cá.

– Me conta alguma coisa sobre a halmeoni – peço, cortando as cenouras à juliana com todo o cuidado e sem pressa, para não cortar os dedos. Tento ignorar que a palavra *juliana* ecoa na voz de Wesley dentro da minha cabeça. Foi a resposta para uma das perguntas do senhor Treviño em sala de aula, e nem preciso dizer quem deu a resposta certa.

Minha mãe olha para mim e sorri.

– O que você quer saber?

Encolho os ombros.

– Qualquer coisa. Teve alguma época em que vocês não se deram bem?

Ela ri.

– É claro que sim. – Sem pausa, passa da cebolinha perfeitamente fatiada para a minha outra cenoura, que ainda não cortei, e cria palitinhos perfeitos com movimentos duas vezes mais rápidos que os meus. – Eu me lembro de uma vez no colégio, quando disse à halmeoni que queria ser jornalista. E ela respondeu: "Você tem que estudar e arrumar um emprego, e está escolhendo uma coisa que não vai dar dinheiro nenhum?". Halmeoni não foi para a faculdade, você sabe.

– Como assim? Sério? – Não consigo imaginar não ir para a faculdade. Se for bem sincera, não consigo imaginar nem cursar uma faculdade que tenha um índice de aceitação de dois dígitos.

– Ah, era uma época muito diferente. As meninas não estudavam na Coreia do Sul, até que missionários ocidentais chegaram e fundaram escolas. Foi assim que a Ewha, a primeira universidade só para mulheres, foi criada. Quando *eu* estava na faculdade, menos de um terço das meninas ia para a universidade.

A essa altura, todos os vegetais estavam cortados, graças à eficiência milagrosa de minha mãe. Ela também me orienta para começar a fritá-los.

– Então ela queria que você fosse para a faculdade para ter um emprego mais lucrativo do que você queria – retomo.

Ela confirma balançando a cabeça.

– Tivemos uma briga séria. Não jantei em casa durante duas semanas, acho. Mas é claro, o engraçado de ficar mais velha é que, agora, eu a entendo perfeitamente. Isso é o que muitos pais imigrantes pensam por aqui, não é? Appa fala sobre isso o tempo todo, como é importante aproveitar a oportunidade de estudar e arrumar um bom emprego. Mas, quando eu estava no colégio, achava que essa era a coisa mais cruel que ela poderia dizer. Por que minha mãe não podia ficar feliz por eu ter encontrado algo que queria fazer?

A primeira rachadura no meu coração é a constatação de que não sei se encontrei esse algo, essa coisa que quero tanto que estaria disposta a brigar com meus pais por ela. Por mais que diga que quero me formar em ciências da computação, se meus pais se opusessem, eu me convenceria a fazer outra coisa sem nenhuma dificuldade. Talvez Wesley esteja certo: gosto das coisas em que sou boa, como matemática e ciências, mas isso não substitui a paixão.

A segunda rachadura aparece quando me dou conta de que minha mãe nunca conseguiu fazer o que amava. Foi para a faculdade com seus sonhos e suas paixões e acabou aqui, nos Estados Unidos, sem nada disso. Ela encontrou um caminho alternativo, transformou um hobby em profissão e nunca reclamou de quanto esse caminho era estreito. Queria ter de cortar cebolas, assim teria uma boa desculpa para a vontade repentina de chorar.

– Mas vocês se entenderam – continuo.

– Mães e filhas brigam o tempo todo! Halmeoni tinha muita sabedoria. Às vezes eu era imatura demais para perceber. Vai ser assim com você também, tenho certeza.

Dou risada.

– Está dizendo isso só para poder tentar usar essa desculpa de sabedoria para me dar tarefas.

– Sei que vai lavar essa louça quando terminarmos – ela diz. O sorriso em seu rosto a faz parecer um pouco mais jovem. Quase como se estivesse voltando a ser sua versão de abril.

E esse é o segredo que descobri: só quando pode perder-se em lembranças ela se torna paradoxalmente mais ela mesma. É como assistir à cena do crítico gastronômico de *Ratatouille* experimentando o prato de Remy, mas posso vê-la toda terça-feira, desde que consiga fazê-la falar sobre halmeoni.

No meio dos meus pensamentos dispersos, esqueci-me de ligar o *timer* quando pus os dangmyeon na água fervente, e eles acabaram passando do ponto de cozimento. Só me lembro de escorrer a massa quando minha mãe percebe que já faz um tempo que a pusemos na panela.

Quando chega a hora de misturarmos todos os nossos vegetais fritos com a carne e o dangmyeon, minha mãe me dá um par de luvas plásticas. Deixei o dangmyeon tão mole que alguns rasgam acidentalmente quando misturo tudo.

Mesmo frustrada com minha incompetência – quanto pode ser difícil cozinhar um macarrão, não é? –, tem algo relaxante em misturar tudo com a mão. Isso é outra coisa que notei nas aulas com minha mãe. Tem muita sensação tátil na cozinha coreana, seja enrolando o gimbap, misturando japchae com a mão ou esfregando pasta nas folhas de um kimchi caseiro. Isso me faz sentir como se eu fosse parte da comida. E talvez sempre tenha sido fácil fazer parte disso; eu só precisava ter me interessado o suficiente para pedir.

Quando minha mãe vai dar sua aula de piano e eu estou lavando a louça, penso em toda a sabedoria que halmeoni poderia ter transmitido para mim se eu dominasse a língua para ouvi-la.

Capítulo 13

Em Artes Culinárias, faz uma semana que começamos a unidade de preparações básicas, depois de encerrar o capítulo sobre higienização e segurança. No fim de cada unidade o senhor Treviño faz um breve questionário, e eu arrasei em higienização. Ele propôs uma questão bônus sobre relacionar os patógenos que mais frequentemente causam intoxicação alimentar. Mesmo que não consiga cozinhar um macarrão sem estragar alguma coisa, pelo menos sou capaz de falar sobre contaminação de um jeito até poético.

O senhor Treviño diz que, à medida que passarmos para o aprendizado mais prático da culinária, ele vai se afastar dos questionários impressos e dar preferência ao que chama de "cozinha-laboratório", onde nos observa executando práticas culinárias. Faz sentido, e acho que por isso todos temos estações de trabalho em torno do perímetro da sala, mas pensar que todo mundo ali vai poder testemunhar minha falta de habilidade em ação é um pouco perturbador.

Wesley e eu não especificamos quando eu daria as aulas particulares. Em parte porque já tenho muitas atividades depois da escola na maioria dos dias, mas também porque ele não voltou a tocar nesse assunto comigo. E o mais chocante: não é porque se recusa a reconhecer minha presença. Pelo menos Wesley encerra a fase de me ignorar na sala de aula, embora nos sentemos a quinze centímetros um do outro. Ele olha para mim quando falo. Até sugeriu que trocássemos números de telefone e admitiu que deveríamos ter feito isso quando fomos designados parceiros em um projeto. Talvez a Guerra Fria esteja derretendo.

Na sexta-feira, digo que devemos tentar preparar o carbonara que faz parte do programa. É a primeira vez que sugiro o prato em que vamos trabalhar, em vez de aceitar a decisão dele. E não perguntei se ele já tinha algum plano para o dia.

Mas, para minha surpresa, ele diz apenas:

– É claro. – E projeta o queixo na minha direção, numa demonstração inconsciente de curiosidade. – Algum motivo específico?

Encolho os ombros.

– Acho que chegou a hora de eu vencer um macarrão, finalmente.

Wesley dá risada.

– Ai, Eliza. O macarrão não é a parte mais difícil desse prato.

– Ai, Wesley. Não sabe que para mim toda parte é a mais difícil? – Faço cara de inocente.

Para melhorar o *cosplay* de ingenuidade, pisco algumas vezes. Wesley revira os olhos e desvia o olhar, mas sua nuca fica cor-de-rosa.

– Trouxe um ingrediente especial para o prato – aviso. – Achei que poderíamos usá-lo.

– Guanciale? – ele arrisca. – Que bom, porque estava pensando que o senhor Treviño não deve ter isso na despensa.

Balanço a cabeça. Vou até a geladeira e tiro dela um recipiente com a pasta marrom-clara que guardei ali antes da primeira aula.

É claro, o olhar de Wesley e sua capacidade de reconhecer ingredientes são bons demais. Ele levanta as sobrancelhas.

– Você trouxe missô?

– Pensei que a gente poderia fazer carbonara com missô – respondo. – Você disse que o programa do curso é branco demais, lembra? Encontrei essa receita on-line ontem à noite e achei que parecia boa. Vou mandar para você. – Pego o celular e mando para ele o link da receita. É uma bolha azul em uma conversa praticamente vazia.

Vejo Wesley ler a receita. Não acho que tenha se empolgado tanto quanto eu esperava.

Suspiro.

– Que foi? Não fizeram a massa do zero? Estão usando uma panela antiaderente?

Ele olha para mim.

– Você acha que isso vai ficar bom?

Franzo a testa. É evidente que ele acha que "sim" é a resposta errada, mas não entendo por quê.

– Você não?

Wesley deixa o telefone em cima da bancada da estação de trabalho.

– Quando as pessoas misturam comida asiática com comida ocidental, não acho que o experimento seja muito divertido – diz. – Parece que estão tentando tornar nossa comida mais aceitável para o paladar ocidental, ou... sei lá, é como se quisessem disfarçá-la. Ah, você não gosta de curry? Pense nisso como um ensopado de inspiração asiática. Guioza? Ravióli com um toque asiático.

– Não sabia que era um purista da comida asiática.

– Você é suficientemente inteligente para saber que não foi isso que eu quis dizer.

Entendo aonde ele quer chegar, mesmo que essa seja uma questão que nunca reconheci como questão até essa conversa. Quando eu era pequena, teria feito qualquer coisa para as crianças brancas da turma aceitarem meus almoços cheios de pratos coreanos. Mas o que Wesley está enfatizando é a intenção. O que faz a diferença entre celebrar um ingrediente e disfarçá-lo?

– Bem, já enfrentei o estacionamento lotado do H Mart para comprar esse missô branco especialmente para a receita que eu trouxe. Só estou pedindo para você tentar.

Ele dá uma risadinha.

– Adoro o H Mart, mas aquele estacionamento me faz querer cometer assassinatos.

– Não acredito que seja justo atribuir a culpa dessa vontade a estacionamentos.

– Eu me lembro de um de nós ameaçando o outro com uma faca, e não fui eu.

Percebo que estou me esforçando para não dar risada. Acho Wesley engraçado?

– Muito bem, vamos começar – decido. – Temos de improvisar com bacon, porque é óbvio que eu não trouxe guanciale.

A primeira coisa que fazemos é encher uma panela com água e levá-la ao fogo para ferver. Wesley despeja um punhado de sal na água.

– O sal desperta os sabores – ele diz. – É preciso salgar a água para a massa absorver parte do sal enquanto está cozinhando. – Seu tom adquire aquela autoridade natural que ele demonstra quando fala sobre comida, como se tudo fosse parte dele.

Enquanto Wesley cozinha tiras finas de bacon, eu ralo queijo parmesão até sentir que meus braços podem cair. Quando misturo o queijo aos ovos, tenho que trocar de mão para continuar batendo a mistura. Vejo Wesley diluir uma colherada de missô em água fervente e acrescentar a pasta à mistura de ovos, enquanto eu mexo a massa para que ela não grude.

– A dificuldade do preparo de um carbonara é equilibrar a emulsão – ele explica. – Ainda me lembro de como você ficou confusa quando o senhor Treviño perguntou se tinha reservado a água do cozimento do macarrão.

Sinto que meu rosto perde parte da cor.

– Foi você quem reagiu com aquele gemido chocado?

Wesley dá risada.

– Pode ser surpreendente, mas não.

– Mas sentiu vontade.

Ele se aproxima da panela, pega um fio de espaguete com uma pinça e o leva à boca.

– Ah, sim. Quase pronto. Vamos voltar à emulsão.

– Sei o que é uma emulsão. É parecido com a gente.

– Quê?

– Óleo e água. Não se misturam, mas, se você sacudir bem forte, talvez se integrem. Ou você pode acrescentar um emulsificador, que é o ovo. E aí reserva a água do cozimento da massa e a gordura do bacon, e os ovos fazem a alegria da mistura de água e gordura. – Aperto os olhos. – Não faça essa cara de surpresa! Quantas vezes tenho de provar que estudo a teoria? Além do mais, isso é ciência.

Ele sorri.

– Desculpe, é verdade. Só me surpreende que guarde tanto conhecimento aqui – ele bate com o dedo na minha testa –, mas perca a cabeça tentando cortar uma cebola. – E aponta para minhas mãos. – Mas a água do cozimento da massa não é só água. A massa libera amido na água em que é cozida, e isso é outro emulsificante e serve para engrossar o molho. Por isso as pessoas chamam a água do macarrão de *ouro líquido*. É assim que se consegue essa massa brilhante e sedosa, perfeitamente envolvida e recoberta de molho, sem nenhuma separação irritante.

Por um momento, fico perplexa. Demoro um pouco para identificar o que estou sentindo.

Quando Wesley fala sobre culinária, parece muito inteligente. Ele sabe muito, consegue explicar as coisas melhor que os artigos que tenho lido on-line para me preparar para essas sessões das sextas-feiras, e fala sobre cozinhar como se fosse não só uma ciência, mas arte. Ele é muito *competente*. E percebo, tarde demais e horrorizada, que essa competência é... atraente.

Ele usa a pinça para transferir o espaguete e o bacon para a vasilha com a mistura de ovos. Depois retira uma xícara da água do cozimento do macarrão e acrescenta o líquido à mistura, mexendo vigorosamente. Ele apoia a vasilha sobre a panela com a água do macarrão, usando o vapor para mantê-la aquecida.

– Esta também é outra parte complicada. Cozinhar o molho sem talhar o ovo. Fogo baixo, bater vigorosamente. Eu diria para você fazer esta parte, porque acho que é a etapa mais importante, mas vi a dificuldade que teve para ralar o queijo. – E o sorriso arrogante reaparece.

Wesley emprata a massa e espalha grandes lascas de parmesão sobre ela. Salpico a cebolinha picada bem fino. Juntos, olhamos para o prato com admiração.

Ele comenta, relutante.

É, parece muito bom. – Depois tira nossa selfie com o prato, e finalmente nos sentamos nos lugares de sempre para comer. Por um minuto, fico só olhando para a massa. O amarelo-claro das lascas de parmesão, o verde brilhante da cebolinha, os ninhos dourados da massa coberta de missô. Parece ainda melhor que na foto da receita on-line. E o cheiro é de fazer salivar, uma mistura salgada, terrosa e cheia de queijo.

Por melhor que seja o cheiro, o sabor é ainda melhor.

– Uau – suspiro. Sinto os lábios revestidos de molho cremoso, mas é tão bom que nem fico constrangida. Poderia comer essa massa para sempre, e ainda não seria o suficiente.

Wesley geme.

– Não gostou? – pergunto chocada.

– Gostei. Esse é nosso melhor trabalho, sem dúvida. – Mas ele diz isso com uma ruga profunda na testa. Se minha mãe estivesse aqui, usaria os dedos para alisar sua pele e o alertaria para o risco de adquirir uma ruga permanente.

Dou risada.

– Você parece aborrecido demais para quem está elogiando a própria comida.

– Não acho que gente branca usando missô no macarrão seja uma grande vitória.

– Talvez a gente devesse ficar contente com isso, porque o ingrediente mais saboroso que elas usam não é mais queijo. Além do mais, a receita que mandei para você é de uma mulher asiática.

Wesley gira o garfo, e percebo como o molho adere a cada fio de macarrão como um abraço cremoso. Quem poderia imaginar que a ciência tornava a comida tão boa?

– Tem muito macarrão por aí que não é massa. Sinto que é um desserviço não aprender sobre eles também, sabe?

Assinto, levando pedaços de bacon à boca.

– É verdade. Minha mãe me ensinou a fazer japchae. É um prato coreano com macarrão de batata-doce…

– Eu sei o que é japchae.

– Sabe?

– Eliza, eu gosto de comida. Gosto de aprender sobre ela, todos os tipos. Ainda não entendeu?

– Acho que você faz compras no H Mart. – Não acredito que Kareena ou Meredith alguma vez tenham entrado em uma loja do H Mart.

– É muito legal que sua mãe te ensine a preparar pratos da cozinha coreana. Tenho tentado aprender alguma coisa sozinho, mas aposto que aprender com ela é totalmente diferente. E, sempre que vou ao H Mart, nunca sei que marcas escolher. Acho que só queria... – Ele para, como se tivesse falado demais. – Enfim, é legal que você e sua mãe façam isso juntas.

– Sua mãe não te ensina a preparar pratos da cozinha tailandesa? – Já sei a resposta, mas quero ouvir Wesley dizer alguma coisa, qualquer coisa que dê contexto a como ele se sente em relação à mãe.

Ele ri baixinho. Depois enche a boca de macarrão.

– Você quer... – Paro. Limpo a garganta, forçando um leve pigarro. *Eliza, o que está fazendo? Não fala o que está pensando. Eliza, para.* – Quer aprender a fazer comida coreana comigo?

Aborta.

Cancela.

Foge.

– O quê? – Wesley arregala os olhos.

É isso, Eliza, ele está te dando uma chance de mudar de rota. Aproveita.

– Minha mãe tem me ensinado algumas receitas da minha avó. Ela me dá uma aula toda terça-feira. E tenho... bem, agora que estou falando isso em voz alta, acho que não consegui fazer nenhuma receita sem estragar alguma coisa. Talvez ela goste de ver um prato sair como o original, pelo menos uma vez. Se quiser aprender, é claro.

Wesley parece prestes a sufocar.

– Eu... Você quer que eu conheça sua mãe?

Sinto meu rosto esquentar.

– Bom, é... para fins culinários.

O silêncio é incômodo, denso, *excruciante*, enquanto ele considera a proposta. Tenho plena consciência de quanto essa ideia é ridícula. Levar esse garoto, que nem meu amigo é, à minha casa? Apresentá-lo à minha mãe, que nem sabe que Wesley existe? *Ei, Wesley, sei que nem gostamos um do outro, mas vem passar um tempo comigo e com a minha mãe! Bem casual, eu faço isso com todos os meus não amigos.* Apesar de ser geralmente inteligente, minha insensatez chega a ser ofensiva.

Por que estou fazendo isso? Porque me sentiria menos culpada por minha mãe dedicar um tempo a me ensinar coisas, quando estou trabalhando com alguém que morreria para ter a mesma oportunidade? Porque ele fez um curativo no meu dedo como halmeoni fez no da minha mãe, e talvez minha mãe também veja nele ecos de suas lembranças? Porque sei quanto ele é competente cozinhando, quanto ama aprender, e como não consigo negar o desejo de fortalecer isso ainda mais? Porque quanto mais o vejo falar sobre o que ama, sobre saber o que é japchae, comprar produtos coreanos, aprender sobre a cozinha de outras culturas, não na escola, mas por conta própria, mais penso que talvez não desgoste tanto assim dele?

Não, decido. Não desgosto dele.

As palavras estão pairando no ar há muito tempo. Quase retiro o que disse. Mas Wesley diz:

– Seria incrível.

E a sinceridade na voz dele me choca. Combina perfeitamente com a imagem que estou começando a entender; é como preencher as sombras e enxergar o que fica em destaque.

– Sério?

– Muito sério. Eu adoraria participar disso.

Não consigo decidir se a animação que percebo está realmente ali ou se é só minha imaginação. De qualquer maneira, a empolgação em seu rosto é inegável. Tem um brilho nos olhos que eu nunca tinha visto.

Agora eles têm a cor de castanhas torradas, e, quando os cantos espremidos são riscados por linhas, parece que ele não me odeia.

– Minha mãe dá aula de piano à noite, mas ela tem um intervalo entre alunos na terça-feira. Se quiser, pode ir depois do colégio, e a gente aproveita o tempo antes da aula de culinária para fazer alguma lição. Ou não fazemos nada. Só... se você precisar de ajuda. – Meu Deus, sobrevivi a um verão de aulas particulares para alunos do ensino fundamental, que são capazes de criar os piores constrangimentos do planeta, sem aprender a ter uma conversa normal com alguém da minha idade?

Wesley sorri para mim. É uma demonstração surpreendente de simpatia, uma coisa tão doce que me faz pensar se a conversa foi constrangedora só na minha cabeça.

– Obrigado, Eliza. Isso vai ser perfeito.

Capítulo 14

Normalmente não sou procrastinadora. Juro. Isso é essencialmente uma antítese do que sou. No momento em que sou encarregada de fazer alguma coisa, isso vira uma etiqueta de suéter arranhando minha nuca sem parar. Mas, por alguma razão, me sinto incapaz de perguntar à minha mãe se Wesley pode participar das nossas aulas de culinária.

Tive muito tempo para perguntar no sábado, especialmente depois de Kareena pedir que passássemos o boba para o domingo. "Campeonato de pickleball!", ela escreveu. Desde quando Kareena jogava pickleball? Ela faz parte da equipe de tênis do colégio, então não é totalmente absurdo, mas é estranho. Acho que é uma coisa que ela já teria mencionado.

Tive muito tempo para perguntar no domingo, especialmente depois que Kareena cancelou o boba. "Vou passar o dia na casa da minha prima em Round Rock. Desculpem, tinha me esquecido disso, por isso sugeri transferirmos para hoje", ela escreveu. Era normal Kareena ser arrastada para eventos da família na região, mas ainda achei estranho. Ela não costuma esquecer essas coisas. Sua agenda Google é codificada por cores, como a minha.

"Ok, Kareena paga o boba para todo mundo na próxima, então? Punição pelo crime capital de desmarcar nosso encontro", Meredith responde brincando. Digito alguma coisa como: *Talvez a punição seja ela revelar com quem foi jogar pickleball,* mas não quero parecer insegura ou invasiva, então apago a mensagem e deixo isso para lá.

Resumindo, tive tempo. E ainda não perguntei para minha mãe se posso convidar Wesley.

Na segunda-feira à noite, estou no meu quarto, atenta aos barulhos da casa para saber quando o último aluno vai embora. Pedi que eomma começasse a me dar essas aulas porque queria ter as melhores chances possíveis na disputa no colégio. Mas agora elas também são algo mais. As lições se tornaram uma janela frágil onde passado e presente se encontram de um jeito que não a fere. Espero que isso não mude se houver mais alguém conosco.

A outra preocupação é tentar falar com minha mãe imigrante sobre trazer um garoto em casa.

De algum jeito, encontrei coragem para falar com eomma depois da última aula dela na segunda à noite. Bato à porta da sala do piano e espio lá dentro. Minha mãe está limpando as teclas do nosso Kaway brilhante com uma bola de algodão embebida em água oxigenada.

– Oi, eomma.

– Oi, Yeji. Algum problema?

– Vamos cozinhar juntas amanhã? – pergunto. Primeiro a questão mais fácil.

Ela franze a testa.

– Eu me preparei para isso. Vai estar ocupada?

Balanço a cabeça.

– Não, mas… você se importaria se mais alguém participasse? Das aulas de culinária? – *Não pareça suspeita. Mantenha a calma.*

Minha mãe fica confusa.

– Quem? Kareena? – Ela joga a bola de algodão no lixo e deixa a proteção escura cair sobre o marfim brilhante do teclado.

Tento banir a irritação provocada pela sugestão, porque a presença de Kareena não deveria ser uma ideia tão absurda. Ela é a opção óbvia, mas, do jeito que as coisas têm sido, convidá-la para cozinhar com a minha mãe é algo que não consigo nem imaginar. Seria pessoal demais.

Não sei se o que digo a seguir é só uma tática para adiar a resposta ou se realmente quero dar uma saída para minha mãe.

– Tudo bem se quiser manter as aulas só para nós duas – começo. – Sei que lembrar histórias da sua infância é uma coisa privada.

– Não me importo de ensinar mais alguém – ela diz. E bate com os dedos no teclado do piano. – Sou professora, não sou?

Assinto.

– Bem, nesse caso, conheço alguém que acho que gostaria muito de aprender receitas coreanas. Ele gosta muito de cozinhar e... e estamos juntos em um projeto do colégio, então... – Nenhuma palavra que sai da minha boca está fazendo muito sentido para ela. Talvez porque o pedido não faça muito sentido. – Acho que ele teria muito a ganhar aprendendo com você.

É claro, no primeiro *ele*, vejo as sobrancelhas da minha mãe encontrarem a linha da raiz do cabelo. Ela nunca esteve tão interessada em minha vida desde o verão. Não posso negar que é bom ser alvo de sua atenção, mas preferia que ela conseguisse se interessar só por mim.

Queria não ter sido forçada a vir procurá-la na sala de aula. Em uma linha do tempo alternativa, ela me encontraria na sala de estar e perguntaria sobre meu dia na escola, como costumava fazer todos os dias. Saberia exatamente a quem eu me referia quando dissesse *ele*, porque Wesley teria sido introduzido em seu elenco mental de personagens desde o primeiro dia de aula. Mas não conversamos mais desse jeito. Só as aulas impedem que estejamos completamente desconectadas.

Ela estuda meu rosto por tanto tempo que isso me deixa nervosa. O que ela consegue ver ali que não estou escondendo bem?

– Então não é Kareena nem Meredith – minha mãe conclui.

Meus olhos passam do piano para a pasta de músicas em cima da banqueta; qualquer coisa que não seja seu olhar curioso.

– É um colega novo de turma. O nome dele é Wesley.

– Ele é branco? – ela pergunta imediatamente, e não sei por que essa é sempre a primeira pergunta que meus pais fazem quando menciono alguém que eles não conhecem. *Qual é a raça?*, seguido inevitavelmente por *o que os pais fazem?*

– Não. É asiático.

– Coreano? Não, você teria dito coreano.

– Tailandês.

Ela assente, pensativa.

– E ele quer vir aprender a preparar comida coreana.

– E acho que ele seria bom nisso. Tipo, muito, *muito* melhor que eu.

Minha mãe sorri. Um sorriso quase luminoso.

– Yeji-yah, acho que qualquer um poderia ser muito, muito melhor que você.

– Eomma! – Levo a mão ao peito, apertando o ferimento imaginário.

Traços de um sorriso debochado brincam nos cantos da boca de minha mãe.

– Traga esse amigo amanhã, então. Vamos ver se ele é bom mesmo.

Arregalo os olhos.

– Não vai testar meu amigo, vai?

– É claro que não – ela diz, e o sorriso se amplia de um lado. – Só vamos preparar uma coisa que suje um pouco as mãos.

No dia seguinte, depois da reunião da Sociedade de Premiação, encontro Wesley na cozinha de Artes Culinárias. Ele mantém as costas muito rígidas e repete a todo instante o gesto de tirar a franja dos olhos, embora ela seja curta demais para isso.

– Relaxa – digo. – Você parece prestes a molhar as calças.

– Sua mãe não vai se importar mesmo, de verdade?

Eu me surpreendo com o nervosismo. Nunca o vi tão agitado.

– Não – garanto, e deve ser a quinta vez. – Vamos logo. Eu vim de carro.

Saímos da cozinha e caminhamos para o estacionamento. Estou tentando pensar em um jeito de perguntar a Wesley sobre a última vez que o vi ali, voltando para casa a pé depois de ter dito que havia estacionado *lá atrás*, quando percebo três garotas andando na direção de um Volkswagen azul.

Meredith me vê primeiro.

Depois, Kareena.

Finalmente, Jess.

Por um momento só nos olhamos. É constrangedor, dolorosamente constrangedor, e fica ainda pior por Wesley estar testemunhando essa cena. É tão aflitivo que me esqueço de ficar envergonhada por minhas amigas me verem ali com alguém que até agora só descrevi como *meu rival arrogante e insuportável em Artes Culinárias.* Vejo Meredith e Kareena olharem para ele e registrarem todas as coisas que nunca mencionei: alto, cabelo escuro, relativamente bonito, para quem não o conhece pessoalmente.

Talvez até para quem conhece.

Finalmente, Meredith sorri para mim.

– Oi, Eliza.

– Oi – respondo. Que bom, minha voz está normal.

Cumprimento Kareena e Jess com um breve aceno de cabeça e passo por elas. Por dentro, agradeço a Wesley por me acompanhar sem que eu tenha de falar nada. Finalmente, entramos no carro.

– Então, sei que *eu* sou meio esquisito, mas aquilo foi esquisito, não foi? – Wesley comenta assim que ligo o motor.

– Não sei do que está falando.

– Olha aí a confirmação. Rolou uma energia estranha com aquelas garotas. Elas não são suas amigas?

Começo a sair da vaga e do estacionamento, tentando ir mais depressa para não ter de esperar na frente ou atrás de um Volkswagen azul. Estou magoada por ver Meredith com elas. Kareena e Jess, ok. Elas conferem a lição, sentam juntas na aula de química, trocam mensagens nos fins de semana, talvez até joguem pickleball. Mas Meredith também? Há quanto tempo as três estão saindo sem mim? Eu me sinto excluída.

– É, são minhas melhores amigas, na verdade. Duas delas.

– E a terceira?

– Nunca conversamos – admito.

– Mas não gosta dela – ele deduz.

Deixo Wesley lidar com meu silêncio, porque nem eu mesma sei como responder para ele.

– Jess Archibald é uma das duas melhores amigas ou é dela que não gosta? – ele pergunta.

Olho para Wesley por um segundo.

– Conhece Jess Archibald?

Ele dá de ombros.

– Todo mundo conhece, não? – Depois se inclina no banco do passageiro e aproxima a mão do rádio. – Você se incomoda?

Balanço a cabeça.

Ele sintoniza uma emissora de músicas antigas e endireita as costas.

– Gosta das antigas? – pergunto, surpresa.

– Não, na verdade. Só acho que é uma ótima música de fundo.

– Tenho a sensação de que só gente branca gosta das antigas. Crianças asiáticas não crescem ouvindo essas coisas em casa.

– Meus pais não ouviam muita coisa – ele diz.

Mantenho os ombros relaxados para ele não perceber como fico curiosa quando ele compartilha até o menor detalhe sobre sua vida em casa. Wesley ainda é um enigma, embora seja a pessoa com quem passo mais tempo, com exceção das meninas.

Penso nas músicas que meus pais ouviam quando eu era pequena. No rádio do carro do meu pai era sempre NPR, mas minha mãe não ouve muita coisa em inglês, se puder evitar.

– Em casa era *trot*.

– *Trot*?

Batuco no volante com os dedos, tentando encontrar a melhor maneira de descrever o gênero.

– É uma espécie de música regional coreana. Mas é popular, então também dá para dizer que é pop. Mas tem uma sonoridade muito distinta. Acho que não conseguiria esquecer, nem que eu tentasse.

– Não é muito fã, imagino.

– Não é que eu não goste. Só queria ouvir menos.

Wesley fica em silêncio, e olho para ele para tentar analisar sua expressão. Tenho a impressão de que quer dizer alguma coisa, mas está se segurando.

– Que foi? – pergunto.

– Nada.

– Fala.

– Não quero ficar batendo na mesma tecla.

– Como assim? Quer falar sobre as garotas no estacionamento?

Ele olha para mim de um jeito estranho, pelo canto do olho.

– Tudo bem: em primeiro lugar, é bem estranho você se referir às suas melhores amigas como "as garotas no estacionamento". Não me interrompe! – Fecho a boca, e ele continua. – Em segundo lugar, achar que esse assunto está na minha cabeça mostra que esse assunto está na *sua* cabeça, então talvez você queira falar sobre isso. E terceiro, eu ia dizer... que você ao menos sabe como é a sonoridade da música coreana, mesmo que tenha enjoado dela. Meus pais não ouviam nada porque não estavam ali de verdade. Quero dizer, é bom não ter de ouvir música esquisita de que não gosto, mas também não reconheceria música regional tailandesa nem se a ouvisse agora.

Olho para ele. Olho por tempo suficiente para ele me mandar prestar atenção na rua. Então olho para a frente e digo:

– Gosto quando você faz isso.

– Isso o quê? Lembrar de não matar a gente? Eu também gosto.

– Quando me faz pôr os pés no chão. Eu deveria ser mais grata. – Entro na minha rua e contorno a casa para entrar pelos fundos, onde fica a garagem. – Muito bem, temos um tempo até minha mãe estar livre. – Olho para o relógio no painel. – Pega sua mochila. Vamos fazer lição.

Entramos pela porta dos fundos e nos sentamos à mesa de jantar. A música da aula de piano é perfeitamente audível na casa toda. Um aluno tocando *Arabesque*, de Burgmüller. As notas rápidas não têm regularidade, o que é compreensível, considerando o ritmo vertiginoso, e as notas graves são pesadas. A música para de repente por um momento. Depois recomeça, mas diferente. A mão esquerda é mais leve, e a direita parece estar mais rápida. Consigo imaginar o movimento de cabeça da minha mãe, um gesto de aprovação.

Tiro a lição de casa da mochila e faço um gesto indicando que ele deve fazer a mesma coisa.

– Muito bem, qual é sua matéria favorita?

– Pré-cálculo – ele responde imediatamente. Depois me entrega a pasta de matemática e dou uma olhada rápida no último teste, aquele que ele amassou e enfiou no fundo da mochila dias atrás. Se eu fosse mais poética, estaria dando mais importância ao fato de ele me mostrar espontaneamente uma coisa que antes escondeu de mim. Em vez disso, só reviso os problemas para ver onde ele está errando.

– Acho que está simplificando termos onde não pode – digo. – É a ideia dos "fatores comuns", e acho que tem alguns que nosso cérebro quer que a gente pense que são comuns, mas não podem ser combinados, na verdade. – Analiso todo o teste e faço um pontinho com meu marca-texto cada vez que encontro o mesmo erro. Em seguida, resolvo o problema a lápis na margem da folha para ele poder ver quais deveriam ser os próximos passos.

Peço que Wesley tente fazer a lição de casa sozinho primeiro, usando o teste corrigido como guia. Enquanto isso, pego minha tarefa de matemática.

– Não consegue passar um momento sequer sem fazer algum tipo de trabalho? – pergunta Wesley.

Penso na etiqueta do suéter.

– Se você faz suas obrigações em todos os momentos livres que tem, vai ter mais momentos livres para aproveitar depois – respondo.

Ele sorri para mim.

– Devia tentar escrever aqueles papeizinhos de biscoito da sorte. Ou horóscopo.

– Faz sua lição.

– Essa não é uma boa previsão.

– Wesley.

– Pior ainda. – Mas ele volta ao livro de matemática.

Trabalhamos em silêncio, por isso notamos quando a música de piano para. Escuto uma voz infantil dizer:

– Até a semana que vem, senhora Park.

Prendo a respiração e ouço os passos da minha mãe se aproximando de nós.

Levanto a cabeça quando ela entra na sala de jantar.

– Oi, eomma. Este é o Wesley.

Wesley se levanta e se curva discretamente diante dela. Levanto as sobrancelhas. Ele pigarreia e diz:

– Oi, senhora Park. Sou Wesley Ruengsomboon.

Minha mãe o examina rapidamente. Sei que ela está tentando não avaliá-lo, embora queira. Tenho de engolir a risada diante do esforço notável que ela faz para parecer relaxada e casual.

– Oi, Wesley. É um prazer conhecer você. Eliza me disse que é um bom cozinheiro.

É estranho ouvir minha mãe falar em inglês, mesmo sabendo que ela faz isso frequentemente com os alunos de piano. É como ver uma versão oculta dela.

Wesley abaixa a cabeça, mais tímido do que jamais o vi.

– Sou mais ou menos. Quero muito aprender mais.

Minha mãe assente.

– Que bom. Vamos para a cozinha.

Nós a seguimos. Ela abre a geladeira, e logo a bancada é ocupada por um pacote de carne de porco moída, maços de cebolinha, ninhos de macarrão de batata-doce e várias outras coisas.

– Vamos fazer trouxinhas – diz Wesley. Nunca o vi reagir a nada com tanta animação. Seus olhos estão praticamente cintilando.

Minha mãe olha para ele e sorri.

– Isso. Vamos fazer mandu. Trouxinhas coreanas.

Eu me animo.

– Essa é uma aula que também me interessa muito.

– Gosta desses bolinhos? – Wesley pergunta.

– Ela adora – minha mãe responde antes que eu consiga abrir a boca. – É capaz de comer no café da manhã, no almoço e no jantar. E durante a semana inteira, provavelmente.

Não posso me defender, porque ela está certa.

– Vamos começar pelo recheio – minha mãe decide. E começa a aula. São muitas etapas. Cozinhar o dangmyeon, branquear os tubérculos, ralar a abobrinha. É claro, sempre tem alho para ser picado. Estou convencida de que meus dedos nunca mais vão deixar de ter cheiro de alho.

Quando tudo é preparado, minha mãe entrega luvas plásticas para cada um de nós e nos revezamos para misturar o recheio com as mãos. Wesley e eu vemos a massa esguichar por entre os dedos protegidos por luvas. Não é muito diferente de preparar japchae, mas é mais divertido. Não me lembro de ter me sentido tão relaxada na cozinha. Com a orientação de minha mãe e a competência de Wesley para cozinhar, tudo acontece perfeitamente pela primeira vez, como se eles equilibrassem minha entropia.

– Como consegue saber se temperou bem o recheio? – pergunto. – Não tem como saber antes de os bolinhos ficarem prontos e estarem cozidos.

Minha mãe olha para Wesley.

– O que você acha?

Ele pensa um pouco.

– Talvez cozinhando uma porção pequena. Uma amostra para provar e ajustar?

Pela expressão de minha mãe, sei que ele está certo antes de ela confirmar.

– Pode pôr uma porção no micro-ondas e experimentar, se quiser. – O sorriso dela se torna mais vaidoso. – Eu não experimento o recheio antes de fechar os bolinhos. Confio em mim, sei que vai ficar bom.

Depois voltamos para a sala de jantar. Wesley e eu empurramos o material escolar para o lado e abrimos espaço para o processo de montagem. Ao lado da vasilha grande que contém o recheio presumivelmente bem temperado, vejo embalagens de massa de mandu que minha mãe comprou pronta e tigelinhas com uma mistura de ovo e água.

– Essa é a parte mais empolgante – minha mãe comenta. – A montagem.

– É difícil? – pergunta Wesley.

– Tem alguns tipos de montagem que são para cozinheiros mais experientes – ela responde. – Mas vamos fazer as mais fáceis. – E demonstra quanto recheio devemos pôr no meio da massa, como molhar a extremidade do círculo com a mistura de ovo e água, que funciona como um selante, e como dobrá-lo em forma de meia-lua e até plissar as extremidades. – Você precisa fechar bem para o recheio não escapar durante o cozimento. Assim. – Ela faz dobrinhas absolutamente perfeitas no fechamento do bolinho, que parece ter sido costurado à máquina. – Agora vocês.

Wesley e eu pegamos uma folha de massa cada um e colocamos uma colher de recheio no centro. Eu o vejo mergulhar os dedos na mistura de ovos e deslizá-los pela beirada da massa. Faço a mesma coisa. Depois ele fecha o bolinho e vai criando preguinhas com os dedos, e finalmente coloca o mandu ao lado do que minha mãe fez. E sorri para ela.

– É divertido.

Ela retribui o sorriso.

– Você nasceu para isso. – E olha para mim. – Yeji-yah, agora você.

Wesley me encara.

– Esse é seu nome em coreano? Yeji? – pergunta com um leve sotaque americano.

– É. Mas pode me chamar de Eliza. – Fecho meu bolinho e tento fazer o plissado na emenda, mas rasgo a massa com a unha. – Ops.

– Tudo bem. É só dobrar em cima da abertura – minha mãe sugere.

Sigo a orientação, e no máximo o bolinho fica tolerável. Quando o coloco ao lado dos que minha mãe e Wesley fizeram, parece menos um mandu e mais um montinho com saliências. As pregas são irregulares, e tenho receio de não ter apertado com força suficiente. Imagino o recheio do bolinho espalhado nos redemoinhos de água fervente.

– Não ficou ruim – diz Wesley.

Eu o encaro com um ar ameaçador.

Minha mãe ensina outro jeito de fechar os bolinhos sem fazer as dobras, mantendo apenas o formato de lua cheia sem as pregas nas beiradas. Depois, você junta os dois cantos e ele fica parecido com uma almofada com um furo no meio, ou uma coroa.

– É preciso apertar os cantos com bastante força, ou o bolinho vai abrir quando for cozido.

Considerando as embalagens de massa e a quantidade de recheio, tenho a impressão de que vamos fazer dezenas de bolinhos, ou uma centena deles. Criamos uma rotina bem depressa, e nossos bolinhos ficam lindos enfileirados. Bem, dois terços ficam lindos.

Minha mãe diz:

– Quando Yeji disse que você também estaria aqui, decidi que tínhamos de fazer mandu. Para mim, fazer mandu é como um evento social. Às vezes, amigos se reúnem e fazem muitos bolinhos enquanto conversam. Em família, esse é um prato que pais e filhos podem fazer juntos. Quando eu era nova, minha mãe separava todos os ingredientes, e a família inteira se sentava no chão e passava a manhã reunida fazendo bolinhos.

Depois os comíamos no almoço. – Sua voz tem uma nota de nostalgia, e sei que a cabeça dela já está na metade do caminho para outro lugar.

– Que coisa mais bonita – Wesley comenta, e a melancolia em sua voz é inconfundível para mim. Minha mãe também a percebe? – Sempre quis fazer bolinhos, mas normalmente as receitas rendem muito e...

Minha mãe assente.

– É sempre melhor com companhia. Na minha família, eu era a que punha recheio demais e não conseguia fechar o mandu. – Estou surpresa por ela estar falando tanto na frente de Wesley. Talvez eu tenha me enganado, e não faz diferença quem está ouvindo, desde que alguém a escute. – Meu irmão mais novo punha só um pontinho de recheio, e os bolinhos dele eram quase só massa.

– Cozinhar é só um reflexo da personalidade, acho – eu digo. – Você já falou que estava sempre fazendo muita coisa quando era adolescente.

Minha mãe me recompensa com um sorrisinho.

Eu continuo.

– E aí, qual é o significado de meus bolinhos serem feios e os de Wesley terem ficado ótimos?

Wesley dá risada.

– Não vamos falar em voz alta o que já sabemos.

Empurro seu ombro, deixando uma mancha de ovo e água e uma digital de farinha na manga da blusa.

– Ei, sem briga na cozinha – diz minha mãe, mas olha para mim e pisca. Afasto a mão imediatamente do ombro de Wesley e sinto o rosto pegar fogo. – Cozinhar tem a ver com união.

Agora é minha mãe quem parece uma mensagem de biscoito da sorte. Mas, se ela fosse um biscoito da sorte, eu guardaria a mensagem no bolso pelo resto do dia para reler quando chegasse em casa.

Capítulo 15

As meninas e eu não falamos sobre o incidente no estacionamento durante uma semana inteira.

Mas na sexta-feira sou a primeira a chegar à sala da *señora* Molina para almoçar. Mais uma vez, estou olhando para o documento em branco onde deveria ter escrito minha declaração pessoal. Se ficar sem ideias fosse um esporte olímpico, eu ganharia medalha de ouro. Pelo menos teria alguma coisa sobre a qual escrever. Normalmente, as pessoas escrevem sobre algum tipo de conflito que viveram, e tenho a sensação de que me empenhei para evitar justamente isso por tempo demais.

Estou me preparando para mandar uma mensagem para as garotas (o nome do grupo hoje é "a vida doméstica é uma praga", cortesia de Meredith depois de ela mandar uma foto de suas calcinhas lavadas e perfeitamente dobradas – dezenas delas) para perguntar onde elas estão, quando ouço risadas no corredor. Não é a risada de Kareena ou de Meredith, e não há muitos alunos suficientemente nerds para almoçar na sala de aula de um professor.

Então, Kareena e Jess aparecem na porta.

Sinto o começo de uma dor de cabeça na forma de pontadas nas têmporas.

Kareena olha em volta, provavelmente procurando Meredith para ter mais alguém a seu lado. Quando vê que estou sozinha, ela sorri e diz:

– Ei, se incomoda se a Jess almoçar com a gente aqui?

– Não sei – respondo, tentando ser generosa. – A *señora* Molina autorizou só a nossa presença na sala dela, e só porque conhece a gente.

– Ah, na verdade a *señora* Molina é amiga da minha mãe! – Jess anuncia com sua vozinha melodiosa, satisfeita por poder contribuir com a conversa. – É por isso que eu faço francês. Não queria que a *señora* Molina se sentisse constrangida por ter de avaliar e dar nota aos meus trabalhos.

– Sei – respondo.

Kareena franze a testa, desaprovando minha atitude. A amargura na minha voz deve ser evidente.

– Eliza.

– Que é? – O tom gelado é um desafio.

– Tudo bem – Jess decide animada. – Talvez outra hora, então? A gente se vê mais tarde, Kareena. – Ela sai da sala e, um segundo depois, não tem nenhum sinal de que esteve aqui. Exceto pela atitude de Kareena.

Ela solta a mochila com um barulho retumbante.

– Eliza, isso foi grosseiro.

Levanto uma sobrancelha.

– Eu nem falei nada.

– Está estampado na sua cara. Você praticamente mostrou os dentes.

Encolho os ombros.

– Não acho que tenha de me desculpar por não gostar dela.

– E por que não gosta?

Balanço a cabeça.

– Não, é sério – Kareena insiste.

– Tudo bem, quer falar sério? Como é possível ela anunciar que vai se inscrever para a Pensilvânia e você nem se abala?

Kareena cruza os braços. As bochechas marrons escurecem com a frustração.

– Sabe o que eu acho? Que talvez ainda esteja incomodada com a possibilidade de Jess tomar seu lugar no ranking.

– Isso não tem nada a ver com ranking – protesto, mas sei que minha voz soa magoada.

– Qual é o seu problema com Jess, então? – Kareena pergunta. – Isso nem faz sentido.

Olho para ela, vejo as sobrancelhas perfeitamente desenhadas muito próximas nesse momento de raiva. Como chegamos ao ponto em que minha melhor amiga está defendendo outra pessoa contra mim? E não é qualquer pessoa, é alguém que sei que tiraria vantagem de Kareena se pudesse.

– Como é que ainda não percebeu? – reajo, irritada. – Ela cola tudo de você! – É tão óbvio que sinto até vertigem.

A raiva dela se desfaz em choque, e vejo seu queixo cair. Kareena me encara por um instante, surpresa como se essa fosse a última coisa que esperasse ouvir de mim.

– Quê?

– Não percebeu que no segundo ano, depois do anúncio das posições no ranking, ela começou a sentar-se atrás de você em todas as matérias? Bem atrás de você – repito. Jess acompanhava a localização de Kareena como um ímã de uma aula para outra. Kareena realmente não percebeu esse espetáculo acadêmico?

– Isso não prova nada – ela responde.

– Tem razão. Vamos falar de outra coisa, então. Pré-cálculo. Estávamos fazendo uma prova. Ela olhava para a sua carteira o tempo todo. É claro que notei, porque ela já tinha feito isso antes, mas dei a ela o benefício da dúvida e pensei que talvez estivesse distraída, sonhando acordada na aula. Mas, dessa vez, *ela viu que eu a vi*. Ficou apavorada... Kareena, você devia ter visto, ela praticamente pingava culpa. Colou os olhos na prova dela durante o resto da aula, como se isso fosse apagar o que eu vi. Mas eu a vi colar de você, e ela sabe que eu vi.

Tudo volta à lembrança com facilidade. Como segui Jess até o estacionamento depois da última aula, como uma leoa perseguindo sua presa. E ela só se virou quando percebeu que eu pretendia segui-la até o carro, se fosse necessário, e teria entrado pela porta do passageiro, se a situação pedisse. Seus traços delicados já compunham uma expressão de medo, criando um espetáculo para me fazer sentir como se *eu* estivesse fazendo alguma coisa errada.

– Jess, eu vi – falei quando ela desistiu de fugir.

– Aquilo não foi nada – ela respondeu. Os ombros cobertos pelo cardigã caíram, outra encenação dissimulada. O fingimento só me fez ter mais certeza do que tinha visto.

– Você estava colando. – Jess, que nunca teve de se esforçar por nada do que tinha, obviamente se contentava com as respostas que copiava da melhor aluna da turma. E, é claro, queria fazer eu me sentir mal por a ter pegado em flagrante.

– Não estava, juro. – Jess implorou. – Por favor, Eliza, eu estava olhando para o nada, só isso.

– Fazer uma prova "olhando para o nada" não é uma boa estratégia, não acha?

– Você entendeu o que eu disse.

Sacudi a cabeça.

– Você faz isso o tempo todo. Não pense que consegue esconder. Eu vi.

– Sei que não vai acreditar em mim, mas juro, não é... eu não... – Seus olhos azuis ficaram ainda mais brilhantes com as lágrimas acumuladas. – Por favor, não conta para ninguém. Não sei como te convencer de que não estava colando, mas não estava. Não estava. – Uma lágrima transborda e escorre pelo nariz reto. Tive de admitir: se estudar não fosse o caminho do sucesso para Jess, artes cênicas a levariam longe.

O melodrama de tudo aquilo alimentou minha amargura. Nenhum professor tomaria medidas drásticas contra ela se fosse denunciada. Jess só teria de refazer a prova. Mas outros alunos começavam a olhar para nós a caminho de seus carros, e eu sabia que impressão eles teriam. Eu estava ameaçando alguém da nossa turma, uma garota que era a imagem da doçura. Eu a atacava em público. Pelo canto do olho, vi Kareena e Meredith saindo do prédio e caminhando para o estacionamento.

– Não quero mais ver isso – avisei, me sentindo derrotada. Era inútil continuar pressionando Jess. Bastaria alguém a ver chorando, e a narrativa estaria construída. Jess Archibald nunca fazia nada de errado.

Mas fazia. Faz. Eu sabia, e o fato de Kareena se recusar a enxergar a realidade me faz sentir como se eu visse uma fissura se alargando entre nós, ameaçando devorar o chão embaixo dos meus pés. Mesmo depois de contar o que havia acontecido, vejo na dureza de seus lábios e na frieza dos olhos que ela não se convenceu. Toda a força da determinação de Kareena, que sempre admirei caminhando ao lado dela, agora se opõe a mim, e me sinto muito mais distante dela do que o tamanho da sala permite.

Kareena pega a mochila e a pendura no ombro.

– Eliza, eu acredito em Jess. Acho que ela está dizendo a verdade. – Seu lábio inferior treme como se quisesse dizer mais alguma coisa, mas os olhos se fecham por um segundo, e ela contrai a mandíbula mais uma vez.

Quero sacudir seus ombros, perfurar sua ilusão com perguntas como se arremessasse lanças. *Ela se senta ao seu lado na aula de química, não é? Pede para comparar respostas o tempo todo? E agora considera a ideia de se inscrever na mesma faculdade que você? Como ela estaria se não contasse com suas respostas?*

Mas Kareena e eu não somos o tipo de garota que arremessa lanças. Somos escudos, preparadas para ter defesa e estabilidade. Então, engulo a raiva e digo:

– Acredite em quem quiser. Não vou brigar com você por causa disso.

– Mas o que quero dizer de verdade é: *acredite em quem quiser, mas como pode não acreditar em sua melhor amiga?* Kareena ouve o que eu não digo?

Ela endireita os ombros.

– Nem eu. Vou para a cantina.

A fissura se transforma em um cânion. Kareena sai pelo lado dela.

Não sei quanto tempo fico ali sentada na sala da *señora* Molina, antes de Meredith entrar. Ela me vê e se senta ao meu lado com um movimento pesado, cansado.

– O que foi que eu perdi? – pergunta. – Meu Deus, eu faço *uma* pergunta depois da aula e é isso que vocês aprontam sem mim?

Wesley percebe meu humor azedo imediatamente. No momento em que o sinal toca e toda a sala sai apressada para o fim de semana, ele olha para mim e diz:

– Me conta o que aconteceu.

Olho para ele e franzo a testa.

– Nada. Que prato vamos fazer hoje?

Ele balança a cabeça e vejo seu cabelo escuro ficar mais bagunçado.

– Nenhum enquanto você não me contar o que aconteceu.

Abro a boca para dizer alguma coisa ácida, mas seus olhos castanhos e preocupados me pegam desprevenida. De alguma maneira, acabo escolhendo a sinceridade.

– Briguei com Kareena, minha melhor amiga.

A expressão dele é solidária. Quando ele franze a testa, aparece um risquinho no queixo, como a casca de uma noz. Quero tocá-lo com a ponta do dedo.

– Por causa da Jess?

Eu o observo com os olhos mais apertados.

– Você é estranhamente sensível, para um homem.

Ele sorri e me corrige.

– Para qualquer pessoa.

– É isso.

– Não quer falar sobre o assunto?

– Quero trabalhar.

– Não. – Ele se levanta de repente. – Você está chateada e eu estou com fome. Vou cozinhar para nós.

– Podemos cozinhar juntos – protesto.

– Não. Essa receita não está na lista do senhor Treviño. Porque é muito simples para ser didática, ou porque não é branca, quem sabe?

– Então vai me fazer ficar sentada aqui.

O sorriso de Wesley radia tanta arrogância que pode acabar penetrando a camada de ozônio.

– Faz sua lição de casa. Sei que gosta disso. – E ele começa a reunir os ingredientes que tira da geladeira, da despensa e do armário no canto, que reserva para seu uso pessoal. É onde ele guarda principalmente os produtos que trouxe de casa. Ingredientes asiáticos que a escola não fornece.

Depois do confronto com Kareena na hora do almoço, não tenho mais energia para outra briga. Então aceito seu conselho (horroroso) e pego o material da lição de casa. Infelizmente, apesar do que isso sugere sobre mim, poucas coisas são mais confortantes que resolver um problema de matemática. Tem algo que representa um consolo inigualável em uma questão para a qual você sabe que tem uma resposta certa, e ainda pode refazer seus passos para confirmar que ela está correta. É fácil me perder em diferenciação de funções inversas, porque você segue as mesmas regras todas as vezes e chega ao mesmo resultado.

Enquanto Wesley cozinha, vão se espalhando no ar aromas incríveis, mas conhecidos. É como se eu estivesse em casa com minha mãe, na frente do fogão. Eu me levanto e vou até a estação de trabalho.

– Sei o que é isso – digo.

– É? – Ele mexe um molho marrom. Cebola, cenoura, batata e cubos de frango aparecem na superfície.

– Estou chocada por ter escolhido isso – confesso.

– Como assim?

– Curry tailandês é muito melhor. Acho divertido você se aventurar no território do curry japonês.

– Tem espaço no meu carrinho para todos os tipos de curry. Mas é bom saber que gosta do tailandês. Vou guardar essa informação no meu cérebro para futuras referências. – Wesley acabou de acrescentar os blocos de curry, e o caldo ainda não engrossou.

– Minha mãe faz curry japonês o tempo todo. Mas na Coreia nós chamamos de "karae", e eu achava que o prato era nosso. Dos coreanos, quero dizer. Mas na verdade acho que os japoneses o levaram quando houve a invasão.

– Que fofo – ele comenta com um sorriso manso.

– O imperialismo?

Ele tosse.

– Não, desculpa. Achei fofo você usar "nós" para se referir aos coreanos. Não sei se falaria da mesma maneira sobre o povo tailandês. Acho que de modo geral não me sinto tão conectado à Tailândia.

Olho para a bancada. Eu penso no povo coreano como *nós*? Tenho a sensação de que aponto para o outro lado como uma desculpa para a ausência de luto pela morte de minha avó. Passei a infância resistindo à insistência da minha mãe para me mandar à escola coreana nos fins de semana, e praticamente enalteci o *trot* no carro com Wesley. Mas a realidade, talvez, é que uso minhas partes coreanas quando elas são convenientes para mim, as visto e dispo como se fossem um casaco. A forma vaga da hipocrisia vai se solidificando em algum lugar dentro de mim.

– Seus pais são imigrantes? – pergunto.

– Meu pai veio para cá com vinte e poucos anos. Minha mãe também, mas bem menor, na época da Guerra do Vietnã, acho. Nesse sentido, ela é mais parecida comigo. Sente que é muito americana. – Sua expressão muda quando menciona a mãe, mas ele não dá explicações. Sinto a conhecida urgência de perguntar mais, descobrir o que existe por trás da arrogância meio ensaiada, mas não sei como. – Acho que está pronto.

Ele abre outra panela, que está cheia de arroz branco cozido.

– Antes que você diga alguma coisa sobre eu cozinhar arroz em uma panela comum como gente branca, quero informar que esta cozinha não tem uma panela específica para arroz – ele me avisa.

– Eu não ia dizer nada. – Mas ia. Percebo que Wesley torna divertido, ou pelo menos interessante, falar sobre ser asiático, inclusive sobre todas as comidas que fazem parte do território. É diferente de falar com meus pais, ou até de como falo com Kareena. Estar entre culturas é como ser uma conta em um cordão tentando se equilibrar entre as duas pontas. Mas, seja qual for a ponta do cordão para a qual deslizo, Wesley não parece se importar.

Nós nos sentamos nos lugares de sempre com os pratos de curry. Quando como a primeira colherada, inspiro profundamente e sorrio. Ouço o clique de uma câmera e vejo que Wesley fez nossa selfie com a comida.

– Apaga isso! Curry nem está no programa – protesto.

– Esta é para mim. – Wesley olha para a foto que acabou de tirar como se fosse dizer mais alguma coisa, mas trava a tela e guarda o celular. – O que achou?

– Incrível. Este era um dos meus pratos favoritos na infância – conto.

– Meu também. Principalmente porque era um dos mais fáceis de fazer.

– Você deve ter cozinhado muito, quando era criança. – Tento dar às palavras um tom reflexivo, em vez de curioso.

Ele levanta a cabeça e vejo em sua expressão que não consegui.

– Está perguntando se eu tinha de cuidar de mim mesmo?

Olho para o meu prato.

– Não estou perguntando nada que você não queira responder. – Depois respiro fundo e decido ser corajosa, ou xereta. Ainda não consegui determinar exatamente onde fica essa linha divisória. – Mas talvez esteja um pouco curiosa sobre o que você quis dizer quando contou que seus pais não estavam realmente lá para ouvir música ou te ensinar a cozinhar. E talvez eu esteja um pouco curiosa sobre por que foi a pé para casa depois de ter dito que seu carro estava no estacionamento do colégio.

Comemos em silêncio por tanto tempo que consigo me sentir um tanto constrangida por falar demais e usar o sabor da comida para apagar o constrangimento da memória. Faço uma dancinha da alegria na cadeira cada vez que pego um pedaço de batata com a colher. Batata é minha parte favorita do curry, e Wesley as cozinhou até chegarem ao ponto perfeito de maciez. Mesmo com um prato tão fácil, é possível perceber que ele sabe o que está fazendo.

Estou começando a me acomodar no silêncio, quando Wesley o interrompe.

– Qual é a pergunta, exatamente? – Talvez ele também esteja tentando ser curioso.

Mordo o lábio enquanto penso em como formular os pensamentos com todo o tato possível.

– Acho que tem muitas coisas que não questionamos em Highland Hills. Os recursos, o prestígio acadêmico do colégio, tudo isso é como uma bolha idílica. E aí eu vejo um garoto que, diferentemente de todo mundo, quer ficar aqui depois das aulas todos os dias e finge que não vai a pé para casa, não tem um desempenho tão bom quanto gostaria e tem pais que não estão realmente por perto... não sei. Acho que isso sugere alguma coisa. Você não acha?

Faço um esforço para olhar diretamente para Wesley. Ele parece não ter palavras. Abre a boca para dizer alguma coisa, depois a fecha.

Eu espero.

Ele me encara.

Eu espero.

Então ele começa a rir.

Olho em volta para descobrir se está acontecendo alguma coisa.

– Qual é a graça?

– Você.

– Sim, mas normalmente as partes engraçadas aparecem com um esforço intencional.

Ele ri tanto que começo a ficar irritada. Estou quase me levantando da cadeira, quando ele respira fundo.

– Espera aí – diz. – Desculpa, eu não queria rir.

Paro e olho para ele, ainda aborrecida.

– E por que riu, então?

– Porque você é uma graça.

– Como é que é? – Tenho a impressão de que minha garganta foi substituída por um incinerador quebrado.

– Suas atitudes – ele corrige. – Seus processos mentais. Tudo muito fofo.

– Sei.

Seus olhos estudam minha expressão, e ele acrescenta depressa.

– Bom, fisicamente também é uma graça, mas isso não... – Ele para e belisca o alto do nariz, entre os olhos. – Ignora, por favor. – Nunca tinha visto Wesley Ruengsomboon tão perturbado. Como na última vez, um rubor sobe por seu pescoço, e não posso negar que isso me deixa quase tonta.

É o que me dá confiança para dizer:

– Legal, eu sou fofa e engraçada. É óbvio. Mas sou engraçada *porque* sou fofa? Essa é nova. – Na minha cabeça dou parabéns a mim mesma por ter falado com uma voz tão firme quando mal consigo ouvir meus pensamentos em meio ao barulho do sangue correndo nos ouvidos.

Ele começa a balançar a cabeça.

– Não é engraçada, mas é engraçada.

– Muito lógico, como sempre.

Wesley acena e continua, ignorando meu comentário.

– Você pensa que eu sou pobre, acho que é isso que quer perguntar. Tive de ir para casa a pé por não ter opção. Uso a cozinha da escola porque é melhor do que o que tenho em casa. – Ele ri, mas de algum jeito, no meio da resposta, a risada se torna amarga.

Respiro fundo para me explicar.

– Eu não...

– Isso aqui é o Highland Hills, Eliza. Estamos em uma cozinha totalmente equipada, com uma despensa cheia, à qual os alunos têm acesso. Pensa nisso! Duvido que as pessoas possam frequentar este colégio se não tiverem dinheiro. E minha família tem muito dinheiro. Minha mãe é advogada de uma companhia de petróleo.

Apoio a cabeça na mão para garantir um pouco de estabilidade. A sensação de estar tão errada sempre me dá vertigem. Ouço as palavras que Wesley disse anteriormente ecoando em minha cabeça: *Talvez deva pensar que algumas pessoas tiram essas notas, só isso. Não é porque está acontecendo alguma coisa, não tem a ver com alguma tragédia pessoal e não é falta de empenho.*

– Por isso ela é uma vilã?

– Em parte, sim. – Seu suspiro se prolonga por vários instantes. – É óbvio que sim, eu adoraria que o trabalho dela fosse mais alinhado com meus valores e menos com os de lobistas do petróleo. Mas penso, mais que isso, sinto... – Wesley desliza os dedos pelo cabelo, tentando encontrar a palavra certa – que não sou visto, sabe? Você é muito parecida com ela, na verdade.

Deixo o ar escapar do peito como se tivesse levado um soco. Não pensei que poderia me sentir pior hoje, depois da hora do almoço, mas aqui estamos.

Wesley deve ver a mágoa em minha expressão e explica depressa:

– O que estou dizendo é que ela valoriza o que você valoriza. Boas notas, estar envolvido, ser o melhor. Para mim, é difícil lembrar que nem todo mundo tão bem-sucedido quanto ela é tão ruim quanto ela. Acho que acabo me enroscando nas minhas piores presunções.

Os olhos dele encontram os meus, e acho que vejo neles um pedido de desculpas.

– Por que acha que ela é tão ruim? – pergunto.

Wesley gira a colher na vasilha.

– Ela acha que não reconheço seu sucesso e o que teve de enfrentar para chegar aonde está. Sim, ela trabalhou muito para conquistar a cidadania, tornar-se a primeira mulher imigrante contratada por essa empresa. Está sempre se esforçando para a próxima promoção, fechando acordos que, indiscutivelmente, pioram a saúde ambiental do Texas, mas aumentam o número de bolsas de grife em seu *closet* e sua posição na companhia. Desculpa, pode dizer que sou amargo. – Ele balança a cabeça. – O ponto é que... ela tem essa ideia definida de sucesso. E acha que sou um fracasso. Minha mãe se recusa a ver valor em qualquer coisa que eu gosto de fazer, como cozinhar. Cada vez que ela me vê, consigo prever o que vai sair de sua boca. Quando vou melhorar minhas notas, se ela deve me mandar para o exército caso eu não consiga entrar na faculdade, por que ela trabalha tanto, se seu único filho é essa tamanha decepção...

Wesley nunca falou tanto de uma vez só. E cada frase acrescenta mais detalhes a alguém que, estou percebendo, entendi mal.

– Isso é horrível – murmuro. – Tenho certeza de que ela não acredita em nada disso.

– Acredita. Ela deixa bem claro.

Balanço a cabeça.

– Isso não está certo.

– Ela adoraria que você fosse filha dela – diz Wesley, e a amargura é temperada por alguma coisa muito mais vulnerável. Dor. *Cópia em carbono de aluno premiado. Um refluxo das expectativas alheias.* Para ele, eu representei tudo que ele não é, mas esperam que seja.

– E seu pai? – pergunto.

Ele revira os olhos. Não parece estar brincando.

– É consultor. Viaja muito. Raramente o vejo. Acho que minha mãe também prefere assim.

– Então parece que são apenas você e sua mãe – deduzo.

– Gosto de ter qualquer desculpa para não ficar em casa, se não for indispensável. Como você mesma disse, gosto de ficar aqui até a hora de fechar. Por mais que isso me faça parecer um coitado.

– Não faz. Mas ir a pé para casa?

A risada de Wesley é pouco mais que um sopro.

– Uma pequena forma de protesto. Minha mãe comprou um carro para mim e disse: "Olha o que trabalhar e se esforçar pode render". E, é claro, para ela só existe uma definição correta de trabalho e esforço. É bobagem, eu sei. E não consigo nem protestar direito, porque o Texas é um fracasso em planejamento urbano, o que significa que preciso do carro para comprar a maioria dos ingredientes que gosto de usar, mas... é bom pensar que, cada vez que ela chega em casa, vê meu carro na garagem e percebe que não estou; talvez entenda alguma coisa do que eu digo. Tipo, posso fazer as coisas do meu jeito. – Ele ri de novo, mas dessa vez está acanhado e abaixa o queixo, como se tentasse encolher. – Meu Deus, isso é realmente constrangedor. Sinto muito. – E passa a mão no cabelo de novo.

– Está brincando? – reajo. – Muito obrigada por ter me contado. Estava muito curiosa sobre você. – E imediatamente me arrependo do que disse, porque a vulnerabilidade dele não é um convite para eu ser constrangedora.

Vejo que ele interpreta minhas palavras com a mesma boa intenção que tive ao dizê-las, porque surgem linhas no canto de seus olhos castanhos e o sorriso se torna quase arrogante.

– Ah, é?

Para não ter de responder, encho a boca com o restinho da porção de comida no meu prato e sorrio para ele com as bochechas cheias.

– Excelente curry.

Wesley dá risada e desvia o olhar.

– De qualquer maneira, sei que tenho sido insuportável. Tenho todos os recursos à minha disposição e ainda vou mal na escola, e buá buá, minha mãe é cruel comigo. Sei o que parece.

Engulo a comida e franzo a testa.

– Ninguém disse que seus problemas precisam ser os piores do mundo para existirem.

Ele não diz nada, o que sugere que não discorda de mim.

– Acho impressionante que tenha aprendido a cozinhar sozinho – continuo.

– E eu acho impressionante você ter uma boa relação com sua mãe.

– Às vezes – corrijo. – Não estamos muito próximas desde que minha avó morreu, no verão passado.

– Ah, sinto muito.

Giro a colher na boca.

– Tudo bem. Eu não... Sabe o que disse sobre não se sentir conectado à Tailândia? Nem sempre me sinto conectada à Coreia. Às vezes é como se... coisas que acontecem lá fossem eventos que pertencem a um universo paralelo.

Ele assente devagar.

– Não foi tão afetada por isso quanto sua mãe.

Olho nos olhos dele.

– Vou ter de repetir. Como é possível um garoto ter tanta sensibilidade? Ou qualquer pessoa? – acrescento depressa, porque ele abriu a boca para me corrigir.

– Você diz mais do que pensa, e o restante fica escrito no seu rosto.

Levanto uma sobrancelha.

– Ah, é verdade? E o que meu rosto está dizendo agora?

Ele me analisa, e percebo quando seu olhar desce até minha boca, depois volta aos meus olhos.

– Acho – Wesley fala bem devagar, alongando as palavras como se fossem melado – que seu rosto está dizendo alguma coisa que você não está preparada para expressar com palavras. Então vou esperar. – Ele se levanta da banqueta e leva a louça para a pia.

O som de água corrente me livra de ter de responder alguma coisa. Fico feliz pela distância, porque ele está certo. Não tenho palavras.

Capítulo 16

Se eu parar por um momento e pensar em quanta coisa mudou desde o primeiro dia do último ano, não sei se rio ou se choro. No começo, tive a sensação de que finalmente estabelecia uma rotina. Era como velejar, ou deixar a correnteza preguiçosa de um rio me levar em frente.

Agora as águas me sacodem. Minha melhor amiga continua me trocando por outra pessoa. Estou me abrindo para um garoto que eu jurava que era a pessoa mais insuportável da face da Terra. Provavelmente, sou a pior aluna em uma das minhas matérias. Pensava ter o roteiro memorizado, mas todos os papéis foram trocados.

No papel, tudo continua igual. As garotas e eu estudamos na loja de boba. Fazemos a maioria das matérias juntas. Ainda passamos a hora do almoço na sala de aula da *señora* Molina. Mas as coisas não fluem mais do mesmo jeito. As conversas são forçadas, não existe mais aquela rapidez natural. A risada é rasa, não faz mais as costelas doerem. O nome do grupo não mudou nos últimos doze dias. Estamos nos afastando, e não sei como resolver isso.

Então, um dia, na hora do almoço, Meredith diz:

– Quem era aquele garoto que estava com você no estacionamento?

– Quê? – Finjo que não lembro.

Meredith inclina a cabeça.

– A menos que tenha recebido recentemente um diagnóstico de amnésia, é impossível não se lembrar disso, porque foi há uma ou duas semanas. Você estava com um garoto asiático alto.

Kareena assente.

– Bonitinho.

– É, acho que sim – concordo, como se acabasse de lembrar.

– Quem é ele? – pergunta Kareena.

– Um garoto da turma de Artes Culinárias.

– *Aquele* garoto? – ela reage chocada. – Seu rival irritante, horroroso e ridiculamente talentoso que fez você chorar cortando cebola? Esse cara?

O sorriso de Meredith é cheio de insinuações.

– E por acaso deu uma carona para ele? A menos que tenha virado motorista de Uber, e espero que não, porque não sei se eles podem se sindicalizar.

Kareena ergue as sobrancelhas. Ela refez o design recentemente, percebo, mas não comentou nada no grupo de mensagens, como costuma fazer.

– Já estamos levando o cara para casa, é?

– Sua casa ou a minha? – Meredith sussurra, insinuante.

– Vocês podem parar? – Suspiro. – Ele é só um amigo, ok? Estou perguntando sobre quem vocês levam para casa?

Silêncio. Sinto que posso ouvir as batidas do meu coração. Finalmente, porque imagino que ninguém vai falar nada, murmuro:

– Desculpa.

Meredith balança a cabeça.

– Você está certa. Não é justo a gente ficar fazendo perguntas, se não quer falar. Não é, Kareena?

Ela olha para Kareena de um jeito enfático, como se também não tivesse me provocado. Kareena olha para Meredith com os olhos meio fechados e os lábios contraídos, mas assente. E resmunga alguma coisa, concordando com ela.

Olho para Meredith.

– Não é que não quero contar. – Não é verdade, não totalmente. – É só que não tenho nada para contar. – Essa é uma verdade decepcionante.

– Tudo bem – ela responde, e levanta as mãos. – Vamos mudar de assunto. Vamos falar sobre Halloween.

– Quê? – reajo.

– Faltam só duas semanas – diz Meredith. – E não vamos esquecer a data, como no ano passado.

Jess Archibald faz sua festa anual na sexta-feira do fim de semana do Halloween e convida todos os colegas de todas as matérias que cursa para irem à sua casa, mesmo que nem fale com algumas pessoas, para que ninguém se sinta excluído. Você sempre sabe quando é o dia do convite porque ela chega ao colégio carregando a maior abóbora de plástico, como aquelas que as crianças levam pela vizinhança quando vão pedir doces. Dentro da abóbora tem dezenas de convites impressos e embalados com celofane, com um infográfico de design profissional e perfeitamente festivo com todos os detalhes da festa. Houve um ano em que os convites foram lacrados com cera vermelha esculpida para parecer sangue pingando de presas de um vampiro. Em outro ano os convites foram manuscritos, e alguém disse que a caligrafia era uma imitação da de Edgar Allan Poe.

– Eu me esqueci completamente disso – confesso. – Não acredito que já é quase Halloween.

Isso também significa que meu texto de reflexão para Artes Culinárias vai ter de ficar pronto em breve. Wesley e eu ainda temos de fazer mais um prato. E, apesar de caminharmos para novembro, não escrevi nenhuma palavra da minha declaração pessoal. E ainda não aprendi o suficiente para vencer a disputa de culinária no fim do semestre. Minha cabeça dói. Ou é meu coração, não sei.

– Jess não deixa a gente esquecer – Meredith comenta. – Ela e os pais começaram a organizar tudo no começo de outubro. Ontem Jess contou que eles não conseguiram encontrar um caldeirão gigante que fosse grande o bastante para atender ao número de convidados e funcional para realmente aquecer sidra sobre a fogueira no quintal. – Ela ri, e Kareena também dá risada.

Essa é a primeira vez desde minha discussão com Kareena que elas mencionam Jess abertamente. A intimidade no tom de voz de Meredith me machuca, mas o que mais dói é como essa intimidade parece casual. No ano passado, nesta época, não estávamos falando sobre Jess e sua festa. Só nos lembraríamos de que ela aconteceria na semana do evento, quando as pessoas começassem a falar sobre o que haviam encomendado e criado para suas fantasias.

Kareena, Meredith e eu tínhamos o costume de criar fantasias simples para trios. No primeiro ano usamos camisetas grandes, uma delas cor-de-rosa, outra verde e outra azul, amarramos uma faixa preta na cintura e saímos de Meninas Superpoderosas. No segundo ano nos vestimos de cor-de-rosa e nos fantasiamos de As Plásticas de *Meninas Malvadas*, o que foi particularmente engraçado, porque, de todos os personagens desse filme, acho que estávamos mais para Kevin Gnapoor. No ano passado nem nos esforçamos muito. Decidimos incorporar Alvin e os Esquilos e saímos com um moletom vermelho, azul ou verde, com uma letra A de fita crepe no moletom vermelho de Kareena. Sempre ficávamos juntas nas festas, andávamos juntas, comíamos juntas, nos sentávamos juntas. Não importava o que éramos individualmente. As pessoas sabiam que nos fantasiávamos em grupo, e isso parecia ser o suficiente, embora no ano dos esquilos alguém tenha perguntado se o A de Kareena era uma referência a *A letra escarlate* ou *A mentira.*

É evidente que fantasias em grupo estão fora de cogitação este ano. Andar com a Jess e ver em primeira mão como ela se dedica ao planejamento da festa converteu Kareena e Meredith em pessoas que querem levar o Halloween a sério.

Meredith nos mostra sites de perucas que ela favoritou no celular.

– Acho que essa é mais parecida com o cabelo da Daenerys, mas essa outra é muito mais barata, e só vou usar uma vez, provavelmente. Mas acho que vem de Hong Kong; talvez não chegue a tempo.

Kareena assente.

– Já encomendei uma tonelada de tinta spray corporal verde, só para garantir.

– Por quê? – pergunto. – Vai de Shrek?

– Não seja maldosa – diz Meredith. – Ela vai de Fiona.

Kareena revira os olhos.

– Elphaba. Pensei em comprar uma fantasia normal de bruxa, pintar o corpo de verde e... *voilà*. Uma fantasia fácil de criar que vai atrair fãs do teatro musical.

Meredith olha para mim.

– E você, Eliza. Alguma ideia?

Dou de ombros.

– Vocês me conhecem. Vou acabar improvisando alguma coisa na última hora. – Não digo: *como sempre fizemos. Como deveríamos fazer este ano.* Parece que *nós* e *sempre* são palavras que não fazem mais parte do nosso vocabulário, especialmente na mesma frase. – Vamos em um carro só?

Espero uma resposta afirmativa imediata, ou uma demonstração de que toda essa deterioração só está acontecendo na minha cabeça. Mas não é o que acontece. Em vez disso, Kareena diz:

– Talvez. Ainda faltam vários dias. Vamos decidir mais perto da data.

– Legal – respondo.

* * *

Apesar de as coisas com as meninas estarem estranhas, com Wesley e minha mãe tudo acontece dentro da rotina. Essas são as coisas mais confiáveis que tenho.

Toda terça-feira ela entra na cozinha depois da aula de piano com uma leveza que só começa realmente a transparecer quando a receita é preparada. Ela fala sobre halmeoni, deixa a mente ir para outro lugar e volta para elogiar as habilidades de Wesley. Minha mãe ensina a ele as palavras em coreano para os ingredientes comuns, como dubu para tofu, ganjang para molho de soja, maneul para alho. Ele tem de treinar durante a semana, porque na sessão seguinte vai usar os nomes coreanos, em vez das palavras em inglês. É encantador e irritante ao mesmo tempo. Assim como Wesley me vê como alguém que a mãe dele apreciaria, me incomodo ao ver como ele quer aprender as receitas e o idioma com um entusiasmo que nunca tive antes deste semestre.

A maior diferença não precisa ser declarada. Minha mãe, e até Wesley, para ser sincera, cozinham com amor, experiência e com o que só posso presumir que seja um talento inato. Estou melhorando, e acho que minha mãe e Wesley reconhecem esse progresso. Mas ainda tenho muito o que aprender. Meus cortes não são regulares, meus tempos não são precisos. Isso me frustraria mais se eu não adorasse ouvir as histórias que ela conta sobre sua infância. Quando minha mãe se perde em uma lembrança, Wesley e eu ouvimos fascinados e atentos. Para ele, não importa se o inglês dela não é perfeito, e eu não me incomodo por ela compartilhar essas histórias com mais alguém.

As sextas-feiras são reservadas para Wesley. Se o que comecei a ensinar para ele às terças, antes da aula de culinária com minha mãe, ainda estiver confuso na sexta, passamos a primeira metade da tarde fazendo a lição de casa, e depois nos dedicamos à cozinha. Quase terminamos o programa do senhor Treviño. Só falta uma receita, cookies com gotas de chocolate, que Wesley sugeriu que deixássemos para o Halloween. Começamos o curso querendo encerrar a lista o mais depressa possível, mas agora acho que nós dois estamos adiando o fim. Pensar em concluir a tarefa me deixa nervosa, porque não sei o que vai acontecer depois disso.

O que mais me frustra é que, com exceção das terças e sextas, não interagimos de verdade. É um sentimento estranho ter alguém na sua casa, cozinhando com sua mãe, mas não trocar mensagens com essa pessoa no fim de semana. Sei que notas ele tira nas provas – eu as vejo melhorar lentamente quando ele me mostra seus resultados semanais nas tardes de sexta-feira –, mas não sei o que ele faz quando vai para casa. É como se houvesse uma linha, uma cerca delimitando os parâmetros da nossa amizade. Isso não parece incomodá-lo, então finjo que também não me incomoda.

Por isso é tão chocante quando, em um sábado, ele manda uma mensagem para mim do nada perguntando se conheço um bom lugar para estudar no fim de semana. Os pais dele estão em casa, o que é uma raridade, e ele está aflito para sair de lá. Digo que conheço um lugar onde há muitas tomadas e luz natural.

É estranho ir à loja de boba com alguém que não é Meredith ou Kareena. Aquela porção dentro de mim que se desespera para manter até uma leve semelhança com a rotina se levanta para ir ao balcão pedir meu chá verde de jasmim com leite. Não penso em perguntar se Wesley também vai fazer o pedido, até olhar para trás e ver que ele está estudando o cardápio com uma intensidade cômica.

– Wesley? – chamo, e parece que o arranco de um pensamento profundo. Quase dou risada, e ele franze a testa. Depois gesticula, sugerindo que eu pague meu pedido sem esperar pelo dele.

Enquanto espero Wesley vencer a indecisão, penso em mandar uma mensagem para Kareena e Meredith e perguntar se elas querem vir para cá. Ou para Meredith, pelo menos. Tenho certeza de que ela adoraria se apresentar a Wesley. Mas desisto. Não sei se é porque não as quero aqui ou se é porque tenho medo de convidar e elas recusarem o convite.

Antes que eu possa pensar nisso por muito tempo, Wesley finalmente se senta à mesa com um pedido ambíguo. A bebida é vagamente rosada.

– O que escolheu? – pergunto. – E por que demorou dezessete séculos? Impérios surgiram e entraram em colapso. Dinastias começaram e acabaram. Meu cabelo ficou grisalho, caiu e cresceu de novo.

– Tem *muitos* sabores aqui – ele explica. – Como alguém consegue decidir? – E empurra o canudo pelo buraquinho da tampa sem nenhuma hesitação. – Pedi para a menina misturar maracujá com chá tailandês. – Ele bebe um gole generoso e mastiga as bolinhas de tapioca.

– E ficou bom? – pergunto, desconfiada.

Ele me oferece a bebida. Apesar de termos compartilhado inúmeras refeições, nunca foi uma experiência tão comunitária. Aceito o copo e tenho de desviar o olhar quando bebo pelo canudinho. Espero um segundo.

– Que loucura.

– Ficou bom, não é?

– Pensei que fosse horrível.

– Mas é bom, certo?

– Muito bom. – Devolvo a bebida. – Quer experimentar a minha? Sempre peço a mesma coisa. Chá verde de jasmim e leite.

Ele aceita meu copo, e faço um esforço para não pensar muito no que está acontecendo nesse momento; nossa boca tocando a mesma coisa, mas não ao mesmo tempo. Quando me tornei tão nojenta? Quando Wesley me devolve a bebida, seguro a mão dele por acidente, e o jeito como ele reage me faz sentir como se tivesse matado alguém.

– Gostou? – pergunto, mantendo a voz animada.

– É ótimo. Gosto de poder sentir o sabor do chá.

Assinto.

– Esta é a melhor loja de boba em Austin. Quem vai a outro lugar está jogando dinheiro fora.

– Deveria anunciar seus patrocinadores. Não sabia que trabalhava para eles.

– Tem sorte por eu não trabalhar. Se me pedisse uma bebida personalizada, eu mandaria você para o fim da fila para pensar em um pedido legítimo, enquanto espera. Provavelmente você é o motivo para a garota do caixa estar reclamando com as amigas no grupo de mensagens. – Ignoro a lembrança de como o grupo com minhas amigas tem estado inativo ultimamente.

– Sim, ela fez isso. – Ele vira o copo para me mostrar uma linha de números rabiscados embaixo de seu nome.

Fico em silêncio. Abaixo a cabeça, mas não por muito tempo. Olho para ele e sorrio como se achasse tudo divertido. Espero ser convincente.

– Desta vez errei feio.

– Ela pode deixar para reclamar quando eu jogar o copo no lixo.

Finjo olhar para trás, para examinar a garota que anota os pedidos.

– Ela é bonitinha – comento. – Qual é o problema? Faz você se lembrar da sua mãe?

– Rá. Adoro como transforma meu momento de vulnerabilidade em piada. – Mas ele parece se divertir de verdade.

Bebo um gole do chá e mastigo as bolinhas, esperando que ele responda à pergunta. Não responde. Em vez disso, pega o material de estudo, o que considero uma dica para pegar o meu também. Novamente, sinto que ele determina o limite.

Faço minha parte para respeitar essa linha e abro o laptop. Olho para a página em branco no documento da declaração pessoal. Deixo o cursor piscar por uns dois minutos, antes de decidir que é melhor trabalhar na reflexão de Artes Culinárias. É um texto mais fácil de escrever, pelo menos. Tem um ponto de partida bastante claro, minhas habilidades lamentáveis na cozinha; e um ponto final, minhas habilidades um pouco menos lamentáveis.

As palavras fluem com uma facilidade chocante. É fácil descrever a infinidade de dificuldades que enfrentei no início das aulas, a ansiedade, o constrangimento silencioso. É até mais fácil ilustrar como Wesley era competente na cozinha em comparação à minha incompetência. Sob sua orientação, cada etapa se tornou uma oportunidade de aprendizado, uma compreensão de como uma decisão tomada durante o preparo colabora para o resultado esperado. Estou tão embalada que só faço uma pausa quando percebo que Wesley está praticamente arrancando os cabelos, enquanto se dedica a alguma coisa.

– Ei – falo. – Precisa de ajuda?

Ele parece prestes a balançar a cabeça, mas olha para o caderno de matemática e solta o lápis com uma atitude derrotada.

Eu me debruço sobre a mesa para ver qual é a questão e anoto a informação relevante em uma folha de rascunho. Registro minha resolução linha por linha, depois sublinho a resposta, como nos ensinam a fazer na revisão da lição de casa.

– Senta aqui do meu lado. Vou te mostrar o que estou fazendo.

Ele puxa a cadeira para perto de mim. Eu me concentro em mostrar a Wesley o processo de pensamento por trás de cada etapa, mas tenho uma intensa consciência da perna alinhada à minha, e de repente me pergunto se minha respiração é muito audível. Enquanto explico como resolver a função, percebo que aprendi a identificar quando ele entende o que estou tentando dizer e quando só finge entender. Ele me pede para acompanhar seu raciocínio enquanto resolve o problema seguinte, e eu o acompanho.

– Você deve pensar que estou passando vergonha – ele diz.

– Por que eu pensaria isso?

– Provavelmente fez pré-cálculo há dois anos.

– Que diferença isso faz?

– Toda a diferença. – Ele levanta a extremidade da borracha do lápis para apontar o entorno, irritado. – De acordo com qualquer um que tenha o poder de decidir o que é inteligência, faculdade, contratantes, adultos em geral. – Quando desvia o olhar, sei que está pensando em sua mãe.

– Eu acho que você é inteligente – digo, e é verdade.

Wesley balança a cabeça.

– Para você é mais fácil. Tem um desempenho excelente. Senhorita Oradora da Turma, senhorita Presidente de Um Milhão de Clubes. Quem se importa se não consegue preparar uma refeição sem pôr fogo no prédio? As faculdades não vão saber disso, nem se importam. Desde que sua média geral seja astronômica e você tenha cinco prêmios para exibir, e eu sei que tem.

Confusa, pisco algumas vezes, sem saber o que dizer.

– Está tão preocupado assim com as faculdades?

– Quem disse que vou me inscrever?

Por um segundo tenho de fazer um esforço consciente para não falar alguma coisa indelicada. Percebo que conversar com Wesley não tem os mesmos parâmetros que uma conversa com Kareena e Meredith. Não existem os mesmos entendimentos implícitos.

– Não vai?

Ele encolhe os ombros.

– Não sei nem quem me aceitaria. Você sabe que minhas notas são uma merda, mesmo quando faço as matérias mais fáceis que o colégio oferece.

– Por que é tão duro com você mesmo? – Fico séria. – Está tentando parecer alguém... sei lá. Alguém muito menor do que realmente é.

Wesley faz uma careta, como se essa fosse uma reação instintiva, antes de suavizar a expressão. Ele solta um suspiro derrotado.

– O colégio é um tipo específico de jogo, sabe? E você joga muito bem. Você, especificamente. E tenho a sensação de que às vezes eu mal conheço as regras. Acho que sou inteligente. Sei muitas coisas. Sei como me divertir, como me alimentar, como encontrar jeitos novos de fazer coisas. Mas esse tipo de conhecimento não interessa para eles. Não é comprovável.

– Como se só um tipo de conhecimento tivesse valor. – É a voz da minha mãe saindo da minha boca. Wesley olha para mim, e sua expressão faz meu coração bater mais forte. Como se ele visse em mim um reflexo de si mesmo.

– Verdade. – Isso é tudo que diz. Depois ri, mas a risada é praticamente um sopro. Ele parece nervoso. – Acho que fui grosseiro demais com você no começo, porque esperava que me desqualificasse, então fiz isso primeiro com você. Minha média geral é uma porcaria. E sei que quase ninguém tem uma média geral mais alta que a sua. Acho... talvez tenha pensado que você... que não me consideraria digno do seu tempo. Ou alguma coisa assim.

– O que me torna digna do seu tempo? – Rio baixinho. – Não consigo nem escrever uma declaração pessoal, e estou tentando desde o começo do semestre. Minhas únicas habilidades são devorar sua comida maravilhosa e ser um obstáculo entre você e as garotas bonitas que trabalham na loja de boba. – Não olho para ele, porque não quero ver sua reação. – Além do mais, há muitas coisas mais importantes que uma média geral.

Ouço um som abafado, como se ele engolisse a risada.

– Que é? – pergunto.

Wesley sorri como se quisesse se desculpar.

– Eliza, deve saber como isso é ridículo, vindo de você.

É engraçado estar deste lado de uma conversa conhecida. E, no fim, ele está certo. Apesar de ser bom ver essas novas camadas em Wesley, e apesar de meus sentimentos talvez caminharem em uma direção que tenho medo de seguir, ele ainda é meu concorrente. Ainda tenho esperança de superá-lo no fim do semestre, e meu objetivo ainda é defender minha posição no ranking. Ainda quero fazer o discurso, olhar para a plateia e sorrir para meus pais e para as dezenas de membros da comunidade coreana que eles convidaram para estar lá.

Não posso me permitir esquecer o que está em jogo. Posso ser poética quanto quiser para convencer Wesley de que uma pessoa é mais importante que suas notas, mas para mim a história já foi escrita. Só preciso terminá-la.

Capítulo 17

É uma ocasião rara meus pais estarem em casa ao mesmo tempo para jantar. Com as aulas de piano e as aulas noturnas na universidade, é difícil coordenar as agendas, e geralmente janto com quem estiver disponível quando eu sentir fome.

Mas hoje todas as agendas se alinharam, e nós três nos sentamos à mesa de jantar com tigelas fumegantes de arroz branco, kimchi-jjigae e uma variedade de banchan. O kimchi-jjigae é sobra da sessão de culinária desta semana com minha mãe. Fiquei especialmente orgulhosa desse prato porque, pela primeira vez, tive a sensação de que a receita era fácil. Não errei na realização das etapas de que fui encarregada, consegui acompanhar o que minha mãe e Wesley estavam fazendo e, no fim, criamos algo delicioso que minha mãe insistiu em mandar para a casa de Wesley em um recipiente cheio que ele poderia compartilhar com a família. Ele disse que compartilharia, mas eu sabia que não.

Outra ocorrência rara esta noite é que meu pai decide puxar conversa com minha mãe. Se eu tenho pisado em ovos com ela desde o verão, meu pai prefere nem chegar muito perto dela. Nas primeiras duas semanas depois que voltou da Coreia, minha mãe dormia com a porta da suíte master fechada, e os sons abafados de seus soluços eram a única indicação de que ela estava lá dentro. Eu ia querer que meu marido me confortasse nessas noites, mas meu pai repetia que ela só queria espaço. Foi dormir no quarto de hóspedes, onde passou várias noites seguidas, e se vestia em silêncio quando sabia que ela estava dando uma aula de piano. Depois saía para o trabalho sem causar nenhuma perturbação. Não me lembro da última vez que vi os dois conversarem.

Durante o jantar, meu pai olha para ela e diz:

– Estou feliz por ter voltado a cozinhar mais, yeobo. – Meus pais só se tratam com essa palavra em coreano. Significa meu bem ou querida e sugere mais intimidade do que existe entre eles há meses.

Ela assente.

Meu pai continua.

– Também é bom comermos juntos.

Ela repete o movimento de cabeça.

Depois de um momento, meu pai olha para mim.

– Tem se dedicado às inscrições para a faculdade?

Encolho os ombros sem me comprometer.

– Um pouco. – Penso no documento em branco.

– Inscrições para a faculdade? – minha mãe repete, como se tivesse sintonizado a conversa de repente.

– Não vou tentar nenhuma das que exigem escolha antecipada – digo, tentando adivinhar e acalmar sua preocupação. – Tenho tempo.

– Vai se inscrever este ano? – ela pergunta.

E é então que percebo que, mesmo estando presente nos momentos em que cozinhamos juntas, ela ainda está à deriva no próprio mar. Não sabe quando começa o ano letivo, não sabe nada sobre os prazos e datas do último ano do colégio.

– Yeobo – meu pai interfere –, Yeji é formanda. É claro que ela vai se inscrever para as faculdades este ano.

Ela olha para mim por cima da mesa, como se me visse pela primeira vez.

– Ela está crescendo.

– Preste atenção, ou vai perder tudo isso.

– Appa – eu o censuro. Estou pensando a mesma coisa, mas não quero que ele diga isso em voz alta.

– Escolher a faculdade que vai cursar é uma das decisões mais importantes da sua vida – ele declara com uma autoridade firme. – É importante que estejamos aqui para te apoiar, como seus pais.

Sinto uma onda de irritação. É muita hipocrisia meu pai pedir que minha mãe me apoie, depois de não ter dado nenhum apoio a ela nos últimos meses. Ele anda na ponta dos pés, sussurra, nunca confronta a realidade do luto dela, mas sente que pode exigir mais dela em nome da maternidade, de ser uma boa mãe para mim. Quem é um bom marido para ela? Quem é uma boa filha para ela?

– Yeji está cozinhando melhor – minha mãe comenta, como se essa fosse sua contribuição.

– Que bom – meu pai aprova. – Isso vai ajudá-la com as notas.

– Notas? – minha mãe repete.

Encaro meu pai e balanço a cabeça sutilmente. Minha mãe não sabe sobre Artes Culinárias ou que minha vontade de aprender a preparar as receitas de halmeoni não tem a ver só com ser uma filha boa, curiosa. Não acho que ela se incomodaria muito, mas o jeito como desabrocha durante nossas aulas faz tudo isso parecer muito frágil. É delicado demais deixar um fator externo, como a disputa no final do semestre, invadir a conversa.

Meu pai continua:

– A oferta para te ensinar física ainda está de pé. Seria realmente útil para você.

É claro: o que ele deixa implícito é que Artes Culinárias não é útil. E, apesar de ter pensado exatamente a mesma coisa no início do semestre, agora não sei mais se concordo com ele.

Depois do jantar decido terminar o texto de reflexão para Artes Culinárias. Só quando vou imprimir o documento percebo que quase tripliquei o número de palavras. Havia muito o que dizer.

* * *

A sexta-feira da festa de Halloween de Jess chega antes que eu perceba. Na hora do almoço, Jess pede para ficar junto conosco na sala da *señora* Molina, e eu respondo:

– Sim, é claro.

Mas adoraria gritar não. Sorrio para Kareena com uma ironia que diz *olha só o esforço que estou fazendo! Sou uma amiga confiável, pacificadora!* Em troca, o sorriso dela é o mais afetuoso que recebo há muito tempo.

Imediatamente, as três começam a falar sobre como estão animadas para a festa, e só então me dou conta de que o evento vai ser hoje à noite.

Jess olha para mim.

– Eliza, pensou em uma fantasia?

– Ainda não – respondo, tentando escolher a resposta mais simples possível para minimizar as chances de ser ofensiva.

Meredith dá risada.

– Cara, a festa é hoje.

– É verdade. Sou péssima para acompanhar esse tipo de coisa – respondo, e olho para Jess com um sorriso, tentando me desculpar. – Mas vai ser divertido – acrescento depressa. – Estou animada. Vai se fantasiar de quê, Jess? – Isso aí, boa, devolveu a conversa para ela. Eu me imagino limpando a testa como um personagem de cartum.

Ela olha para Kareena, antes de olhar para mim. Está surpresa por eu ter continuado com a conversa ou é outra coisa?

– Vou de Galinda, de *Witch* – Jess revela.

Ah. Agora tudo faz sentido. Kareena escolheu uma fantasia de dupla, em vez do nosso trio habitual. Olho para Meredith para estudar sua expressão, mas ela não parece incomodada.

– Acho que vai ser uma ótima Galinda – digo.

Jess sorri, agradecida.

– Obrigada. Aliás, se quiser levar alguém à festa, tipo um acompanhante, eu não me importo. – Ela olha para Kareena de novo, como se esperasse confirmação. – Se quiser levar alguém, fique à vontade.

Demoro alguns segundos para entender o que ela quer dizer, para deduzir o que Kareena e Meredith devem estar falando quando não estou por perto e perceber quantas conversas as três devem ter tido sem mim. É uma sensação estranha saber que uma quase desconhecida sabe mais sobre minha vida amorosa do que eu mesma.

– Obrigada – respondo. – Não sei quem eu levaria, mas agradeço a delicadeza.

Meredith olha para mim como se quisesse dizer que não estou enganando ninguém. Kareena encara Jess.

– Vai ser divertido de qualquer jeito, garanto – Jess continua com aquele sorrisinho simpático. – Vai ter até pequenos cheesecakes de manga que parecem tortas de abóbora. Sei que manga não tem a ver com Halloween, mas você precisa experimentar. É um dos meus favoritos.

Sinto um arrepio nas costas. Contraio a mandíbula. Não esqueci o piquenique no começo do ano.

– Estarei lá – digo.

– Ah, quase me esqueci – Jess anuncia. Ela tira da bolsa duas caixas de cupcake e entrega uma para Meredith e outra para Kareena. Cada cupcake tem a inicial do nome delas feita com pasta americana. – Meus parabéns por ontem.

– O que aconteceu ontem? – pergunto.

– Elas enviaram as inscrições com as escolhas antecipadas! – Jess exclama.

– Ah, meu Deus, você também – Meredith responde. – Isso é muito legal!

– É verdade, Jess – Kareena concorda. – Você merece um também.

– Bem, parece que estão se oferecendo para dividir o de vocês – Jess sugere.

– Todas vocês se inscreveram? – pergunto. Perto delas me sinto um relógio dois minutos atrasado.

Meredith assente.

– Queríamos fazer tudo alguns dias antes do prazo, para evitar problemas técnicos.

– Mas eu nem li sua declaração pessoal – digo para Kareena. – Pensei que quisesse minha ajuda para fazer a revisão, como fiz com a da Meredith.

Kareena arregala os olhos.

– Ah, eu não sabia. Desculpa, Eliza. Mas, francamente, não pedi para quase ninguém ler minha declaração, porque era tão constrangedora que...

E, apesar de ela não terminar a frase, entendo que as pessoas que leram sua declaração estão nesta sala. Todo mundo, menos eu.

Depois da aula, preparo nossa estação de trabalho, enquanto Wesley se dirige ao computador do senhor Treviño e liga o projetor. Mais um filme da Pixar começa a passar na tela, e esse eu reconheço imediatamente.

– Está animado? – pergunto.

– *Viva – a vida é uma festa* é o único filme capaz de competir com *Ratatouille*, na minha opinião.

– Tenho certeza de que o tema *quero me dedicar a uma coisa que meus pais não valorizam* tem uma grande participação nisso.

– Estou aqui para cozinhar, não para ser psicanalisado – Wesley responde.

– Li a receita dos cookies com gotas de chocolate ontem à noite. Parece que o grande objetivo didático é aprender a dourar a manteiga, o que me levou a pesquisar sólidos do leite e manteiga clarificada, que é como se faz ghee, e depois eu li umas quinze variações de receitas de biryani, que acho que a gente deve fazer depois. – Faço uma pausa breve. – Quero dizer…

Wesley atrai meu olhar, e o jeito como está me encarando me faz engolir em seco. Ele diz as palavras seguintes com um tom suave, um barco de papel deslizando pelo lago entre nós.

– Podemos continuar cozinhando juntos, Eliza.

– Mas encerramos as receitas do senhor Treviño. – *Cumprimos a tarefa. O projeto em grupo acabou.*

– A lista do senhor Treviño não passa nem perto de esgotar as possibilidades. Podemos aprender sozinhos, de agora em diante.

Engulo de novo. Ele está dizendo que ainda quer passar um tempo comigo? Quer que isso continue?

Wesley encolhe os ombros e interrompe o contato visual.

– Ou não.

– Não – reajo depressa. Pego o barco de papel. – Vamos continuar. – Para combater o calor repentino no rosto, acrescento: – Mas vamos terminar a lista primeiro. Cookies com gotas de chocolate.

Vemos a manteiga derreter bem devagar. Aprendi com minha pesquisa que ela escurece de repente, por isso temos de ficar atentos. Estamos lado a lado na frente do fogão da bancada.

Pergunto em voz baixa:

– Você se lembra da Jess Archibald?

– Sim – ele responde, mexendo a manteiga sem parar para que não queime.

– Ela faz uma festa de Halloween todos os anos.

– Sim, ouvimos falar disso.

– Ouvimos? – pergunto.

Ele para por um momento e olha para mim. Mantém a expressão indiferente.

– Ela só convida os colegas de turma. O pessoal das matérias avançadas. O resto dos alunos só ouve falar sobre a festa.

– Ah.

Wesley volta a mexer a manteiga. Ela começa a borbulhar. Se eu olhar bem de perto, consigo ver os sólidos do leite se tornando visíveis.

– Acho que está querendo me dizer que vai embora mais cedo para se arrumar, é isso? Tudo bem, Eliza. Não se preocupe.

– Na verdade, eu queria que você fosse comigo.

Percebo quando a mão que mexe a manteiga para por uma fração de segundo.

Ele ri, um som que quase disfarça a surpresa.

– Acho que não fui convidado.

– Foi agora – insisto. Decido que é melhor não revelar o contexto e só torcer para ele acreditar em mim. – Quero um amigo lá comigo.

Ele levanta uma sobrancelha. Os olhos castanhos brilham.

– Um amigo?

Tusso e abaixo a cabeça.

– Kareena e Meredith ajudaram Jess com o planejamento, então imagino que elas vão estar ocupadas demais para ficar comigo. Vamos? – Eu me esforço para fazer cara de carente.

Ele ri.

– Essa sua cara é ridícula.

– Não acredito que esse cheiro é de manteiga. Ou essa aparência. – O aroma é maravilhoso. Lembra castanhas torradas. Eu poderia engarrafar e beber essa coisa. O líquido é dourado, espumante sobre os sólidos do leite, agora marrons. Tenho orgulho de mim mesma por saber que o preparo está quase pronto, mesmo sem Wesley me avisar. – E estou interpretando a ausência de um não como um sim.

– Eu nem tenho fantasia.

– Nem eu. Estou pensando em usar uma blusa preta de gola alta e ir de Steve Jobs. Ou de The Rock.

Ele pensa um pouco.

– Acho que também tenho uma blusa preta de gola alta.

Sorrio para ele.

– Incrível! Podemos ir de Steve Jobs gêmeos. Ou você vai de Steve, e eu de The Rock. As pessoas vão entender.

Wesley tira a panela do fogão e desliga a chama.

– Lembro que na primeira vez que te vi pensei: "Meu Deus, ela é muito parecida com aquele lutador que virou ator, o Dwayne 'The Rock' Johnson". Finalmente você percebeu a semelhança.

Faço uma reverência debochada.

– Faz anos que espero alguém perceber. É sério, Wesley. Se você for, vai me fazer um favor enorme. Mas não precisa ir, se não quiser. Sei que passar a noite em uma mansão cheia de gente que não conhece não é o melhor programa para uma sexta-feira.

– Eliza, não sabe que o melhor programa para a sexta-feira é estar com você?

Olho para ele para ver se está brincando, mas, quando o encaro, me sinto envolvida por alguma coisa quente e séria. Meu rosto esquenta. Meu coração bate mais forte. Quero dizer alguma coisa, responder com alguma coerência, mas ele olha para mim com alguma coisa tão desconhecida que tenho de interromper o contato visual. Apoio a mão na bancada, porque de repente me sinto trêmula.

– Eliza! – ele grita.

– O quê? – respondo. Ele segura minha mão e a puxa da bancada. Sinto o ardor e entendo que apoiei a mão no queimador ainda quente. – Ai, porra! Puta merda, isso dói! – Meus dedos começam a ficar vermelhos e latejam dolorosamente. Wesley abre a torneira e, agradecida, ponho a mão sob o jato de água.

– Jesus Cristo, Eliza. Tudo bem?

– Sim, tudo bem. É só incompetência. – Ainda sinto os dedos quentes, mesmo embaixo da água gelada. – Vai formar bolhas, mas isso é o de menos. A sensação é horrível. Muito ruim, de verdade. – Queria poder me segurar e não choramingar como uma criança, mas minha mão está pegando fogo. – Desculpa.

– Eliza, você está machucada. Não tem de pedir desculpas.

– Dá para acreditar que já passamos da metade do semestre e eu continuo me machucando?

– Vou terminar os cookies – diz Wesley. – Deixa a mão dentro de uma vasilha com água gelada. Ou pega uma toalha, enche de gelo e envolve a mão com ela.

– Entendi, Dr. Ruengsomboon – respondo, batendo uma continência exagerada. Depois de alguns minutos com a mão embaixo da água fria, embrulho alguns cubos de gelo em um pano de prato e cubro a mão com ele. – Me desculpa por ser tão imprestável – digo enquanto me dirijo à banqueta de sempre, sentindo na mão o paradoxo entre gelo e fogo.

– Não consigo contar quantas vezes me queimei na cozinha quando era criança – ele responde.

– Mas eu não sou criança.

– Mas tem a experiência de uma na cozinha – ele insiste. E o sorrisinho arrogante reaparece.

Não tenho nada para fazer além de cuidar da minha mão, enquanto o vejo terminar o preparo dos cookies. Isso me dá uma oportunidade de mergulhar em pensamentos. Mesmo que eu reproduza mentalmente o que ele disse até ficar enjoada, não consigo decidir se Wesley falou a sério ou se estava brincando. Quero retomar a conversa, mas o momento passou, e agora a expressão dele é tão diferente que me pergunto se imaginei o jeito como ele olhava para mim antes.

Como sempre, Wesley deixou a mochila aberta. Dessa vez nem finjo que não estou olhando. Estico a mão saudável e puxo a folha de papel que está em cima das outras.

É uma redação, e me surpreendo ao ver a nota máxima no alto da folha.

– Puta merda, Wesley, como você... – Mas paro ao ver meu nome no texto.

> Além de me ensinar a apreciar a culinária coreana, Eliza também me mostrou o que é ser autêntico. Ela é alguém cujos sucessos e habilidades são unicamente seus, que cria as próprias definições e seus objetivos, e que me inspira a alimentar a ambição como se fosse uma amiga. Ela traz disciplina à cozinha, uma compreensão profunda sobre por que alguma coisa funciona e um entusiasmo para aprender mais do que se espera dela. Sua abordagem da cozinha é a evidência de que cozinhar é algo entre a ciência e a arte. Se cozinhar com alguém é uma troca, o que dei a Eliza foi tempo, e o que ela me deu foi revelação. Ela me faz lembrar que as coisas são mais que uma soma de suas partes, e só com a orientação de Eliza fui capaz de ver de verdade a soma de mim e dos outros pela primeira vez.

Isso é tudo que consigo ler, porque Wesley tira o texto da minha mão com toda a gentileza.

Não sei o que dizer. Não sei como reagir. Tenho a sensação de que fiz alguma coisa errada, ilegal até. Minha mente escolhe o caminho da menor resistência, e pergunto:

– Como é possível já ter uma nota? Entregamos isso ontem.

– Hoje é o prazo final para entregar esse trabalho – ele me corrige. – Eu entreguei bem antes.

– Desculpa – peço, e minha voz é um suspiro. – Isso foi tremendamente invasivo.

Ele balança a cabeça.

– Tudo bem. Não é nada que eu não fosse te contar. Em algum momento.

A declaração me surpreende.

– Não pode ser. Não ia me contar.

– É claro que ia.

– Mas... é muito *atencioso.*

– Sua reação me faz pensar que escreveu alguma coisa horrível sobre mim no seu texto – ele comenta com uma risada nervosa.

– Não, de jeito nenhum – protesto imediatamente. – Não conseguia parar de escrever.

– Muitos motivos para reclamar.

– Cala a boca. Eu deixaria você ler, mas já está com o senhor Treviño. Wesley, eu... – Por um momento, nós dois esperamos para ver como vou terminar a frase. Tem mil possibilidades que devo evitar. *Estou muito feliz por ter sido sua dupla. Acho que você está mudando meu jeito de pensar. Já te considero um dos meus amigos, mas também quero mais que isso.*

Demoro demais, ou não tenho coragem suficiente para dizer uma dessas coisas, e o timer do forno apita.

– Os cookies estão prontos.

Vejo Wesley abrir a porta e tirar a assadeira do forno. Esses cookies com gotas de chocolate devem ser os mais bonitos que já vi. São grandes e finos, com gotas enormes de chocolate meio amargo derretido salpicando a superfície dourada. A cozinha tem cheiro de chocolate, manteiga e doçura. Wesley estava certo sobre deixar essa receita para o Halloween. É a guloseima perfeita.

Quando os biscoitos esfriam o suficiente, Wesley os emprata e serve um copo de leite para cada um de nós. Depois tira a selfie e a envia imediatamente.

– Missão oficialmente cumprida.

Ele me dá um biscoito e pega um também. Batemos um biscoito no outro como se brindássemos, mas os cookies são tão macios, que o contato praticamente os quebra ao meio. Levamos o pedaço solto à boca antes que ele caia no chão. Wesley arregala os olhos enquanto mastiga.

– Isso é... puro fogo!

– Profundamente insensível, considerando minha queimadura, mas... tem toda razão.

– E este é o melhor cookie que você já comeu?

Confirmo balançando a cabeça com vigor.

– Não tem concorrência. Espero que esteja satisfeito com o seu, porque vou comer todos os outros.

Assistimos ao filme enquanto deixamos chocolate e manteiga derreterem na boca. Sentados lado a lado, vendo um filme juntos com um prato de biscoitos mornos, tenho de admitir que isso é... romântico. Eu poderia me inclinar e apoiar o ombro no dele. Poderia perguntar se estou com a boca suja de chocolate. Poderia tocar a mão dele e descobrir se ele seguraria a minha. Quero perguntar *alguma coisa*, mas nem imagino como encadear as palavras, ou se ele está pensando as mesmas coisas. Então ficamos sentados em silêncio, deixando o filme se encaminhar para o fim.

Quando os créditos sobem na tela, eu me ofereço para lavar a louça. A água fria é agradável na minha mão quente, e é bom ter alguma coisa mecânica para fazer quando meu cérebro parece tão ansioso para se meter em complicações que não estou pronta para abordar. Tento deixar a trilha sonora do filme encobrir o barulho dos meus pensamentos.

Quando termino de lavar a louça, eu me viro para enxugar as mãos em um pano de prato. Quase dou um pulo quando vejo Wesley ali, tão perto que tropeço nele, porque não tenho para onde ir.

– Desculpa, não sabia que estava aí – resmungo.

Acho que ele nunca esteve tão perto de mim. Apesar das sombras sobre seu rosto, consigo ver cada cílio e uma pintinha do lado esquerdo do queixo. Ele pega minha mão queimada e a examina.

– Queria perguntar… se ainda dói – fala em voz baixa. A luz da projeção do filme ilumina seu cabelo escuro, criando um halo.

Minha garganta está tensa demais para eu conseguir falar, por isso só balanço a cabeça.

Ele olha para mim com aqueles olhos escuros e cintilantes, e eu engulo em seco. Queria saber se ele percebe que estou prendendo a respiração. De repente ele encosta a boca na palma da minha mão, um contato tão sutil que parece um sussurro. É como se me pedisse permissão.

– Wesley – digo, mas não emito nenhum som.

– Eliza – ele murmura com os lábios em minha mão. Quando olha para mim, sua expressão é atormentada. – Somos amigos?

– Acho que sim – respondo, e as palavras tremem como folhas no outono. Nunca dissemos isso em voz alta, mas alguma coisa mudou. Quando o vejo, não penso mais em derrotá-lo na competição no fim do semestre. Eu o vejo e quero conhecê-lo. Passo o tempo com ele e gosto disso. É como amigos devem se sentir, não é? – Espero que concorde comigo.

Ele solta minha mão lentamente.

– Ok.

Olho para ele sem esconder a confusão. Não sei nem se estou realmente aqui. Meu cérebro não funciona, e o coração bate depressa demais.

– Não quer ser meu amigo? – A pergunta é boba, como se estivéssemos no jardim de infância, sentados em balanças no playground.

Ele ri, mas a risada é tensa.

– Eu não... – Por um momento fico apavorada com o que vou ouvir. Ele não quer ser meu amigo. Vai me lembrar da competição. Agora que já entregamos o trabalho final, acha que não devemos mais nos encontrar. Wesley respira fundo e começa de novo. – Não penso em você como penso nos meus amigos.

– Wesley – repito, e nesse momento não me importo se pareço estar sem palavras, porque gosto do som do nome dele em minha boca. Gosto de formar as letras como se fossem um presente.

Hesitante, minha mão queimada se aproxima de seu rosto. Ele fecha os olhos quando sente o contato e põe a mão sobre a minha. Imagino que ecoamos a pulsação um do outro, de uma das mãos para a outra e de volta, e me inclino para a frente bem devagar. Não sei nem se estou realmente me movendo. Tem alguma coisa pesada e intoxicante no espaço minúsculo entre nós, e quero absorver essa coisa completamente.

Meu pescoço projeta a cabeça até meu nariz tocar o dele, até seus lábios estarem a um sopro dos meus.

– Wesley – sussurro, e sinto pela primeira vez o contato, o roçar dos lábios nos dele. A mão aperta a minha.

Ele respira fundo. É um som desesperado.

– Eliza, me beija, por favor.

Deixo meus lábios pressionarem os dele. A mão sai de cima da minha e se transfere para a parte de trás da minha cabeça, depois para a nuca. Abrimos a boca e sentimos o sabor de açúcar, chocolate e calor, e essa mistura tem gosto de alívio. O manto de fingimento que estive usando perto dele cai de uma vez. *Estou aqui*, minha boca anuncia para a dele. *Isso é o que quero dizer há muito tempo, o que você viu estampado em meu rosto antes, o que finalmente transbordou dos meus lábios.* Ele me puxa contra o corpo e meu coração pulsa contra o peito dele, como se estivesse se negando a ficar preso. *Me escuta, me escuta, me escuta.*

De repente a porta da cozinha de Artes Culinárias é aberta, e a luz do dia invade o espaço. Eu me solto imediatamente dos braços de Wesley e dou um passo para trás. O zelador, senhor Wilby, entra empurrando uma lata de lixo com rodinhas e assobia baixinho quando nos vê.

– Desculpem, meninos – ele diz com uma risadinha que nem tenta disfarçar. – Não queria atrapalhar.

Wesley fica vermelho até a raiz dos cabelos, coça a nuca.

– Oi, senhor Wilby. Bom te ver.

– Oi, senhor Wilby – falo, embora ele nem me conheça.

– Você sabe que eu te amo, Wes, mas tenho de te expulsar daqui. São seis horas, e regras são regras.

– É claro – responde Wesley. Ele vai desligar o computador do senhor Treviño e pegar o DVD do filme, enquanto eu limpo meio desajeitada o restante da nossa bagunça. Wesley e eu pegamos as mochilas, nos despedimos do senhor Wilby e saímos juntos da cozinha.

Andamos em silêncio por alguns momentos, atravessamos o pátio e entramos no prédio principal, e então não consigo mais me segurar.

– Foi constrangedor para você também, não foi?

Wesley ri, e a risada ecoa no corredor vazio.

– Acho que foi mais constrangedor para mim. O senhor Wilby e eu somos amigos. Eu o vejo todos os dias às seis da tarde.

– É verdade. – Respiro fundo. – Talvez ele não tenha visto nada.

Wesley balança a cabeça, ainda rindo.

– Mesmo que não tenha visto, tenho certeza de que ele consegue deduzir. Aposto que estava escrito na nossa cara.

– É? O que acha que estava escrito? – Sei que estou insistindo, e normalmente não seria tão corajosa, mas me sinto imprudente e cheia de adrenalina de um jeito desconhecido para mim.

– Ah, não sei. Acho que alguma coisa tipo "acabei de beijar a garota mais inteligente e linda que conheço e estou tentando fingir que não é nada de mais". – Ele parece pensar por um momento, antes de acrescentar: – Ou talvez: "Graças a Deus essa garota beija melhor do que cozinha".

Empurro seu ombro e ele ri. Seguimos para o estacionamento, e me aproximo do meu carro. Apesar de sempre ir comigo de carro para minha casa ou para outros lugares onde estudamos, Wesley nunca aceita carona para a casa dele. Insiste em ir a pé. Quando paramos ao lado da porta do motorista, olho para ele e digo:

– Então, você vai comigo para a festa, não vai?

Ele põe as mãos nos bolsos e assente.

– Desde que eu consiga achar minha blusa preta de gola alta.

Fico séria.

– Mesmo que não consiga.

– Tudo bem. Mesmo que eu não consiga.

– Quer carona? – A festa de Halloween de Jess é sempre muito regrada. Não tem bebida alcoólica, e, apesar de muita gente combinar um esquenta, eu não pretendo beber nada antes do evento.

Ele balança a cabeça.

– Não precisa.

– Tem certeza? Não me incomodo – insisto. Principalmente porque não queria entrar na festa sozinha, em vez de chegar com Kareena e Meredith, como sempre.

– Não precisa – ele repete.

– Você vai a pé?

– Vou.

– Não seja ridículo.

– Ela é minha vizinha.

Faço uma pausa.

– Quê?

– Jess mora perto da minha casa. Eu vou a pé. Não se preocupe. – Ele parece pouco à vontade quando diz isso. Sei que Jess tem muito dinheiro, e agora sei que Wesley também tem, então não deveria estar surpresa com a revelação. Mas pensar nele sozinho em uma mansão enorme acrescenta uma camada inesperada à imagem que tenho dele.

– Tudo bem. Então… eu mando uma mensagem quando chegar lá.

Ele sorri.

– A gente se vê daqui a pouco. Prefere ser chamada de senhor Johnson ou de The Rock?

– Você decide, Steve.

Ele se vira para ir embora, e eu o observo por um ou dois segundos antes de abrir a porta do carro. Estou me preparando para entrar, quando ouço passos se aproximando depressa.

Quando me viro, Wesley está ali. Sem perder tempo, ele me abraça e aproxima o rosto do meu. Chega tão perto que respiramos o mesmo ar. Depois se inclina e me empurra com delicadeza contra o carro, e me beija de leve antes de recuar.

– Desculpa – murmura com um sorriso insinuante. – Não consegui parar de pensar nisso.

Levanto a mão para afastar o cabelo de seus olhos, aquele cabelo de comercial de xampu. A intimidade do gesto me causa um arrepio, mas faço um esforço para não demonstrar.

– Não precisa sentir minha falta por muito tempo. A festa começa às oito. – Entro no carro e aceno para ele pela janela. Wesley fica ali balançando a cabeça, rindo, e eu também dou risada.

No caminho para casa, percebo que estamos no mesmo barco. Também não consigo parar de pensar nele.

Capítulo 18

Em casa, tudo parece uma contagem regressiva para o momento em que vou ver Wesley de novo. Agora que me permiti reconhecer a ideia de gostar dele, é como se essa fosse a única coisa a que minha mente consegue se dedicar. As comportas foram abertas e as águas são traiçoeiras nesse estágio de rebeldia acumulada. Tento me obrigar a fazer a lição de casa, porque não preciso de muito tempo para vestir uma blusa de gola alta, mas estou distraída. Abro a declaração pessoal para as inscrições nas faculdades, mas não existe a menor possibilidade de ser produtiva, me sentindo desse jeito. Não consigo identificar um exemplo de conflito, esforço ou superação, quando todo o meu mundo parece estar ganhando vida só agora.

Desisto da declaração, desço e mal registro a música de piano na sala de aula. Minha mãe aumentou o número de alunos neste último mês. Deve ter tido acesso a algum grupo de mães asiáticas, porque foram cinco ou seis novas matrículas em duas semanas. Apesar de estar ocupada, ela mantém a noite de terça-feira disponível para mim e Wesley.

Se fosse abril, eu teria contado para minha mãe imediatamente. Certamente teria desintegrado de vergonha ao dizer a palavra *beijo*, mas antes do verão não seria possível deixar de compartilhar uma coisa dessas com ela. A sensação no fundo do estômago, no meio do peito, na ponta dos dedos... é tudo tão avassalador que é como se o sentimento fosse uma parte anatômica de mim. Eu teria contado para ela.

Mas não é abril. Minha mãe nem sabe nada sobre como tem sido minha vida neste semestre. Seria informação demais para transmitir, e ela não se lembraria de nada, de qualquer maneira.

A última aula de piano do dia acaba quando estou descendo a escada com minha fantasia improvisada. Ela me vê e levanta as sobrancelhas.

– Que foi? – pergunto, me sentindo insegura.

– Você parece muito animada. Vai a algum lugar?

Tento não demonstrar o acanhamento. É claro que esse novo sentimento está estampado no meu rosto, mesmo sem eu ter consciência disso.

– Vou à festa de Halloween da Jess – respondo.

Ela assente, compreensiva.

– Que fantasia é essa?

– Steve Jobs. – Tecnicamente eu sou The Rock, e Wesley é Steve Jobs, mas acho que minha mãe não sabe quem é The Rock, e não estou com disposição para explicar.

Ela inclina a cabeça.

– Kareena e Meredith vão de Steve Jobs também? Qual é o tema do grupo?

Minha mãe tem fotos no celular de todas as festas de Halloween mais recentes. Ela sempre me pede para mandar uma foto de Kareena, de Meredith e minha com a fantasia do nosso grupo, por isso sei que ela espera algo semelhante este ano. Mas o interrogatório me irrita. Ela não prestou atenção a nenhuma parte do semestre até agora e decidiu ser curiosa justamente hoje?

– Não tem fantasia de grupo este ano – respondo com tom seco.

Vejo a surpresa em seu rosto.

– Por que não? Pensei que fosse uma tradição.

Reviro os olhos.

– Acho que Kareena e Meredith não quiseram. Estão ocupadas. – Não sei por que ainda tento defendê-las. É constrangedor demais dizer que minhas melhores amigas não querem mais andar comigo. E esse não é o melhor momento para contar que beijei Wesley.

O olhar da minha mãe é surpreendentemente sério.

– Yeji-yah, boas amizades são muito importantes na vida, entende? Não precisa ter um milhão de amigos, mas precisa conservar os que tem.

– Eomma! – A indignação na minha voz é quase hostilidade. – Para de fingir que sabe o que está acontecendo. Não sabe. Faz muito tempo que não sabe.

Ela olha para mim com uma ruga na testa, a imagem da decepção. E adota o inglês ao dizer:

– Não grita comigo, Yeji. Estou dando um conselho.

– Não preciso de conselho – explodo. – Estou saindo. Volto mais tarde.

Pego a chave do carro e sigo para a garagem. Odeio ficar brava com minha mãe, principalmente porque não brigamos de verdade desde que eu estava terminando o fundamental, mas isso é muito injusto. Assim que entro no carro, apoio a cabeça no volante e fico apavorada ao sentir a ameaça das lágrimas tentando transbordar. As perguntas da minha mãe abriram brechas na minha armadura mental, me levando por caminhos que tentei ignorar esse tempo todo.

Quando foi que Kareena e Meredith decidiram que eu não era mais digna do tempo delas? Por que demorei tanto para identificar o que estou sentindo, como se tivesse sido abandonada?

E o que dá à minha mãe a coragem de pensar que sabe o que é bom para mim, quando mal se lembra de que vou me formar neste ano? Ela acha que a vida fez uma pausa no verão e quer me criticar por permitir que as coisas mudem? Está tentando argumentar sem ter feito a leitura prévia.

Solto o ar devagar, com um sopro barulhento, e enxugo as lágrimas que escaparam. Felizmente The Rock é uma fantasia que não exige muita maquiagem. Saio da garagem e vou para a casa de Jess.

Quando chego lá, os carros ocupam as vagas dos dois lados da rua por um quarteirão. São só oito e vinte, mas já é difícil estacionar. Por isso Kareena, Meredith e eu sempre viemos com um carro só. Vejo o Volkswagen azul de Kareena parado na frente da entrada. Ela deve ter vindo cedo para ajudar a preparar tudo. Estaciono na rua seguinte e mando uma mensagem para Wesley avisando que já cheguei.

Quando me aproximo da entrada da casa de Jess, Wesley está lá me esperando. Ele vestiu uma blusa preta de gola alta e jeans desbotado e usa até óculos de armação redonda.

– Ai, meu Deus. Você saiu para comprar os óculos?

Ele balança a cabeça.

– São meus. Eu uso lentes de contato na escola. – Ele me oferece os óculos e, quando olho através das lentes, vejo tudo borrado.

– Puta merda, Wesley.

– Pois é… deve ser chocante descobrir que alguém que usa óculos enxerga mal de verdade. É meio que descobrir que a água é molhada – ele responde, e põe os óculos novamente.

– Fica ótimo em você – digo.

– Não vem me adular, senhor Johnson – ele responde, e puxa a pesada corrente de prata no meu pescoço. O gesto casual me faz lembrar que a situação é tudo, menos isso.

– Muito bem, Steve. Vamos entrar?

– Tem certeza de que fui convidado?

– É claro. – Dou alguns passos e paro, olho para ele com uma curiosidade repentina. – Qual é a sua casa?

– Ai. Promete que não vai me odiar?

– É muita ousadia sua presumir que já não odeio – provoco, levantando a mão queimada onde pequenas bolhas cobrem dois dedos.

Ele aponta para uma propriedade enorme e linda, três casas abaixo da de Jess.

– Aquela. A residência Ruengsomboon. Tenho certeza de que somos a única família asiática na vizinhança.

– Bem, acho que é hora de conhecer uma das suas vizinhas, então.

Quando entramos, a primeira impressão que tenho é de que Jess perdeu completamente o juízo. A família dela é do tipo que se esforça por qualquer evento que organiza, mas o fato de ser seu último ano no colégio e a última vez que ela oferece a festa anual deve ter provocado esse esforço muito maior. Luzes penduradas em todos os lugares piscam na forma de aranhas e fantasmas de néon. Imediatamente à direita da entrada tem várias mesas com estandes elaborados de cupcakes, cada um coberto com padrões complexos. Um tem crânios feitos com pérolas comestíveis. Outros têm morcegos brilhantes feitos com açúcar queimado. Sei que, depois dos nossos cookies com gotas de chocolate hoje, Wesley admira os doces tanto quanto eu.

Há uma estação de calda de caramelo para mergulhar maçãs, com várias coberturas. Uma equipe contratada trabalha atrás de um balcão servindo um cardápio especial de milkshakes temáticos. Se for como nos anos anteriores, o quintal deve ter sido transformado em pista de dança temporária, com um DJ que executava uma playlist e uma fileira de cabines de fotos em volta da piscina.

– Estou imaginando sua casa exatamente assim – digo a Wesley.

– Inclusive com a foto de uma família branca pendurada em cima da lareira.

Andamos pela festa movimentada. Paro e cumprimento pessoas que conheço da escola ou das organizações estudantis de que participo.

Encontro o pessoal da equipe do Campeonato de Ciências reunido em torno de uma mesa, disputando uma partida de um dos muitos jogos de tabuleiro disponíveis. Um deles me convida para jogar, mas só aceno e sigo em frente com Wesley.

– É loucura eu não conhecer tanta gente do colégio – ele diz quando caminhamos para a área atrás da casa.

Assinto.

– A gente não se conhecia até este semestre. Nem teríamos nos conhecido se meu horário tivesse sido aceito como eu queria. – Paro e não consigo acreditar que nunca pensei em perguntar isso. Olho para ele. – Quem são seus melhores amigos?

Ele é pego de surpresa.

– Meus melhores amigos?

– Sim. Sempre que te vejo, somos só nós dois. Ou nós dois e minha mãe. Com quem costuma sair?

É estranho eu não ter perguntado isso antes. Kareena e Meredith estão relativamente ausentes da minha vida neste semestre, mas isso não significa que essa é a norma para todo mundo.

Wesley encolhe os ombros, e me arrependo de ter feito a pergunta quando vejo seu desconforto.

– Tem uns caras com quem almoço e converso durante as aulas. Às vezes jogamos basquete no fim de semana. Mas acho… acho que nunca quero que as pessoas me conheçam muito bem.

Sinto uma linha se formar na minha testa.

– Como assim?

Ele suspira e abre os braços para mostrar o entorno.

– Não quero que meus amigos vejam uma coisa assim, sabe? Só quero ser visto como… quem eu sou quando estou longe da família, se é que isso faz sentido.

Faz um pouco. A riqueza e a extravagância dos Archibalds e de outras famílias nesta rua ainda são uma anomalia, mesmo entre meus amigos.

– Isso não é justo – protesto. – Você não dá escolha aos seus amigos.

– E não quero que eles conheçam minha mãe. Ela os julgaria, faria perguntas sobre planos de carreira e os faria sentir-se pequenos, qualquer que fosse a resposta. Quero isolar meus amigos de tudo isso. – E ele muda de tom. – E os seus amigos? Por que não me apresenta para eles?

Por trás das palavras acusadoras, percebo quase indetectável a sugestão de dor. Ouço a pergunta implícita: *Por que não quer que me conheçam?*

– Vamos ver onde elas estão – decido, e seguro a mão dele para levá-lo ao quintal.

A pista de dança é coberta de adesivos com motivos de Halloween, e todos brilham no escuro. Fios de lâmpadas em forma de abóboras iluminam o ar. Vejo Meredith vestida de Daenerys, dançando com a equipe de júri simulado. Levo Wesley até lá. Quando me vê, ela se afasta do grupo e sorri. A peruca que escolheu ficou incrível, mesmo de perto.

– Meredith, você está linda! – digo quando nos abraçamos

– Obrigada! É uma honra conhecer você... The Rock? – ela adivinha.

– O prazer é todo meu, Khaleesi. Quero te apresentar uma pessoa – anuncio. – Este é Wesley. Wesley, esta é minha amiga Meredith.

Meredith estende a mão.

– É um prazer, Wesley.

– Igualmente – ele responde com um sorriso encantador. Penso se ele sabe como seu sorriso é lindo ou se tem consciência de como seus olhos castanhos franzem nos cantos.

– Você é Steve Jobs? – ela pergunta.

– Sua precisão é impressionante – ele reconhece.

– São os óculos. Foi um toque genial. Mas como é que eu não vi você antes, Wesley?

Ele dá de ombros sem se abalar.

– Não faço nenhuma matéria avançada.

– Nenhuma? – Meredith insiste.

Não há julgamento em seu tom, só curiosidade, mas só isso já é ofensivo. Penso no primeiro dia de aula de Artes Culinárias, quando Wesley olhou para mim com o mesmo ar chocado quando confessei que não tinha nenhuma experiência na cozinha.

Eu a encaro com um olhar firme. Ela percebe.

– Bem, fico feliz por Eliza ter trazido você – diz. – As festas da Jess são sempre muito divertidas. Estou tentando convencê-la a organizar uma dessas para todo mundo do nosso ano. Seria caótico, mas é isso, tudo ou nada, não é?

Se havia alguém capaz de fazer uma festa para toda a turma de formandos, essas pessoas eram os Archibalds.

– Sabe onde está Kareena? – pergunto.

A expressão de Meredith não revela nada, mas tem alguma coisa ensaiada em sua reação intrigada.

– Não sei. Talvez tenha ido ajudar Jess com alguma emergência.

– É uma festa grande – concordo. – Bem, talvez eu a encontre mais tarde.

Meredith assente, animada.

– Tem muita coisa para fazer! Deviam achar alguma atividade de que gostem. Jess contou que tem umas dez, este ano. E, se ainda não sabem, eles encontraram um caldeirão enorme!

Ela aponta para um canto do quintal onde um caldeirão bem grande foi pendurado sobre uma fogueira. Um prestador de serviço uniformizado está parado ao lado do caldeirão, servindo suco de maçã quente em canecas de cerâmica em forma de abóbora.

Wesley e eu andamos pelo quintal. As luzes da piscina mudam de cor, e a água brilha entre roxo e cor de laranja, alternando as tonalidades. Olho para as luzes e penso na reação de Meredith quando perguntei sobre Kareena. Kareena disse a ela que queria me evitar na festa? Por isso veio de carro e tomou a decisão de não usar uma fantasia em grupo? Em vez de acabar de vez com a nossa amizade, talvez ela esteja se afastando aos poucos e torcendo para eu entender a dica. Meus pensamentos são interrompidos quando Wesley bate com o ombro no meu.

– Por que tenho a sensação de que todas as interações que vejo entre você e suas amigas são estranhas? – ele comenta. – Posso tocar nesse assunto?

– Pode, e eu também acho. – As palavras saem como um murmúrio.

– Ei. – Wesley tenta me fazer olhar para ele. Depois sorri. – Vai, Dwayne. Vamos ver esses dentes.

– Adoro quando os homens dizem para as mulheres sorrirem.

– Mulheres? Lamento, senhor Johnson, mas esta é uma conversa de homem para homem.

Recompenso com um sorriso contido sua tentativa bastante frágil de ser engraçado.

Ele ri e passa um braço sobre meus ombros. É um gesto muito natural, mas meu sangue esquenta imediatamente.

– Vamos ver as cabines de fotos?

A ideia me anima um pouco. Há alguma coisa muito autêntica na sugestão, como se ele realmente quisesse ter uma lembrança da noite. Wesley me leva para uma das três cabines à beira da piscina roxa e laranja. Ele abre a cortina.

Mas já há duas pessoas lá dentro. A luz pisca e captura a foto de duas pessoas se beijando. Uma delas usa um lindo vestido azul e brilhante cuja saia ampla lembra as roupas de uma princesa. Só consigo ver a parte de trás de sua cabeça, mas o cabelo loiro está arrumado em cachos perfeitos. A outra menina está vestida de bruxa e usa um chapéu preto e pontudo. Consigo ver seu rosto vagamente. A pele pintada de verde.

Não demoro para juntar as peças. Não deve ter sido mais que um segundo, mas tenho a sensação de que olho para elas por uma eternidade. É como se tivesse estudado o quebra-cabeça por muito tempo, mas me esquecido de como deveria ser a cena completa. Agora consigo me lembrar de repente.

– Ai, meu Deus – eu digo. Pelo menos acho que digo, porque Kareena e Jess se afastam e olham para mim. As duas exibem a mesma expressão, uma mistura de choque e horror. Não controlo minhas palavras ou o que meu rosto transmite. Seja o que for, a mensagem deve estar ali estampada.

– Desculpem! – Wesley exclama imediatamente, e fecha a cortina depressa. Ouço os movimentos das duas dentro da cabine. – Eliza, vem! – Ele segura minha mão e me leva para dentro da cabine vizinha, que está vazia, felizmente.

– Puta merda – sussurro.

– Aquela era a Jess, não era? – ele pergunta. – Não consegui ver direito, mas acho que a reconheci.

Confirmo com um movimento de cabeça.

– Sim. Galinda.

– O quê?

– Ela está fantasiada de Galinda, a Bruxa Boa. De *Wicked.*

Ele assente, tentando entender. É óbvio que não conhece os personagens de *Wicked.*

– E a namorada dela?

– Elphaba – respondo, e ouço minha voz atordoada.

Minha cabeça gira tão depressa que só aparecem sugestões de pensamentos incompreensíveis. Não acredito que Kareena esconderia de mim alguma coisa assim. Há quanto tempo ela sabe, e há quanto tempo decidiu não me contar? Penso no comportamento de Meredith, em suas expressões e na sensação de que ela sabia mais do que escolheu dizer. Penso naquele dia na hora do almoço, quando Meredith me perguntou sobre Wesley. Meredith olhando diretamente para Kareena ao dizer: *Não é justo a gente ficar fazendo perguntas, se não quer falar. Não é, Kareena?*

Meredith sempre soube sobre Kareena e Jess.

E não quiseram me contar.

De algum jeito, sinto que essa é a validação: meus instintos sempre estiveram certos. Minhas melhores amigas não queriam que eu soubesse, e consequentemente fui banida do espaço delas. Mas dez vezes maior que a validação é a dor inegável. O que foi que eu fiz para perder a confiança de alguém desse jeito? O que em mim deu a impressão de que não amaria minhas amigas exatamente como elas são? A dor e a raiva se fundem em um calor venenoso.

Wesley olha para mim.

– Eliza, você está bem? – Seu olhar é preocupado, mas é principalmente confuso. Estou me desmanchando na sua frente, e ele não sabe por quê.

Aceno com a cabeça, um movimento frágil. Sinto que ela pesa demais sobre o pescoço.

– Sim, eu só... sério, eu...

Sou interrompida quando alguém abre a cortina da nossa cabine. Wesley dá um pulo, e nós dois vemos Kareena parada à porta. Seu rosto está perturbado, e ela aperta a cortina com força.

– Eliza, a gente precisa conversar.

Não falo nada, não consigo canalizar o dilúvio de sentimentos conflitantes em alguma coisa verbal. Wesley olha para mim esperando uma resposta, mas não consigo reagir.

Kareena insiste.

– Eliza, por favor. Vamos conversar lá dentro.

– Acho que tivemos meses para conversar – respondo. Parece que minha boca decidiu pela cabeça, escolheu que emoções priorizar, e a raiva toma a dianteira. – Fazemos quase todas as matérias juntas. Almoçamos juntas todos os dias. Isso é muito tempo. Mas não houve muita conversa. – Ainda estou falando e já me odeio por isso. É injusto me comportar desse jeito.

A expressão de Wesley continua confusa, mas agora tem um ingrediente a mais: desconforto. Ele não gosta do meu tom gelado, e eu também não.

Kareena parece magoada.

– Não faz assim.

– Lamento ter interrompido sua sessão de fotos. Mas é um pouco mesquinho retribuir na mesma moeda. – Olho para ela e para a mão que segura a cortina. Então noto Jess esperando alguns passos atrás de Kareena, e ela parece tão nervosa como quando a vi no estacionamento, quando estávamos no segundo ano.

Wesley interfere.

– Podemos tirar as fotos outra hora. Tenho a impressão de que vocês duas precisam resolver alguma coisa.

Kareena balança a cabeça e força a boca pintada de verde a desenhar um sorriso fino.

– Não, tudo bem. Eu não deveria ter interrompido. – Ela tenta olhar nos meus olhos, mas continuo olhando para a frente, para a tela da cabine. Subimos nossas muralhas. É só assim que sabemos ser. Ela respira fundo como se fosse dizer alguma coisa, mas só acrescenta: – Aproveitem. – E solta a cortina.

Wesley olha para mim e segura minha mão.

– Eliza, o que está acontecendo?

– Nada importante.

– Você está chorando.

– Não estou. – Mas limpo os olhos e descubro que estão molhados.

Ele me abraça, e me sinto tão segura em seus braços que as lágrimas transbordam mais depressa.

– Eliza – ele murmura ao meu ouvido, afagando meu cabelo. – Seja o que for, vai ficar tudo bem. – E me abraça com mais força, me deixa molhar seu suéter com a porcaria das lágrimas. – Acho que a gente não vai querer tirar uma foto, não é?

Dou risada, mas o som é tão molhado, que eu ficaria constrangida se ele não risse também.

– Desculpa, Wesley. Sinto muito, de verdade. Eu te convenci a vir, te envolvi nessa confusão porque sou egoísta.

Ele afrouxa o abraço, enxuga uma lágrima no meu rosto com o polegar e beija minha testa.

– E se a gente for comer um doce? Parecem todos perfeitos. Estou pensando neles desde que chegamos. – E me ampara com um braço para me levar até a mesa dos doces. Dividimos cada um dos diferentes cupcakes, e depois de cada mordida ele diz: – Não é tão bom quanto o que fizemos hoje. – Mas devem ser os melhores cupcakes do Texas.

Mas, quando penso em como criamos algo incrível, esse pensamento é imediatamente substituído por outro: como acabei de fazer uma besteira horrorosa.

Capítulo 19

No fim de semana depois da festa de Halloween da Jess, meu telefone quase explode com tantas mensagens de Kareena. Ela escreve meu nome em todas, e de vez em quando acrescenta um "por favor, vamos conversar". Depois de um dia, ela recruta a ajuda de Meredith, que me liga e propõe um encontro na loja de boba, mas digo que estou doente e não quero espalhar o vírus.

– Eliza, para com isso – Meredith fala com um tom firme. – Você sabe que todas nós precisamos conversar.

– Sobre a importância da saúde pública? Concordo. A norma deveria ser que pessoas que sabem que estão doentes não devem ir a lugar nenhum – respondo. E tusso para reforçar. – Desculpa, minha mãe está me chamando lá embaixo para tomar o remédio. A gente se vê. – E desligo.

Wesley manda uma mensagem sugerindo um piquenique no parque, e quero ir. É a primeira vez que ele me convida para fazer alguma coisa fora da escola, cruzando uma linha que havíamos estabelecido anteriormente, e a última coisa que quero é desanimá-lo. Mas estou me sentindo mal, e minha cabeça lateja. Minha mãe não percebe que mantive a porta do quarto fechada o dia todo, ou, se percebe, não vem falar comigo. De qualquer maneira, não quero ouvir o que ela teria a dizer. Tento tirar um cochilo para me livrar dessa dor de cabeça constante, mas quando acordo ela continua ali. Também percebo que não respondi à mensagem de Wesley. Mando um pedido de desculpas, e ele diz para eu não me preocupar e conta que foi jogar basquete com os amigos.

Por mais que eu queira evitar conversar com Kareena, sou muito aderente às regras para não ir à escola na segunda-feira. Entro na sala das disciplinas básicas assim que o sinal toca, vou me sentar no meu lugar e ouço os informativos.

Kareena se vira de frente para mim, mas continuo sentada olhando para a frente, como uma aluna exemplar.

Assim que os anúncios terminam, Kareena diz:

– Eliza, fala sério. Não pode me ignorar. Temos quase o mesmo horário de aulas.

Olho para ela, olho deliberadamente dentro de seus olhos, tomando todas as medidas para manter a expressão serena.

– Não estou te ignorando. Só não tenho nada para dizer. Tenho certeza de que entende.

Kareena suspira e se encosta na cadeira. Parece esgotada.

Meredith olha para mim com ar de súplica.

– Eliza, ninguém teve a intenção de te magoar.

– Ah, que bom que não estou magoada, então. – Não sei o que me faz dizer coisas tão patéticas. Eu me sinto como se fosse obrigada a desempenhar o papel da menina fria, intocável. O diálogo foi escrito para mim, eu só sigo o roteiro.

– Isso é besteira – Meredith insiste. – Por que não pode ser honesta?

Levanto as sobrancelhas numa reação incrédula. Quase me amaldiçoo por esquecer de manter a expressão impassível; isso certamente não é o que a garota fria faria. Mas agora é tarde. As emoções que tentei conter se rebelam.

– Está falando comigo sobre honestidade?

A raiva transforma o rosto de Kareena.

– Eliza, sei que está chateada. Mas não é justo exigir acesso a alguma coisa tão privada. – A voz se torna um sussurro no fim da frase, quando ela percebe que algumas pessoas da sala estão prestando atenção.

– Quando foi que eu fiz isso? – pergunto com um tom duro.

– Talvez não explicitamente – Kareena argumenta. – Mas está na sua atitude, na sua linguagem corporal. O jeito como ataca quando sente que foi excluída.

Quero olhar para ela com uma altivez que a faça sentir-se pequena, mas, em vez disso, forço um sorrisinho.

– Eu ataco ou sou excluída? Qual dos dois?

Kareena contorce o rosto com o esforço para conter a raiva. É evidente que ela quer dizer alguma coisa, mas o sinal toca. Esse é nosso círculo vicioso: não dizer as coisas que queremos dizer e ficar ressentida com a outra por isso. Quando esquecemos como é realmente conversar uma com a outra?

Embora tenhamos todas as matérias juntas até o oitavo período, é um alívio poder simplesmente ficar sentada e ouvir um professor dando aula, em vez de me preocupar com a necessidade de combater alguma outra coisa.

Por alguma razão, o sentimento de culpa encontra um lar no meu peito e se acomoda ali como um peso. Fico me perguntando se sou eu que estou afastando minhas amigas. Deveria ter dito alguma coisa antes, deveria ter revelado como odiava a sensação de ser abandonada? Ou deveria ter insistido mais para Kareena duvidar das intenções de Jess? Foi realmente tão errado querer proteger Kareena de alguém que tirava proveito de todo o seu esforço?

Pensar nisso traz a imagem de Jess à minha cabeça. Pré-cálculo. O desespero nos olhos dela, o medo e os apelos silenciosos em seu rosto. O cheesecake de manga. A festa de Halloween. A compreensão chega como uma rajada de vento. Quando peguei Jess olhando para Kareena tantas vezes no segundo ano, ela jurou que não estava colando...

Meu Deus, preciso conversar com Kareena. Estou sendo irascível. Se Kareena quer conversar, eu não deveria me sentir grata e ouvir? Quando organizo as coisas de um jeito lógico, a resposta se impõe. Mas, quando me imagino conversando com Kareena, só consigo lembrar o horror em seu rosto quando Wesley abriu a cortina da cabine de fotos. Como se a ideia de eu descobrir uma coisa tão pessoal fosse um pesadelo para ela. Eu fui seu monstro do Halloween, alguém que exigia ver suas coisas mais secretas, que interrompeu o que deveria ter sido um momento especial com minha noção perversa de merecimento. De repente vai ficando cada vez mais difícil definir com quem estou realmente chateada.

Lembro-me do verão quando minha avó morreu. Minha mãe ainda estava na Coreia do Sul, mas eu já tinha voltado depois do funeral. Quando contei a Kareena que estava em casa, ela foi me buscar e me levou para a casa dela. Esvaziou em uma tigela dois potes do meu sorvete favorito, chocolate therapy da Ben & Jerry's, e pôs *De Repente 30,* um filme que vimos juntas pela primeira vez quando tínhamos treze anos e que voltamos a ver todos os anos desde então.

– Kareena, não precisa fazer nada disso. Não estou de luto – eu disse, sentindo a enorme tigela de sorvete gelar a parte interna das minhas coxas.

– Tudo bem. Ninguém precisa de um motivo para juntar sorvete e filme – ela respondeu, e aumentou o volume.

– Não, você não entendeu. Não estou reprimindo nada. Não estou de luto, só isso.

– E eu já falei que tudo bem.

Frustrada, peguei o controle remoto e dei pausa no filme. Meu corpo tem o mau hábito de produzir lágrimas como uma resposta à raiva, como se só a raiva não fosse punição suficiente.

– Kareena, é sério. Estou me sentindo uma pessoa péssima.

Ela virou o corpo todo de frente para mim para mostrar que estava me ouvindo.

– Por quê?

– Porque não sinto nada! E não é um vazio que anuncia que a dor vai me pegar de jeito mais tarde. Eu só… não me sinto afetada pela morte da minha avó. Isso não é criminoso? Devo ser a pior cretina do mundo! – Alguém do meu sangue, que trouxe ao mundo e criou minha pessoa favorita, não estava mais viva, e, quando fiquei sabendo, não derramei sequer uma lágrima.

Kareena começou a trançar o cabelo comprido, o que costumava fazer quando se concentrava.

– Não pode se culpar e querer se obrigar a sentir alguma coisa.

– Como é que não sinto nada? Ela era da família, literalmente – argumentei. As palavras saíram tensas. Eu me sentia constrangida por dizê-las em voz alta.

– Meus pais se mudaram para cá depois que se formaram – ela contou. – Eles voltam para a Índia duas vezes por ano. Às vezes eu vou com eles. Mas lá é diferente, são outras expectativas, outros comportamentos. De repente tem criados circulando à sua volta. Você faz as refeições em horários diferentes. Não diz o que quer dizer porque sabe que não é permitido. Não se permite ser quem realmente é. – Kareena havia terminado a trança. Ela a desmanchou com os dedos e começou de novo. – O mundo de onde nossos pais vieram não é nossa casa. Não pode se culpar por não sentir falta de uma coisa que nunca conheceu de verdade.

– Posso – insisti. – E me culpo.

Ela balançou a cabeça.

– Isso é parte do sacrifício que nossos pais fizeram quando vieram para cá. Tem uma razão para o oceano ser suficiente para definir historicamente o Velho e o Novo Mundo. Não é uma coisa fácil de atravessar. Às vezes, as pessoas do outro lado do oceano são família apenas no nome. Seus pais sabem disso, e eu sei que você também sabe. Então seja gentil com você mesma.

– Você tem família aqui – eu respondi.

Kareena franziu a testa.

– O quê?

– Você tem tios e tias aqui no Texas. Em Round Rock, em Houston e em Dallas. Eles não estão do outro lado do oceano.

A ruga na testa de Kareena ficou mais profunda.

– E acha que não consigo me identificar? Porque tenho parentes no estado?

– Só penso... estou contando uma coisa que me causa uma vergonha enorme, e você me responde com outra coisa que é simplesmente factual. Não é a mesma coisa, Kareena. Eu tenho uma culpa horrorosa me devorando, e você tem o quê?

– Não acho que empatia tem a ver com precisar de todos os detalhes para se identificar. Você não é a única pessoa que já sentiu culpa ou vergonha, Eliza. Eu digo isso para oferecer conforto, não para ser egoísta. Lamento se não foi assim que você ouviu. – Ela parecia querer continuar, mas se conteve.

Balancei a cabeça.

– Esquece. Não sei o que estou falando.

Ficamos em silêncio por um bom tempo, enquanto a culpa ainda apertava meu peito. Kareena me deixou ficar ali sentada sem falar nada. Não pegou o controle remoto para continuar o filme. Só ficou ali no sofá trançando e destrançando o cabelo. O sorvete derreteu na tigela enquanto ficávamos ali sentadas, ambas com muitas coisas para dizer, mas nenhuma das duas disposta a compartilhar mais nada.

Pensar nisso agora me deixa enjoada de culpa. Kareena tentou se identificar para que eu me sentisse menos sozinha, tentou manter a vulnerabilidade aberta como uma via de mão dupla, e eu me isolei ainda mais. Talvez fosse eu quem levantava muralhas o tempo todo. Talvez não pudesse culpar Kareena por desistir de esperar que elas caíssem.

* * *

Na hora do almoço não vou para a sala da *señora* Molina. Em vez disso, vou para a cantina, onde não apareço na hora do almoço há séculos. Eu me esqueci de que as pessoas realmente comem aqui. Ando lentamente entre fileiras de mesas compridas pintadas de azul e branco, as cores do colégio, e estou me preparando para me reunir com o pessoal da equipe do Campeonato de Ciências, quando vejo a cabeça de Wesley. Ele está sentado com um grupo de garotos que eu nunca tinha visto. Mais uma vez penso em como é estranho não conhecermos os amigos um do outro, apesar de estarmos convivendo há tanto tempo.

Wesley levanta a cabeça quando caminho na direção dele, e um sorriso largo ilumina seu rosto. Meu sorriso reflete o dele como se fosse instintivo. Alguma coisa a ver com neurônios-espelho, talvez. Faço uma nota mental para colocar em dia os estudos para o Campeonato de Ciências.

Ele se afasta para me dar espaço no banco.

– Oi, Eliza. O que está fazendo por aqui?

Os amigos dele olham para mim com sorrisos acanhados, alternando o foco entre mim e Wesley como se calculassem o espaço, ou a falta dele, entre nossos ombros.

Um deles tem cabelo vermelho e cacheado e sardas espalhadas pelo rosto. Ele me cumprimenta com um sorriso simpático.

– Oi, eu sou o Joshua.

– Eliza – respondo.

Os outros amigos de Wesley também se apresentam. Não consigo me lembrar de todos os nomes, mas sei que o garoto com o cabelo afro é Michael, e um dos brancos é Patrick.

– Não sabíamos que Wes conhecia meninas – diz Michael. Ele sorri para mim e noto os dentes alinhados, tão perfeitos que tenho a impressão de estar diante de uma propaganda de aparelho ortodôntico.

– Só ela – Wesley responde, bem-humorado.

– Não sabia que Wesley tinha amigos – comento.

Patrick dá risada.

– Estou pensando. Ele vive recusando nossos convites. Agora tudo faz sentido.

A hora do almoço passa depressa. Enquanto comemos, os garotos se revezam contando histórias constrangedoras de Wesley para me fazer mudar de ideia sobre ele. Wesley aceita tudo com leveza, rindo com os amigos e até acrescentando alguns detalhes de vez em quando. Michael reconhece meu nome dos e-mails do Conselho Estudantil e pergunta se é tarde demais para se juntar ao grupo. Digo que não e anoto seu e-mail no celular para acrescentá-lo à lista LISTSERV.

Almoçar com os amigos de Wesley me faz lembrar como é um grupo de amigos de verdade. Todo mundo é aberto. Ninguém evita assuntos delicados. É agradável.

Quando o sinal toca anunciando o fim do intervalo, Michael me pergunta se vou voltar a almoçar com eles de novo. Ele dá à pergunta um tom de convite, e só isso me faz sentir uma dor profunda. Digo que sim, vou adorar. Fico triste quando me despeço de Wesley e não disfarço o medo de voltar para a sala onde vou encontrar Kareena, e ele me acompanha até lá, embora seja no último andar, enquanto a sala dele fica no primeiro. Wesley se inclina e beija minha testa antes de ir embora, para não perder a próxima aula. Quando ele não está mais na minha frente, vejo Kareena e Meredith caminhando para a nossa sala. Sem dizer nada, entro e ocupo o último lugar vago na primeira fileira, para não ter de me sentar com elas.

Percebo, então, que isso vai se tornar um padrão. As meninas não são mais as meninas, o nome do grupo de mensagens vai ficar como está, e não posso voltar ao que era antes.

Capítulo 20

É impressionante o que algumas semanas de estudo dedicado podem fazer.

Na metade de novembro, Wesley me procura no oitavo período e mostra a nota de sua última prova de pré-cálculo. No topo da página vejo um oito ponto seis em tinta vermelha e uma carinha sorridente ao lado do número.

– Puta merda, Wesley! Isso é incrível! – exclamo.

– Acho que isso tem duas causas – ele responde. – A primeira, uma garota inteligente que tem me ajudado muito.

– Ah, é? Pode me apresentar?

– A segunda causa é chá tailandês com maracujá, leite e boba. Quando vou fazer uma prova, sonho com essa bebida e prometo que ela vai ser minha recompensa, se eu conseguir resolver todos os problemas. Mas, agora que estou pensando nisso, essa causa também tem a ver com a primeira.

Ele me envolve em um abraço que só termina quando o senhor Treviño tosse e diz para nos sentarmos, porque ele vai começar a aula.

Minha nota de Artes Culinárias também melhorou muito, desde que comecei a cozinhar com Wesley. Agora que estamos mais perto do fim do semestre, a maioria do que fazemos em sala é pôr em prática nossas técnicas na cozinha-laboratório, onde trabalhamos em nossas estações. Para minha surpresa, não sou obviamente a pior aluna da turma. Na verdade, na semana passada o senhor Treviño experimentou a sopa de tomate de todo mundo e passou um minuto a mais na minha estação.

Vi a surpresa surgir em seu rosto depois que ele provou a sopa.

– Uau! – ele reagiu com uma risadinha. – Tem um pouco de picância aí, hein?

Confirmei com um movimento de cabeça, nervosa de repente. Eu tinha acrescentado fatias de pimenta chilli, que depois removi do preparado no final.

– Ficou muito forte?

O senhor Treviño balançou a cabeça.

– Achei refrescante.

Quase caí em cima da bancada com o alívio.

Ele continuou:

– Você progrediu muito, Eliza. Ainda me lembro de como abriu uma lata de tomate em cubos e jogou em cima do seu macarrão. E agora você fez sopa de tomate. Não tem outro nome para isso, é progresso. – Ele sorriu para mim, e eu retribuí, feliz. Não posso negar, é muito bom receber a aprovação de alguém.

Kareena não quis falar comigo desde que ignorei suas mensagens, e tenho de admitir que sou covarde demais para romper o silêncio. Sempre que penso em escrever para ela, me lembro da expressão horrorizada e apago a mensagem. Se ela decidiu se fechar para mim, tenho de aceitar. Talvez seja melhor que ter uma melhor amiga com quem não posso ter uma conversa de verdade. Meredith, por outro lado, tem feito o possível para permanecer neutra.

Normalmente almoço com Wesley e os amigos dele. São todos muito divertidos. Queria que estivessem nas minhas turmas de matérias avançadas, só para poder encontrá-los com mais frequência. Descubro que Joshua toca saxofone na banda da escola e costuma avançar para o All-State Band, o que no Texas significa ser um prodígio. Michael adora videogames e está sempre convidando os garotos para jogar na casa dele à noite. Patrick está no time de basquete da escola, e seus dois irmãos mais velhos também jogaram basquete em Highland Hills antes de se formarem. Não sou muito fã dos garotos do ensino médio, mas os amigos de Wesley são muito fofos. Eles se atormentam o tempo todo, mas ninguém machuca ninguém.

Por mais que goste de andar com os amigos de Wesley, às vezes é bom ficar só com ele. De vez em quando vamos almoçar na cozinha de Artes Culinárias e aproveitamos para adiantar as lições do colégio. Às vezes olho para ele debruçado sobre um caderno e fico impressionada com quanto é lindo quando está concentrado. O cabelo torcido pela mão esquerda, as sobrancelhas que se aproximam quando ele está tentando resolver alguma coisa, os lábios sempre entreabertos. Essa última parte é que me faz chegar mais perto.

Minha mãe percebeu a mudança no clima nas aulas de culinária das terças-feiras. Depois da última semana, ela finalmente tocou nesse assunto comigo. Fui deixar Wesley na casa dele – uma vitória que conquistei depois da festa de Halloween – e voltei para casa preparada para tentar redigir minha declaração pessoal mais uma vez, e ela me parou e pediu que me sentasse à mesa de jantar.

– O que aconteceu? – perguntei.

– Wesley é seu namorado? – Era uma pergunta, mas o tom de voz sugeria que ela acreditava que sim.

– Sim – respondi. – Mais ou menos isso.

– E não pensou em me contar?

– Eu queria. Acho que esqueci.

Não falei o que estava pensando, que ela não tinha perguntado. Também não queria que essa conversa acabasse se desviando para Kareena e Meredith. Considerando como as aulas no colégio eram estranhas agora, elas já ocupavam espaço suficiente na minha cabeça sem minha mãe falar sobre as duas também.

– Ele é um bom menino – ela diz. – Mas não se esqueça das suas amigas. – Pronto, aí está.

Reviro os olhos.

– Eomma, minhas amigas não são mais minhas amigas de verdade.

Ela parece preocupada, os cantos da boca apontam para baixo.

– Como assim? Aconteceu alguma coisa?

A ideia de falar sobre a sexualidade de alguém com minha mãe é exaustiva, mesmo sem levar em conta que eu nem deveria saber sobre isso. Então, só encolho os ombros e digo:

– Elas encontraram uma amiga nova.

– E você não pode ser amiga dessa pessoa também?

– Não é assim que funciona.

Ela estala a língua em sinal de desaprovação.

– Isso não é bom. É o último ano de vocês juntas. Deveriam estar aproveitando.

– Ok. Se era isso que queria dizer, tenho coisas para fazer. – Eu me levanto da mesa de jantar e vou para o meu quarto.

Minha mãe permanece gentil e simpática como de costume quando levo Wesley para as nossas aulas das terças-feiras. Mas, quando somos só nós duas, sei que ela quer que eu tente me reaproximar de Kareena e Meredith. Gostaria de poder explicar para ela esse conceito nebuloso de dignidade que pareço ter, e que me mataria tomar a iniciativa quando a abandonada fui eu. Quero dizer a ela que amizade só significa alguma coisa quando existe confiança mútua, que eu pensava existir, mas aparentemente não existia, e não sei como podemos recuperar essa confiança se não nos comunicamos de verdade há tanto tempo. Quero admitir que talvez prefira não examinar como me sinto em relação a Kareena, porque tenho medo de encontrar as partes em que errei. É mais fácil fingir que só eu fui magoada.

Mas não tenho palavras para explicar isso do jeito adequado, e, mesmo que tivesse, não tenho certeza de que minha mãe entenderia completamente. Ela não pode escolher com que partes da minha vida vai se importar.

Wesley é um alívio para a confusão de emoções que não quero dissecar. Em um fim de semana, ele me convida para ir à sua casa pela primeira vez. O pai está fora em uma viagem de negócios. A mãe vai passar o dia jogando golfe com clientes ou lobistas, não lembro bem como Wesley os descreveu.

– Não surta porque meus pais não estão em casa – ele disse. – Não quero sugerir nada. Só estou te poupando do problema de conhecer os dois.

Tem alguma coisa irônica no esforço que ele faz para garantir que não vou conhecer os pais dele, enquanto vai à minha casa uma vez por semana para cozinhar com minha mãe. Mas ele me convida para almoçar com seus amigos, e eu nunca retribuo. É como se cada um de nós escolhesse que batalhas quer travar.

Vou para a casa dele de carro no sábado, perto da hora do almoço. Estaciono na entrada em meia-lua e, por um segundo, fico no carro admirando a arquitetura da casa, embora *casa* não faça justiça a essa residência. A simetria das janelas me dá a impressão de que é um imóvel antigo. Tenho certeza de que muitas famílias brancas e ricas moraram aqui, antes de os Ruengsomboons comprarem a propriedade.

Quando Wesley abre a porta para mim, vejo a decoração impressionante lá dentro. A coordenação entre toda a mobília e os objetos decorativos é perfeita. É óbvio que tudo ali foi feito por um profissional. Mas também tem uma espécie de vazio, como se a casa pudesse ser de qualquer pessoa. Na casa de Jess pelo menos tem retratos de família caríssimos pendurados nas paredes. Não consigo ver um reflexo da personalidade de Wesley em lugar nenhum.

– Tudo isso só para você? – pergunto.

– Bizarro, não é? – ele responde. Depois me leva à cozinha, tão espaçosa e bem-equipada que poderia ser um cenário do Food Network. – Hoje estou apelando para as minhas raízes mais básicas para fazer o almoço.

– O que é isso? Pad thai? – arrisco.

– Fala que você gosta de pad thai.

– Adoro, amo com desespero. Mas comeria qualquer coisa que você fizesse, Wesley. E a esta altura você já deve saber disso.

– Não posso dizer que estou surpreso por você ser fã de macarrão.

Wesley me conduz pelo trabalhoso processo de preparo do prato. Começamos pelo molho, que já parece ser difícil, porque ele corta um bloco de açúcar de coco e derrete os pedaços até escurecerem. Ele me conta que, na verdade, iniciou o processo antes de eu chegar, porque o macarrão tem de ficar de molho por uma hora. Tem uma dezena de tigelas enfileiradas sobre a bancada, e nós as enchemos lentamente à medida que preparamos os outros ingredientes. Sigo as instruções dele, e finalmente temos uma wok cheia de pad thai.

– Isto parece incrível – comento –, mas dá muito trabalho. Deve ser a receita mais complicada que preparamos juntos. – Não era o que eu esperava de um dos pratos mais pedidos no delivery americano. – E são muitos ingredientes.

Wesley concorda com um movimento de cabeça.

– Honestamente, muitos pratos asiáticos são assim. Outro dia vi um vídeo de uma mulher fazendo pho caseiro. Ela demorou um dia inteiro, no mínimo. Ingredientes, tempo, um monte de coisas, e parece que o reconhecimento nunca chega, sabe?

Não sei se estou entendendo bem, mas assinto mesmo assim.

Wesley serve o pad thai. Ele acrescenta um punhado de brotos de feijão de um lado, depois corta um limão em gomos e acrescenta um em cada prato. Eu me aproximo e o ajudo a salpicar amendoim e cebolinha picada como guarnição.

– Estive conversando com o senhor Treviño sobre isso – diz Wesley de repente.

Levanto as sobrancelhas, confusa com seu nervosismo.

– Sobre comida asiática?

– Sim. Sobre como a cozinha de Artes Culinárias não é abastecida com ingredientes asiáticos, com nenhum ingrediente *étnico*, na verdade. E como isso pode deixar alguns alunos em desvantagem na disputa final. Também sugeri que ele revisse o programa para o ano que vem. Acho que estamos ignorando muitas coisas legais, com esse apego ao tradicional. Há muito o que aprender com a culinária asiática, e me incomoda saber que ela é relegada a… comida de delivery.

– Por que está com medo de me contar isso?

Ele leva a mão à nuca.

– Não sei. Não queria que pensasse que estou tentando ter alguma vantagem.

– Wesley, isso é ridículo.

– Bom, mas tem mais.

– Ok.

– Não sei mais se vou poder ir às aulas de culinária da sua mãe.

Respiro fundo, e o ar quase assobia ao passar por minhas narinas.

– Por quê?

Wesley faz uma careta diante da minha reação.

– Quando pedi para o senhor Treviño expandir a seleção de ingredientes, ele disse que faria uma solicitação ao colégio. E também perguntou se eu o ensinaria a usar esses ingredientes.

– Está ensinando nosso professor de Artes Culinárias a cozinhar?

– Ele só quer ver como eu usaria os produtos – ele explica depressa. – Vai tentar fazer um relatório para justificar os custos com a administração distrital, ou alguma coisa assim. Acho que não deve demorar. E é claro, assim que eu terminar, vou tentar correr para sua casa. Mas terça-feira é o melhor dia para ele, e acho que não estou em condições de negociar, sabe?

Assinto devagar.

– Sei. Ok.

– Desculpa, Eliza. É uma honra cozinhar com você e sua mãe. Mas ele ficou impressionado com a foto que mandamos do nosso skakshuka na tarefa do molho de tomate. Pediu sugestões para ampliar o programa, e, se o senhor Treviño está pedindo… Tipo, você não faria a mesma coisa?

É claro que sim. Independentemente do que Wesley se tornou para mim, ainda quero fazer meu discurso.

Ele inspira e continua:

– Preciso agradecer. Minhas notas estão melhorando desde que começou a me ajudar. Eu estava quase sendo reprovado em duas matérias, e minha mãe foi chamada para meia dúzia de reuniões com professores que queriam discutir minhas notas. – Seu olhar é distante, como se ele se lembrasse conversas que não posso ouvir.

Eu não deveria estar surpresa – vi suas notas subirem no último mês. E tem sido impressionante.

Em troca, sinto que sou relativamente competente na cozinha. O senhor Treviño para ao lado da minha estação de trabalho para fazer elogios. Não vai ser fácil vencer a disputa, mas não é mais totalmente impossível. Wesley e eu somos dois alunos completamente diferentes do que éramos no início do semestre.

Wesley continua:

– Bom, ainda não posso ir para a UT Austin, é claro, mas não vou ser reprovado, pelo menos.

– É difícil entrar na UT Austin se você não fica acima da nota de corte. Tem uma lei que determina que a UT Austin tem de aceitar automaticamente os melhores seis por cento de todas as escolas públicas do Texas. Para quem não está nesses seis por cento, a competição é quase impossível.

Wesley reage, frustrado.

– Exatamente. Nunca foi uma opção. Mas, agora que minhas notas melhoraram, e principalmente se eu tiver uma chance de ganhar o bônus na média geral, talvez eu consiga entrar em *algum lugar*. – Ele faz uma pausa. Depois diz: – Mas sei que você não se identifica com isso. Deve achar patético. Como alguém que tem *isto*... – ele abre os braços, mostrando a casa enorme e vazia – ainda precisa se esforçar tanto só para ser razoável no colégio?

– Wesley, não diz isso.

– A UT Austin deve ser sua última opção – ele acrescenta. – E eu nem tenho chance de entrar.

Não falo nada. Não sei o que seria pior: confirmar a verdade ou tentar mentir, negá-la e ele perceber. Em voz baixa, lembro:

– Você me convidou para vir à sua casa.

Wesley olha para mim surpreso.

– É.

– Obrigada. – Minha voz é tão fraca que é quase impossível ouvir o que digo, então tusso antes de continuar: – Isso significa muito. Para mim.

– Para mim, também. Não tenho de esconder nada de você.

Sua voz é tão sincera que sinto meu rosto esquentar. O que ele diz me faz pensar em Kareena, e sinto a dor mais uma vez.

– Eliza – Wesley murmura. – Gosto muito de você.

Olho nos olhos dele. Têm cor de amêndoas torradas, mas são muito mais calorosos que isso. Quero dizer que estar perto dele é como ter um balão cheio no peito ou um beija-flor na garganta, mas o que sai é:

– Também gosto de você.

– Me desculpa pelas terças-feiras. Vou tentar chegar a tempo, prometo. E vou fazer alguma coisa para sua mãe me perdoar. Quero saber de que tipo de comida ela mais gosta.

A expressão de Wesley é tão franca que fico quase sem ar. É um sentimento estranho estar com alguém que é tão abertamente carinhoso. Alguém que revela seus segredos, mas mais que isso *quer* que você conheça seus segredos. Isso provoca um sentimento de gratidão impossível de expressar.

O mínimo que posso fazer é admitir para mim mesma que vou trabalhar com a mesma determinação pelo prêmio final.

Capítulo 21

Na terça-feira seguinte, primeiro dia em que Wesley não vai para casa comigo para aprender uma receita coreana com minha mãe, dirijo sozinha para casa após o colégio. Tenho faltado às reuniões da Sociedade de Premiações nas tardes de terça-feira para não ter de ver Kareena mais que o indispensável. Queria ter outra organização estudantil para participar das reuniões, só para poder fingir que ignoro o sentimento cada vez maior de solidão. Estou no meu quarteirão, prestes a virar a esquina e a entrar na garagem, quando vejo um carro estacionado na frente da entrada.

Um Volkswagen azul.

Estaciono atrás dele. A placa é a mesma que vi um milhão de vezes.

Kareena e Meredith estão sentadas na varanda. Faz mais tempo do que tinha percebido que não converso com as duas, e não consigo nem lembrar a última vez que as vi fora do colégio. Elas seguram um cobertor dourado e desbotado sobre as pernas. Dá para ver o jeans de Kareena pelo buraco no canto superior esquerdo.

– Oi – digo. – Por que não estão na reunião? – Tento manter a voz neutra. Uma tela em branco onde elas vão pintar a conversa.

Meredith olha para Kareena e espera.

Kareena olha para mim, e seus olhos já começam a brilhar.

– Eu cancelei a reunião. Eliza, quero muito conversar com você.

Eu me sento em uma das cadeiras da varanda.

– Ok.

Kareena olha em volta, depois olha para Meredith como se pedisse ajuda.

Meredith olha para mim.

– Pode ser em um lugar mais privado? No seu quarto, talvez? – ela pergunta.

Eu me levanto, e as meninas me seguem escada acima. Fecho a porta depois que entramos, e então somos só nós três sentadas na minha cama, como fizemos um milhão de vezes ao longo dos anos. O corpo ainda recorre à memória muscular, apesar da tensão estranha e incômoda no quarto.

Kareena fecha os olhos e começa a desmanchar a trança no cabelo. Quando volta a abri-los, percebo que ela parece muito cansada. As olheiras são escuras.

– Eliza, eu não sabia como te contar.

– Que estava namorando a Jess? – pergunto.

– Sim. E não. Estou namorando a Jess. Mas antes disso. Não sabia como te contar que sou bi. – Ela fala olhando para o cobertor dourado que estendemos entre nós. Percebo que ela se esforça para controlar o tremor na voz.

– Kareena, achou que eu ia te julgar? Quando eu dei a impressão de que não podia falar comigo sobre isso? – Minha voz também começa a tremer. No começo, penso que é de raiva, um lembrete de que meu corpo acredita que lágrimas e frustração andam de mãos dadas. Mas depois percebo que é só mágoa. Estou muito magoada.

Kareena balança a cabeça. A trança está meio desfeita.

– Eu só não sabia como falar. E só contei para a Meredith porque... ela entenderia, era óbvio.

Meredith sorri para mim.

– Ela estava cheia de perguntas. Compreensível. E é claro, eu queria ouvir e ajudá-la a escapar da prisão da heterossexualidade. – A tentativa de deixar o clima mais leve é evidente, mas não reconheço as dicas para rir.

– Não me interessa se você é bi – declaro. – Quero dizer, me interessa, porque isso é parte de quem você é, mas estou tentando dizer que isso não muda como te vejo. Eu só... sinto que perdi sua confiança. Tive de invadir seu espaço sem querer para saber disso. E não sei por quê, o que fiz de errado. Deve ser frustrante ouvir, mas é isso que tem me atormentado.

Kareena morde o lábio.

– É difícil explicar, Eliza, mas às vezes é como se... fôssemos dois navios na noite em relação a algumas coisas. Eu falo, você entende mal, ou o contrário. E apontar essa dificuldade é abrir a porta para uma briga, o que nenhuma de nós duas nunca quer, então é mais fácil só... manter a porta fechada.

Queria não entender o que ela disse, mas entendo.

– Eu me imaginava te contando sobre a Jess e não conseguia visualizar um cenário em que não haveria algum mal-entendido. Alguém ficaria com raiva, mas nenhuma de nós identificaria o porquê. Ficaríamos dando voltas, não diríamos o que queríamos dizer e nenhuma de nós ficaria feliz.

– Desculpa – peço.

Kareena puxa a trança com tanta força que quase estendo a mão para contê-la.

– Acho que de certa forma eu esperava que você soubesse. Que conseguisse perceber. E, quando me afastava, queria saber que você se importava o suficiente para perguntar o que estava acontecendo. Mas você nem tentou, Eliza! – As palavras pareciam ser arrancadas à força de sua garganta. – Como eu poderia confiar em você e contar uma coisa tão importante se você não parecia se importar o suficiente para querer saber? – Seus olhos brilhavam com as lágrimas que se acumulavam, e ela parecia estar furiosa por chorar. Não tenho dúvida de que minha expressão é a mesma.

– Não quis ser invasiva. Ou parecer insegura e pedir para ser incluída em alguma coisa, se encontrasse alguma resistência! Mas eu sou insegura, Kareena. Você sabe. Por isso decidi ser paciente. Pensei que você me contaria se houvesse alguma coisa que eu merecesse saber. Mas você não contou. E só quis falar sobre isso depois que eu vi vocês duas.

Kareena suspira. Contrai a mandíbula e solta o ar.

– Eu queria apoio. Contei para Meredith porque ela sabia o que eu estava enfrentando, e até isso foi difícil. Continuei pensando que nem deveria ter de pedir. Uma amiga de verdade não seria capaz de me apoiar sem eu ter que falar nada? – Uma lágrima escapa do canto de seu olho e desce pelo rosto com velocidade assustadora. Vejo quando ela passa direto pelo cobertor e cai no meu edredom.

E finalmente me liberto da prisão dos pensamentos.

Vejo uma imagem de Kareena se debatendo com essa parte dela, perdida e assustada. Eu a imagino se aproximando de Meredith, que se declarou lésbica antes mesmo de começarmos o ensino médio. Imagino como foi ver os pais todos os dias e imaginar se eles aceitariam a pessoa que ela começava a entender que era. E a imagino querendo o apoio de uma melhor amiga que não fazia nada além de se afastar cada vez mais. Totalmente ocupada com a futilidade de sua posição no ranking e com acusações que nem eram verdadeiras. Que reagiria mal de qualquer jeito, se ela me contasse a verdade ou se a escondesse, como fez. Não tinha saída.

Vejo minha mãe na cama dela nos meses seguintes à morte de halmeoni. Eu a vejo sozinha, enquanto meu pai e eu interpretávamos sua atitude como um pedido de espaço, quando o que ela realmente queria era alguém para dividir com ela aquele sentimento horrível. Penso no meu pai, que nem dormia mais no quarto dele; em mim, incapaz de me lembrar da mãe dela como ela tanto queria. Vejo minha mãe sozinha, de luto, isolada, com um marido que a evita e uma filha que a confronta.

E o mais surpreendente de tudo isso: ouço a voz da senhora Porter. *Sei bem que alguns alunos têm grande dificuldade para pedir ajuda quando passam por momentos difíceis. Especialmente os alunos de alto rendimento.* Naquele momento me ressenti contra a senhora Porter por ela acreditar que essas palavras se aplicavam a mim. Não tive sabedoria para entender quando as aplicar a alguém além de mim.

Meu Deus, como eu fui egoísta.

Vejo mais lágrimas caindo no edredom. Dessa vez são as minhas.

– Kareena, me desculpa.

Ela não fala nada.

Continuo.

– Não fiquei ao seu lado, me desculpe. Deveria ter ficado. Minha melhor amiga não deveria ter de me pedir para perceber quando ela precisa de alguém. – Olho para ela. Vejo seu rosto desfocado pelas lágrimas, mas consigo notar que o cabelo foi trançado de novo. – E lamento por Jess. Acho que não era para a sua prova que ela estava olhando, não é? – Forço uma risadinha, mas ela fica presa na garganta, molhada pelas lágrimas.

– Eu também quero pedir desculpas – Kareena responde. – Deve ter sido horrível ver todas nós juntas sem incluir você em nada. Não foi justo. E com tudo que estava acontecendo com sua mãe... Sei que teve um semestre difícil, e lamento não ter estado ao seu lado.

– Não se desculpe. Eu não mereço. Estou pronta para agir como uma amiga, é sério. Conversar com honestidade, enfrentar nossos mal-entendidos. Vamos ser francas de novo.

– Sei que te magoei escondendo isso de você. Desculpa. – Suas palavras são um sussurro cansado.

Não sei como explicar que entendo, que não preciso ouvir seus pedidos de desculpa. A vergonha se espalha dentro de mim como uma sensação quente, ardida. Passei muito tempo me colocando no centro disso tudo – o relacionamento de Jess comigo, a falta de confiança de Kareena em mim – e ignorei o sofrimento de Kareena.

Meredith fala baixinho:

– Sentimos sua falta no almoço. Você nunca mais comeu com a gente.

– É, a culpa é minha. Pensei que não me quisessem lá.

– Não é tão divertido quando somos só Kareena e eu. Ela não ri das minhas piadas. – Meredith bate com o joelho pálido na perna marrom de Kareena.

– É, mas esse problema não é da Kareena – comento com um gesto de mão e uma risadinha.

– Viu? – Meredith aponta. – Que saudade disso! Deus, pensei que vocês duas não fossem se entender nunca!

Kareena revira os olhos.

– Só demorou porque você insistiu em bancar a suíça em vez de tentar fazer alguma coisa.

– Como se te arrastar até aqui hoje não tivesse sido ideia minha! E, só para constar, o cobertor de piquenique? Ideia minha também. Sou uma poeta, galera – diz Meredith, sacudindo o cabelo azul desbotado. – Além do mais, faz quase quatro anos que estou na equipe de julgamento simulado. Isso serviu para me mostrar que não tenho o menor interesse em me envolver em brigas que não sejam minhas.

– Esse argumento é fraco – opino.

– Também acho – Kareena diz.

– Beleza, vocês se juntaram contra mim. Agora sim. Voltamos ao normal.

Naquela noite, minha mãe me ensina a fazer budae jjigae, que é um ensopado tradicionalmente associado ao exército, já que *budae* significa base militar. É a primeira vez em algum tempo que estamos só nós duas na cozinha. Quando conto que Wesley provavelmente não virá mais, ela fica triste.

– Vocês terminaram?

– Não. Ele tem outro compromisso na terça-feira.

Ela olha para mim com atenção, como se quisesse ter certeza de que não estou escondendo um coração partido.

– Vi o carro da Kareena lá fora mais cedo.

– Sim, ela veio com a Meredith. Ficamos conversando.

Novamente aquele olhar atento e desconfiado.

– É bom ter amigas depois do fim de um namoro.

– Eomma! – Dou risada. – Eu não terminei com o Wesley!

Finalmente ela se convence, porque acena com a cabeça.

– Ah, que bom. Porque aquele menino é um cozinheiro muito bom.

– E isso faz dele um bom namorado?

– Ajuda, com toda a certeza.

– Appa nunca cozinha.

– Mas cozinhava. Na verdade, essa receita que estamos fazendo hoje é dele. Sua halmeoni nunca fazia budae jjigae, porque ela nunca comia comida processada, você sabe. Mas seu pai comia isso o tempo todo quando foi para o gundae, e ele fez para mim quando voltou. Foi quando pensei que poderia me apaixonar por ele.

– Era tão bom assim? – pergunto, incrédula.

Ela ri.

– Não, não era nada bom. Mas ele se esforçou muito, queria que eu gostasse. Fez um espetáculo enquanto cozinhava. E eu achei muito bonitinho ele cozinhar, por pior que fosse o sabor. Além do mais, não ver seu pai enquanto ele esteve no gundae me fez entender o que eu sentia. Eu nunca tinha me apaixonado por ninguém antes.

Gundae é o serviço militar compulsório para os homens na Coreia do Sul. Todo coreano tem de se alistar no exército por dois anos antes de completar trinta. Enquanto minha mãe e eu fazemos budae jjigae, ela me explica que, depois da Guerra da Coreia, a Coreia do Sul enfrentou um período de pobreza terrível. Na escola as crianças eram alimentadas com comida processada americana para não ficarem com fome. O exército não estava em situação melhor. Os soldados usavam o que era barato e estava disponível para fazer um ensopado simples com salsicha e macarrão para ramen.

Minha mãe deve ter modificado a receita do meu pai, porque o que ela me ensina poderia ser servido em um restaurante. O caldo é picante e salgado e deve fazer muito mal, mas minha mãe e eu comemos mesmo assim. Queimo a língua com a sopa, mas nem isso me faz parar.

– Quando seu pai estava no gundae – minha mãe continua –, eu passava muito tempo com minhas amigas. E, apesar de elas morarem na Coreia e eu aqui, ainda somos melhores amigas. Isso é especial. Muito, muito especial. Você entende, Yeji?

Meu celular acende e vejo uma notificação de nova mensagem. É do Wesley. "Desculpa", ele escreve. "O senhor Treviño fala demais. Diz para a sua eomma que senti falta da aula. E de você, mais ainda."

Respondo dizendo que está tudo bem e acrescento um emoji sorridente, para ele entender que estou falando a sério.

– Está conversando com o Wesley? – minha mãe pergunta.

Guardo o celular no bolso traseiro da calça.

– Talvez.

– Ele parece ser um bom menino. O que ele quer fazer?

– Como assim? Que carreira, você quer dizer?

Ela assente e leva o hashi cheio de macarrão condimentado à boca.

– Não sei, na verdade. – Percebo que nunca perguntei. Wesley também nunca perguntou o que eu pretendia fazer.

– E os pais dele?

– A mãe é advogada. O pai é da área financeira. Consultor, acho.

– Não sei o que é isso.

– Nem eu.

– E você, Yeji-yah? Sabe o que quer fazer?

– Ciências da computação – respondo automaticamente.

– Ainda?

Confirmo com um movimento de cabeça, mas paro em seguida.

– Bom, não sei. Talvez eu queira acrescentar mais alguma coisa. Algo totalmente novo, diferente. Como cozinhar foi novo para mim.

Minha mãe deixa os hashis equilibrados na beirada da tigela.

– Yeji-yah, na sua idade eu tinha minha vida inteira planejada. Um diploma de bacharel e uma carreira que justificasse esse diploma. Uma vida no país onde eu nasci. Acha que isso fez alguma diferença?

– O que está dizendo?

Minha mãe dá de ombros e pega os hashis.

– Pode planejar, se quiser. Vai se sentir mais confortável. Mas coisas novas e inesperadas sempre vão acontecer, e, quando elas acontecem, você precisa acreditar que vai dar um jeito em tudo. – Sua expressão me faz pensar que está falando para si mesma, em parte. A morte de halmeoni foi muito repentina. Talvez minha mãe acredite que superar o luto depende dela. Quando escolhe essas palavras para me dizer, talvez ela também esteja tentando se convencer.

Penso em como minha mãe ou Wesley me ajudaram todas as vezes que fiz besteira na cozinha. Como cometer esse erro me fez redobrar o esforço para não o repetir na próxima vez. Como alguns erros eram tão pequenos que, ao provar o resultado, não dava nem para saber que haviam acontecido. Talvez fizesse sentido essa história de soltar as rédeas e saber que tudo acabaria bem, de qualquer maneira.

Pego o celular e leio a última mensagem que mandei para Wesley. “Está tudo bem.”

Talvez eu possa começar a acreditar que isso é verdade.

Capítulo 22

O Dia de Ação de Graças se aproxima mais depressa do que deveria. Todo ano o feriado significa o começo do fim, a transição brusca entre treino e jogo. Um aluno sabe que, quando volta desse feriado, começa a maratona do fim de ano. É um intervalo importante, porque é sua última chance para respirar.

Highland Hills começa o feriado de Ação de Graças na quarta-feira, não na segunda, como as outras escolas da cidade. Tem alguma lógica forçada relacionada a garantir férias de inverno de quatro semanas. Eles dizem que é para fins administrativos, mas Kareena, Meredith e eu sempre acreditamos que é porque os pais dos alunos de Highland Hills querem passar três semanas inteiras, pelo menos, esquiando na casa de férias em Lake Tahoe ou Vail.

A terça-feira da semana de Ação de Graças é o último dia de aula antes do feriado, por isso não tem reunião da Sociedade de Premiações. As garotas vão para minha casa depois da aula. Sentamos na minha cama, uma imagem exatamente igual àquela da semana anterior. Ligo o alto-falante bluetooth e deixo música suave tocando baixinho; e espalhamos as pastas das matérias em cima do edredom na vã esperança de sermos produtivas e terminarmos um pouco das lições de casa.

– Há quanto tempo você e Jess estão juntas? – pergunto.

– Faz uns dois meses, acho. Nenhuma das duas é assumida em casa, então não é uma situação pública – Kareena conta. – Fizemos os mesmos horários no voluntariado de verão no hospital, passamos muito tempo juntas. A gente se deu muito bem, mas acho que foi quando vi como ela tratava os pacientes... – O rosto de Kareena fica corado. – Já viu alguém tão bom no que faz que tem a impressão de estar descobrindo beleza onde nem sabia que ela existia?

– Ai, meu Deus – respondo, e bato com o joelho no dela. – *Descobrindo beleza onde nem sabia que ela existia?* Rupi Kaur, é você?

– Ah, agora todas as pessoas marrons são iguais, é isso? – Kareena ri.

– Já pode passar para a parte em que Jess estava a fim da Kareena fazia anos? – Meredith pergunta. – Isso é metapoesia.

O rubor de Kareena fica mais intenso.

– Ela admitiu que começou a gostar de mim na metade do primeiro ano. Disse que passou o semestre inteiro tentando descobrir se queria ser eu ou estar comigo.

– Tem alguma intenção de contar para os seus pais? Ou vai só escapar para a faculdade? – pergunto.

Kareena trança o cabelo.

– Ainda não sei. Acho que meus pais não reagiriam muito bem.

Meredith não fala nada. Os pais dela não se cansam de manifestar quanto a apoiam. Desde que ela conversou com eles, os dois participam todos os anos da Parada do Orgulho em Austin.

– A gente pode falar sobre você? – Kareena pergunta. Ela pega o telefone e conecta com o meu bluetooth, prova de quanto tempo já passou aqui. O quarto é invadido pelo som de sua banda favorita de rock psicodélico.

– Sobre mim? Falar o quê? – pergunto.

Kareena revira os olhos e joga a trança para trás do ombro.

– Fala sério, Eliza. Não era só eu que estava na cabine de fotos com alguém no Halloween.

Meredith vibra com a empolgação.

– Uau, Eliza. Parece que alguém tem seus segredinhos.

Sei que meu rosto fica vermelho por causa da risadinha das duas.

– É, estamos namorando, sim. Não tenho muito o que contar. – Neste exato momento, a tela do meu celular acende, e é uma mensagem de Wesley. Quero ler o que ele escreveu, mas não quero que Kareena e Meredith transformem isso em um escândalo, então deixo o telefone onde está.

– Queria saber quem ele é. Tipo, ter algum contexto. Ele meio que apareceu do nada – Kareena comenta.

– Ah, ele não faz nenhuma das nossas matérias. Já fez e não percebemos? – Meredith pergunta.

Balanço a cabeça. Sinto-me transportada para a pista de dança da festa de Halloween de Jess. Meredith com a peruca de Daenerys e sua voz estridente perguntando: *Nenhuma?* Havia uma pitada de crueldade em sua casualidade.

Kareena inclina a cabeça.

– Por que não?

Dou de ombros, e de repente me sinto pouco à vontade. É como se o sangue escoasse lentamente do meu rosto.

– Hum, nao sei. Acho que nao é tao bom aluno.

Kareena ri.

– Bom, acho que é por isso que temos matérias como Artes Culinárias.

Meredith a empurra.

– Para, ela faz essa matéria.

– Porque não teve escolha. É diferente de *querer* fazer uma matéria fácil. Eliza não teria feito Artes Culinárias se não fosse obrigada.

– Acho que não é Física Avançada – reconheço. Mas não revelo que teria de me esforçar muito menos para ir bem em Física Avançada. Pelo menos não precisaria de alguém para me ajudar com física como Wesley me ajudou com culinária.

– Como ele é? Inteligente? – Meredith pergunta.

– Sim – respondo instantaneamente. – Não como nós, acho. De um jeito diferente.

– Ele sabe a tabuada? – Kareena me provoca.

Fico pálida.

– O quê?

Ela franze a testa.

– Lembra? Você disse que alunos como ele deviam aprender tabuada, ou sei lá o que fazem nas outras matérias.

Eu disse isso? Meu peito vibra, absolutamente horrorizado.

Meredith ri.

– Espera, o que você falou sobre as avançadas? Que a única definição de avançado que ele conhecia era um estágio de cozimento? Essa foi muito boa.

– Ele é inteligente – afirmo, tentando mudar de assunto. Ouvir as palavras que eu disse meses atrás provoca em meus ouvidos um eco que eu odeio.

– Ele vai tentar alguma faculdade? – Kareena pergunta.

Meredith finge espanto.

– Ele iria para o MIT com você?

– Acho que não – respondo de um jeito vago.

– Para onde, então? UT Austin? – Kareena arrisca. É a escolha padrão para os alunos da Highland Hills que não se interessam por uma universidade de primeira grandeza.

– Não sei nem se ele quer ir para a faculdade – respondo.

O silêncio grita. Não consigo levantar a cabeça. Fico olhando para o edredom.

Kareena é a primeira a reagir.

– Vai fazer um ano sabático, talvez?

Meredith assente.

– Isso seria legal.

– Não – corrijo. – Talvez ele não queira ir nunca.

– Eliza... – Kareena não precisa dizer o que está pensando. Ouço o pensamento na minha cabeça.

Meredith tenta uma abordagem diferente.

– Acho que isso não faz muito sentido para alguém como você.

– Alguém como eu? – estranho.

– Uma das melhores da turma – Kareena explica de um jeito bastante diplomático.

– Autoproclamada nerd e esforçada – Meredith acrescenta.

– Alguém que está tentando *chegar a algum lugar* – diz Kareena.

Estou perdendo a paciência. Meredith percebe e tenta redirecionar a conversa.

– Legal, é evidente que, no começo, Eliza pensou que Artes Culinárias seria desperdício de tempo. Todas nós pensamos. Mas ela conheceu alguém de quem gosta, e isso tem valor. Tudo é equilíbrio.

– Isso – Kareena concorda, acompanhando Meredith. – Por um lado, você foi obrigada a fazer uma matéria comum. Por outro, descolou um boy e garantiu uma nota máxima.

– Queria poder terminar meu dia misturando coisas em uma tigela e ganhando nota por isso – Meredith suspira, sonhadora. – Você tem um dez por ter preparado alguma coisa para comer. Eu deveria ter feito Artes Culinárias.

– Esse dez não é garantido – respondo. Mas na minha cabeça penso nas vezes que tive certeza de que o senhor Treviño daria pontos para todo mundo, se visse que estávamos nos esforçando. Mesmo com meu molho de tomate enlatado e com cara de vinagrete, tenho certeza de que ele foi generoso com a nota. Ele é esse tipo de pessoa.

Kareena olha para mim, séria.

– Eliza. É impossível *você* não tirar nota máxima, se alguém daquela turma tirar.

Sinto mais um arrepio. Meu coração acelera. Quantas vezes falei desse jeito sem nem me dar conta?

– Certo – respondo, querendo encerrar a conversa. Se eu disser o que realmente quero, essa trégua tão frágil que acabamos de instituir vai ter fim. Então eu me levanto e limpo as mãos no jeans como se isso pudesse remover a repulsa que estou sentindo. Pego o celular de Kareena e aumento o volume, tentando silenciar meus pensamentos. Com a segurança de Khruangbin ecoando no quarto, faço o que sei fazer de melhor: mudo de assunto.

– Acho que minha mãe está quase terminando a aula de piano. Podem ficar aqui, se quiserem, mas eu vou para a cozinha. – Não espero uma resposta. Sinto que preciso me afastar delas só para recuperar o fôlego.

Quando saio do quarto e viro a esquina no corredor para descer a escada, Wesley está bem ali. Assustada, sufoco um grito e sinto o coração bater na garganta.

– O que está fazendo aqui? – pergunto.

Olho para ele e me arrependo de ter olhado. Sua expressão é fria e dura, os olhos brilham como gelo negro com uma raiva inconfundível. É horrível ver a dor que faz parte da mistura de sentimentos naqueles olhos, porque sua expressão confirma exatamente o que eu temia.

– Mandei uma mensagem para você – ele diz. O tom gelado, tão desconhecido para mim, provoca um arrepio que desce pelas costas. – O senhor Treviño me liberou mais cedo, e quis vir cozinhar com sua mãe.

– Ah. – Minha voz treme. – Não li sua mensagem. Desculpa.

– É, eu percebi. Acho que vou para casa. Pede desculpas para a sua eomma. – Ele se vira para descer a escada. Vejo o chaveiro pendurado em seu dedo e entendo que, na pressa de vir para cá, ele decidiu usar o carro. Quero chorar.

– Wesley, espera. Por favor. – Corro atrás dele e toco suas costas. Sinto a tensão sob minha mão. – Você não ouviu... ou eu preciso explicar...

Ele se vira, e minha mão cai. Wesley está a poucos passos da porta.

– Isso é o que as pessoas dizem quando você não está por perto para ouvir, ou melhor, quando *acham* que você não está por perto para ouvir, e mostra quem elas são. Portanto, ouvi o suficiente. – As palavras dele caem sobre mim como uma chuva de agulhas.

– Wesley, por favor – repito. Não tenho outra defesa, nenhum outro plano para mantê-lo aqui. Só a compulsão de implorar para ele ficar.

– Suas amigas sabem que você teve de fazer dupla comigo porque era a pior aluna da turma? Que o professor olhou para você e percebeu que só um milagre resolveria seu caso?

– Wesley – sussurro, e odeio o calor que sinto quando as lágrimas transbordam dos meus olhos.

– Elas sabem que você só vai conseguir aprovação nessa matéria porque um cara comum, que não consegue entrar na UT, está te carregando? – Nunca vi seus olhos brilhando desse jeito antes, como se as castanhas tivessem sido substituídas por brasas. – Não enjoa se enaltecer desse jeito o tempo todo?

Quero dizer que sim. Que sinto vontade de vomitar agora mesmo. Seguro os braços como se me abraçasse, tentando conter o impulso de me agarrar a ele.

– Elas... nós não queríamos...

Ele estreita os olhos.

– E o que vocês queriam? Quando concordou com o que elas estavam dizendo, acho que queria concordar.

– Eu não…

– Eliza, eu tive inveja de você. Quando te vi pela primeira vez, teria dado qualquer coisa para ser como você. Bem-sucedido em todas as coisas que contam. Pessoas com quem você nunca falou sabem seu nome só porque é muito inteligente. – Ele respira fundo.

Olho para Wesley através das lágrimas. Espero que ele continue. Sei que ainda não acabou.

Ele desvia o olhar, e seu rosto se contorce em uma careta de dor.

– Mas você precisou *me* usar, um garoto comum em uma matéria comum, para ser aprovada nessa matéria que suas amigas acham que está tão abaixo de vocês. Você é alguém que teria afundado se não tivesse minha ajuda para se manter na superfície. Que bela oradora de turma.

– Engraçado ouvir isso de você – respondo. Por um segundo, nem registro que as palavras estão saindo da minha boca. Não sei de onde esses pensamentos estão saindo, ou como chegam à minha língua. – Acha que eu sou uma farsa, é? Mas só um de nós age como se estivesse acima do ranking, enquanto lambe as feridas escondido por não ser suficientemente inteligente. E é a mesma pessoa que não recebe os amigos em casa para que eles não vejam como ele vive. E só um de nós escolheu passar a noite de terça-feira com o senhor Treviño, em vez de ficar com uma garota e a mãe dela. Mas é isso, Wesley, continua me vilanizando. Uma vez alguém me disse que sou parecida com sua mãe.

Wesley levanta as sobrancelhas, e é como se registrasse alguma coisa que deixa seu rosto sem tônus, sem cor.

– Pensei que era errado não te dar o benefício da dúvida quando te conheci. Pensei que era errado presumir o pior. Mas nunca estive tão certo sobre alguém.

– Você nem me conhece.

– Conheço, Eliza. Você é uma garota que se apega às suas notas porque tem medo de não ter mais nada importante na vida. Não pode escrever uma declaração pessoal se você não é nada.

Balanço a cabeça. Fico em silêncio. Sinto a boca imóvel, a cabeça atordoada. Tenho muitas coisas para dizer, mas minha boca escolhe esse momento para me abandonar. Não consigo explicar quanto ele está errado, quanto esta conversa saiu dos trilhos.

– Vou para casa. Preciso decorar a tabuada – ele avisa com ironia.

Paralisada, eu o vejo sair pela porta da frente.

Quando a aula de piano acaba, Kareena e Meredith vão para casa depois de uma chuva de abraços e despedidas. E, antes que eu possa dizer para a minha mãe que não me sinto bem para cozinhar hoje, ela me avisa que vai ter de dar uma aula agora, um aluno novo que se matriculou no fim de semana, e se desculpa por não ter me avisado mais cedo. Eu me tranco no quarto e choro até sentir que vou desidratar se derramar mais lágrimas. E em algum momento as luzes da casa se apagam e todo mundo vai dormir, e ninguém bate à minha porta para saber se ainda estou aqui.

Capítulo 23

Se houvesse um recorde mundial de número de mensagens que uma garota pode mandar em um dia para um garoto que a está ignorando, tenho certeza de que eu o quebraria. Mando um milhão de pedidos de desculpas, vários GIFs de lágrimas, telefono dezenas de vezes e mando algumas mensagens de voz bem constrangedoras que não disfarçam as lágrimas e a voz rouca. Mas era como tentar ligar para um telefone fixo desconectado. Ele está fazendo um esforço deliberado para me ignorar. Não sei como posso resolver isso.

No meio das mensagens tem um convite para o jantar de Ação de Graças da minha família. Todos os anos minha mãe faz um trabalho incrível de cosplay de ocidental e cria um belo jantar com peru, purê de batata, creme de milho, vagens e calda de cranberry. A única responsabilidade do meu pai é pegar as tortas de maçã e pecã na padaria do bairro, mas minha mãe faz a encomenda com semanas de antecedência. Espero por essa refeição o ano todo, e não consigo imaginar que Wesley está fazendo alguma coisa parecida, sabendo o que sei sobre sua família. E quero vê-lo. Mesmo que esteja bravo comigo, sei que ele não vai envolver minha mãe nessa história. Não que meus pais saibam que convidei Wesley.

Na manhã de Ação de Graças, finalmente recebo uma resposta, mas só para o convite para jantar. Três palavras: "Não posso. Doente". Suspiro. Confiei demais na consideração que ele tem por minha mãe.

Ou superestimei sua capacidade de perdoar. De um jeito ou de outro, a sensação é de fracasso.

Desço e sinto que tem alguma coisa incomum ali, mas demoro um instante para identificar o que é.

Não tem movimento na cozinha.

Olho as horas no relógio. Dez da manhã. Normalmente minha mãe estaria preparando o peru. Mas entro na cozinha e ela está vazia. Não tem ingredientes separados, nem panelas sobre o fogão, nem eomma de avental.

A porta da suíte master está encostada. Espio pela fresta e vejo que minha mãe está na cama, lendo. Meu pai ainda dorme ao lado dela. Ela apoia o livro com uma das mãos e com a outra segura a mão de meu pai. Não percebe que estou ali, e volto à cozinha sem fazer barulho. Talvez essa seja minha oportunidade de fazer algo bom por ela. Talvez consiga começar algumas etapas da refeição antes que ela perceba.

Mas olho a geladeira, depois o freezer e em seguida o freezer de kimchi.

Nenhuma ave grande. Nenhuma torta. Nenhuma evidência de que vai haver um jantar de Ação de Graças para eu começar a preparar.

Minha mãe esqueceu o Dia de Ação de Graças.

Por um momento me permito sentir raiva. Ela ficaria surpresa quando os alunos não aparecessem hoje? Não percebeu que eu estava em casa em um dia de semana? Era demais esperar que ela tivesse conhecimento de um feriado nacional?

Deixo a raiva passar. Esse é um feriado inventado, do ponto de vista dos meus pais, algo que eles só adotaram por mim quando eu era criança. Os coreanos têm os próprios feriados, como o festival de outono de Chuseok, que minha mãe nem celebra mais aqui nos Estados Unidos. Quando eu era bem pequena, devia ter uns seis anos, vi meus pais fazerem songpyeon para o Chuseok. Achei as cores dos bolos de arroz, branco, rosa pálido e verde-terroso, muito bonitas. Dei uma mordida em um deles e fiz uma careta quando o recheio vazou na minha boca. Meu pai comeu o restante do bolo para eu não jogar fora. Não lembro se meus pais voltaram a fazer songpyeon depois disso.

Por minha causa eles trocaram suas tradições coreanas pelas americanas. Imagino que a morte de halmeoni tenha servido como um lembrete das coisas que a imigração tirou de minha mãe, e agora ela está se distanciando do país que nunca a aceitou completamente. Este país invalidou seu diploma. Transformou a filha dela em alguém que era uma estranha para a própria avó e uma estrangeira em relação às tradições do país da mãe.

Pego a pasta de receitas da halmeoni e começo a examiná-las, procurando alguma coisa que ainda não aprendi. Vimos muitas coisas em nossas aulas, percebo ao virar as páginas e reconhecer a maioria delas. Gimbap, japchae, doenjang jjigae, mandu... Aprendi muito mais do que pensava. Consigo me lembrar exatamente do que minha mãe disse sobre cada receita, Harabeoji comia o danmuji que minha mãe não queria. Halmeoni doente pedindo dakjuk, em vez de doenjang jjigae, na vez seguinte. Samchon recheando seu mandu com uma porção minúscula de recheio. As dobras perfeitas de Wesley. As receitas são muito mais que instruções em uma página, quando associadas a histórias e pessoas reais.

Finalmente encontro uma que ainda não preparamos, mas parece viável. É dakdoritang, que é um ensopado picante de frango. Essa é uma das minhas comidas de conforto preferidas, mas o preparo sempre me intimidou. Leio a receita, repetindo lentamente as sílabas de palavras que não conheço. A essa altura a lista de ingredientes é bem familiar, mas demoro mais para entender as instruções. Finalmente, acho que consegui entender a maior parte. Saqueio a geladeira, e é um milagre de Ação de Graças que minha mãe tenha todos os ingredientes necessários.

Ela pode não ter se preparado para o feriado, mas está sempre pronta para reproduzir uma das receitas de halmeoni. Meu coração fica apertado quando penso nisso.

A primeira coisa que faço é lavar duas xícaras de arroz, que ponho para cozinhar na panela elétrica apropriada. Depois passo para o dakdoritang propriamente dito. A receita não é tão difícil quanto eu esperava e não exige técnicas malucas ou ingredientes que eu já não tenha usado anteriormente. Cortar o frango é a parte mais difícil, mas o senhor Treviño deu essa aula há uma semana. "Não joguem dinheiro fora comprando partes cortadas", ele disse. "Com um bom cutelo vocês mesmos podem fazer os cortes." Não acreditei muito nisso, mas gostei da ideia.

Quando chega a hora de acrescentar colheres de gochujang, sou generosa nas porções. Mexo o ensopado, que ganha uma linda cor vermelha e parece deliciosamente picante. As batatas e as cenouras estão começando a ficar macias e brilhantes, e ouço meu estômago roncar baixinho enquanto o caldo ferve. A panela de arroz emite o aviso sonoro de missão cumprida, e por um segundo me sinto eufórica por ter preparado uma refeição inteira sozinha. E o mais impressionante, deu certo. Eu, Eliza Park, acabei de preparar um prato coreano para minha família sem nenhuma ajuda.

Se ainda não tinha certeza disso, agora entendo que minha halmeoni sabia o que estava fazendo quando escreveu essas receitas. Queria saber se enquanto as escrevia ela alguma vez imaginou que uma neta que falava inglês recriaria esses pratos do outro lado do oceano, mesmo depois de sua morte. Ou que um garoto americano descendente de tailandeses, um completo desconhecido para ela, apreciaria suas receitas e as usaria como uma introdução para a culinária coreana. Apreciava, pelo menos. Tento não pensar na dor provocada pelo tempo do verbo no passado. Penso se minha halmeoni confiaria em minha capacidade de criar alguma coisa para deixar minha mãe feliz. Espero que ela me veja agora e esteja orgulhosa por eu ter feito tudo certo.

Estou servindo o dakdoritang em tigelas quando ouço uma voz.

– Yeji?

Passei tanto tempo sozinha na cozinha que a chegada de novas pessoas me assusta. Dou um pulo. O dakdoritang da concha cai no fogão, escorre pela bancada e molha a pilha de receitas da halmeoni que eu deixei fora da pasta. Levanto a cabeça e vejo meu pai acompanhando o rio de sopa vermelha, sem se dar conta, felizmente, da importância do que acabei de fazer.

– Não sabia que estava cozinhando – ele diz.

– Yeji está cozinhando?

Ouço a voz de minha mãe antes de vê-la, e, enquanto a espero entrar na cozinha, todo o orgulho que senti antes desse momento se transforma em pânico nauseante. Não consigo fazer nada além de olhar para ela. Um sorriso começa a se desenhar em seu rosto quando ela entende o que fiz, mas em seguida seus olhos encontram o rio vermelho que corre até as receitas manchadas. Vejo tudo acontecer em câmera lenta: o reconhecimento das páginas, a boca se abrindo em uma reação surpresa e, o pior de tudo, o brilho das lágrimas invadindo seus olhos.

Ela corre para as receitas e, dominada pelo estresse do momento, as enxuga com a saia. Ofereço um pano de prato, que minha mãe aceita em silêncio. A receita no alto da pilha, a de dakdoritang, ficou tão molhada que um canto se rasga quando ela a tira da bancada.

– Yeji, o que foi que você fez?

– Desculpa, eomma – respondo em voz baixa, nervosa. – Estava tentando preparar alguma coisa. Para o Dia de Ação de Graças.

Uma lágrima escorre por seu rosto. Ela olha para os papéis manchados de vermelho como se não fosse capaz de olhar para mim.

– Tudo arruinado.

Meu pai tenta propor soluções.

– Você se lembra das receitas, não é, yeobo? Preparou todas elas para mim muitas vezes.

Ela balança a cabeça, e sei que não é para dizer que não conhece as receitas de cor, porque conhece, é claro. Não tem nada a ver com isso.

– Essas… elas estão comigo há muito tempo. – Minha mãe respira fundo, solta o ar pelo nariz. – Yeji, como pôde ser tão descuidada? – Finalmente ela olha para mim, e a tristeza em seus olhos é acompanhada por raiva.

– Yeobo – meu pai a chama, e ouço o alerta na voz dele.

– Você está sempre estragando tudo – minha mãe continua. Nunca a vi tão descontrolada. Não é que não tenhamos brigado antes, mas nada foi tão sério. – Não consegue acertar uma parte da aula sequer. Não posso confiar em você para nada. – *Sempre. Nunca.* Fui reduzida a quantificadores universais. Porque quis fazer alguma coisa para celebrar uma data que todo mundo esqueceu.

– Yeobo – meu pai repete, subindo o tom.

De repente percebo que estou muito cansada. Muito, muito cansada. Estou cansada de ficar de boca fechada só para dizer as coisas erradas quando é importante falar. Estou cansada de pisar em ovos com minha mãe, que entra e sai da vida quando bem entende e se volta contra mim como se ela fosse a única vítima nesta casa.

– As receitas nem têm importância! – respondo. A raiva que sufoquei antes transborda como vapor de uma chaleira. – Você é a única pessoa que se importa com elas. Só comecei a aprender as receitas para a escola, e para você pensar que a cozinha da halmeoni não morreu com ela! Acha que vou organizar um kimjang? Acha que meus filhos vão querer levar gimbap na lancheira? – As palavras fluem mais rápidas, perigosamente livres, agora que as deixei sair. São tão fluidas que não consigo limpá-las do veneno antes de deixarem minha boca. – Eu sou *americana*. Nunca vou ser a mãe que esquece de fazer o jantar de Ação de Graças. Nunca vou me esquecer da formatura da minha filha, ou deixar que ela chore sozinha no quarto porque sou ignorante demais para perceber que ela está com o coração partido, nem vou pensar que algumas folhas de papel são mais importantes que apoiar minha única filha! – Suspiro antes de concluir: – Tudo que eu quero é minha mãe, mas ela desapareceu há cinco meses.

Os olhos de minha mãe brilham, e, apesar de ainda ver a raiva neles, também vejo algo intensamente vulnerável. Demoro um momento para reconhecer o que é, porque nunca tinha visto isso na expressão dela. Seu lábio inferior treme, e o peito arfa, antes de ela finalmente responder em inglês, como se usasse o idioma como arma.

– Eu também só quero minha mãe. E não tem ninguém aqui para me apoiar. Nem mesmo minha família. – E sai da cozinha levando as receitas ensopadas. Ouço a batida da porta e o som da fechadura, e sei que ela foi se esconder na suíte master.

Meu pai olha para mim por um segundo, e estamos chocados demais para dizer alguma coisa. Depois de um instante, ele pergunta:

– Seu coração está partido?

– Não fala comigo – explodo. – Pelo menos uma vez, vai falar com a sua esposa. – E, como boa filha da minha mãe, vou para o meu quarto, bato a porta e giro a chave na fechadura.

Capítulo 24

Na manhã seguinte acordo me sentindo péssima. Se existe essa coisa que chamam de ressaca emocional, acho que estou enfrentando a pior da minha vida. Olho para o teto do quarto e torço para o colchão se abrir e me engolir. Dou uma olhada no celular, vejo o bloco de texto azul na conversa com Wesley e arremesso o aparelho para o outro lado do quarto.

Depois de um tempo, me arrasto para fora da cama e desço. A suíte master continua fechada. Pela primeira vez vejo aquela porta como um desafio, ou um convite.

Encontro minha mãe na cama dela. O abajur está aceso, e ela tem um livro nas mãos. Quando entro no quarto, ela olha para a porta, mas retoma a leitura em seguida.

Hesitante, eu me sento na cama ao lado dela.

– Está brava comigo? – pergunto em voz baixa.

– Hum. – Pelo menos ela não mente.

Olho para a colcha que ela usa todas as noites. Eu me lembro de quando fomos comprá-la em um daqueles inúmeros e claustrofóbicos centros comerciais de Dongdaemun, em Seul. Ela pechinchou, o que eu disse que era constrangedor, mas ela me explicou que era a norma. Meus dedos tocam o bordado verde.

– Desculpa, eomma. Sei que fui desrespeitosa e grosseira. Sou muito grata por você estar tentando me ensinar as receitas da halmeoni. – E, apesar da gramática falha e do sotaque evidentemente americano, tento falar em coreano. – Eu me orgulho de ter você como mãe, e me orgulho de preparar a comida que você e halmeoni amam. Sinto muito se te magoei. – As chances de estar falando corretamente são poucas, mas espero que a mensagem chegue.

Minha mãe abaixa o livro e olha para mim.

– Sinto muita saudade da sua halmeoni. – A voz dela treme. – Me desculpe por ter gritado com você na cozinha. Não preciso das receitas, porque elas estão na minha cabeça. Mas era a caligrafia da halmeoni e... eu me sinto muito sozinha aqui na América.

Ao ouvir o som de lágrimas na voz dela, sinto meus olhos arderem também. Não sei bem como responder. Ver minha mãe tão abertamente vulnerável é novidade.

– Eu sei. Sinto muito.

– Conversou com seu pai ultimamente?

– Como assim?

– Ele... tentou me perguntar como me sinto. Está diferente.

– Talvez eu tenha falado alguma coisa – admito.

Ela fecha os olhos por um longo momento.

– Às vezes sinto que você e seu appa são tudo que tenho. Vocês dois são os únicos aqui que a conheceram. E, se não querem falar sobre ela, com quem vou me lembrar dela? – Lágrimas escapam dos olhos fechados, e as vejo escorrer por seu rosto e cair na colcha. O bordado verde fica mais escuro.

Compreendo que a solidão de minha mãe é muito mais profunda do que eu pensava. A constatação me invade, seguida pelo sentimento inconfundível de vergonha. Penso nos meses depois da morte de minha halmeoni. As noites que minha mãe passava trancada no quarto, quando meu pai se mudou para o quarto de hóspedes. De vez em quando eu ia perguntar se ela precisava de alguma coisa do mercado. Ela sempre dizia "não, obrigada", e eu fechava a porta, levando comigo a lembrança de seu corpo cansado apoiado na cabeceira da cama. Todas as noites ela queria alguém com quem compartilhar o luto, enquanto as duas únicas pessoas que poderiam estar com ela se afastavam mais e mais.

O dia em que minha mãe voltou daquela visita à Coreia do Sul foi terrível. Meu pai e eu pagamos o estacionamento do aeroporto e ficamos ali parados no portão de desembarque. Eu esticava o pescoço a todo instante para ver se minha mãe era a próxima pessoa a sair.

Quando ela finalmente passou pela última barreira de segurança, não a vi de imediato. Não a reconheci. Quem era aquela mulher oca e sombria? Seus olhos eram fundos. O cabelo caía em torno do rosto sem volume. Tudo nela parecia um anúncio de *falta*. Não havia uma única célula da minha mãe de abril naquela pessoa.

– Yeobo! – meu pai gritou. – Yeongmi-yah! Nam Yeongmi!

Minha mãe olhou em nossa direção. Uma parte de mim esperou que seus olhos se iluminassem, que o vazio fosse banido pelo calor do reconhecimento. O reconhecimento estava lá. Ficou mais do que evidente em como ela começou a andar em nossa direção. Mas o calor, não. Tinha sido banido por alguma coisa que eu não conseguia combater.

Na primeira noite que ela passou em casa, ouvi o choro abafado no quarto dos meus pais. O som contido da voz cansada do meu pai tentando confortá-la. Os gritos da minha mãe. Saí da cama e fiquei parada na frente da porta do quarto deles por meia hora, talvez. Levantei a mão para bater duas vezes, mas não consegui concluir o gesto. Acho que tive medo. Fiquei nervosa com a ideia de ver uma dor que não conseguiria apagar. Então voltei para a cama e dormi ouvindo o choro quase silencioso de minha mãe.

– Adoro ouvir você falar sobre halmeoni – comento, e me surpreendo ao perceber que é verdade. Halmeoni significa mais para mim agora do que significava em julho. Ela era mãe da minha mãe, esteve com ela nos grandes e pequenos momentos, a criou e fez dela a mãe que é para mim. Olho para minha mãe agora e a comparo com a mulher que vi sair do avião meses atrás. O afeto parece mais próximo da superfície agora, mas sei que ela ainda está processando o luto. É um processo incomensurável, não tem manual. Seguro a mão da minha mãe e entrelaço os dedos nos dela. – Às vezes me sinto culpada por não sentir saudade de halmeoni como você sente. Só a via a cada dois anos, quando você me levava para Hanguk. Então, quando me conta histórias sobre ela, é como se eu pudesse aprender a sentir falta. – Digo isso em inglês e me pergunto se minha mãe realmente entende o que quero dizer. Mal consigo escolher as palavras certas. Como posso me desculpar por não sentir falta da pessoa que ela ama tanto? Como explicar que, quando ela se mudou da Coreia, a distância enfraqueceu os laços familiares que eu teria com as pessoas que ela deixou lá?

Ela afaga minha mão.

– Eu também quero pedir desculpas. Não tenho sido sua eomma ultimamente. Às vezes fico tão triste por halmeoni que me torno uma péssima mãe, e não ser uma boa mãe me deixa ainda mais triste. Mas, Yeji-yah, você não precisa aprender as receitas dela porque se sente mal por mim. Nem para a escola.

Sinto meu rosto empalidecer.

– Quero conhecer melhor você e halmeoni. E quero muito aprender a cozinhar melhor. O jeito como você cozinha é como viajar no tempo, é magia. Você vai para outro lugar, a comida tem outro significado, e você consegue resolver qualquer problema com os ingredientes que já tem. – E então, apesar de ser quase fim de novembro e a vegetação de Austin estar se tingindo de vinho e ferrugem, e o sol passar a semana inteira escondido atrás das nuvens, eu digo: – Sabe do que esse tempo me dá vontade?

* * *

Dessa vez eu carrego a bandeja de bingsu para a mesa. Uma linda montanha nevada de injeolmi, bolos de arroz dourados, e uma tentadora porção de pat.

Assim que começamos a comer, crio coragem e pergunto:

– Por que não fala mais com samchon?

– Seu samchon é muito estressado – minha mãe responde. – Ele é o único filho e, tradicionalmente, tem de assumir muitas responsabilidades. Além disso, eu moro aqui, não consigo ajudar. Mas é ele quem está tentando vender a casa de halmeoni.

– É muito difícil? – Em Austin sinto que o mercado imobiliário está sempre aquecido. Não sei como isso funciona em outros lugares.

– É uma casa muito velha. Precisa de muitos reparos, e o leiaute não é mais o que as pessoas modernas procuram. Além disso, fica muito longe das áreas mais novas da cidade, onde os jovens querem morar. Ele está enfrentando dificuldades para atrair o interesse de possíveis compradores, e também não encontra ninguém que queira alugar. – Ela solta a colher, embora só tenha comido um bolo de arroz até agora. – E você sabe que samchon tem três filhos pequenos, então... ele já está bem ocupado.

Balanço a cabeça.

– Tenho certeza de que ele também quer falar com alguém.

– Ele tem muita gente com quem conversar na Coreia. Primos, tias, tios. Aqui é diferente.

Ela esfrega as mãos como se estivessem frias, o que, considerando o tempo, é bem possível.

– Deveria comer mais.

– Eu me lembro de suas amigas de infância no funeral – comento, deslizando a colher pela raspadinha de leite. – Não pode conversar com elas?

– Posso, e converso. Mas elas não conheciam halmeoni como eu. Não tem muita coisa que possam dizer. – Minha mãe funga e pega a colher novamente. – Está tudo bem. É normal sentir saudade dela. Vou ficar bem.

Vejo minha mãe levar a colher cheia à boca e sei que ela acha que já falou demais. Ou talvez pense que isso é tudo que quero ouvir.

– Pode falar comigo, eomma. Quero sentir saudade dela também.

Antes de ela virar o rosto, vejo que comprime os lábios, como se estivesse tentando não chorar nesta loja de bingsu. É claro, ver minha mãe assim me faz querer chorar também. Finalmente ela olha para mim e tenta sorrir. Nossos olhos castanhos e úmidos são reflexos idênticos. Ela diz:

– Obrigada, Yeji-yah. – E me encara por um longo instante, antes de fungar e mudar de assunto. – Você e Wesley não estão mais juntos?

Suspiro.

– Nós brigamos. Ele não está falando comigo. Convidei Wesley para ir em casa, mas ele inventou uma desculpa, disse que está doente.

– Como sabe que é uma desculpa?

Esqueço que minha mãe pode ser tão ingênua.

– Ele só não quer falar comigo.

Ela gira a colher no bingsu derretido no fundo da tigela.

– Muitos alunos meus estão ficando doentes, ultimamente. É comum, está esfriando.

– Eomma. Wesley não quer me ver.

Ela me ignora e põe o último tteok na boca.

– Sabe que prato é muito bom levar para alguém doente?

Reviro os olhos.

– Dakjuk?

– Dakjuk.

Capítulo 25

Pela primeira vez tento fazer um prato coreano a partir de uma receita que não foi escrita por halmeoni. Eu a encontro on-line, no site de uma senhora coreana de aparência muito doce que mora em Nova York. É muito mais fácil seguir uma receita escrita em inglês, em vez de coreano, e mais uma vez me impressiono comigo ao fazer uma panela de dakjuk. Minha mãe chega quando estou terminando, prova o resultado e sorri com aprovação. Isso me faz querer correr pela vizinhança gritando *sou uma chef*, mas resisto.

Transfiro o dakjuk para um Tupperware, que coloco em uma bolsa térmica com alguns utensílios. Antes de mudar de ideia, pego a chave do carro e prendo a bolsa no banco do passageiro com o cinto de segurança.

Meu coração murcha quando paro na frente da casa de Wesley e vejo tudo apagado. Eu deveria saber que ele não estaria em casa. Não consigo me lembrar de quantas vezes ele me disse que evita ficar nesta casa, se puder, mas estaciono o carro e desço mesmo assim.

Toco a campainha e dou três passos para trás, como se fosse descer a escada e correr de volta para o carro a qualquer momento. Fico ali por um minuto. Talvez dois. É um tempo aceitável para esperar? Sei que a casa é grande e que atravessá-la demora um pouco. Mesmo assim, acho que não tenho nenhum motivo para alimentar essa esperança.

Então dou meia-volta. Estou quase tocando a maçaneta do carro, quando a porta da frente da casa é aberta e vejo o rosto de Wesley na fresta. Quando nos encaramos, ele abre a porta mais um pouco e posso vê-lo completamente.

– O que é isso? – ele pergunta. Sua voz está rouca. Talvez esteja doente mesmo. Ou acabou de acordar?

– Um carro – respondo. – Sei que às vezes esquece. – Não sei de onde tiro coragem para fazer gracinha, mas a piada escapa como se fosse instintiva.

– Hum – ele reage em um tom seco. Estou longe demais para ver se revira os olhos, mas é o que parece. Percebo que já faz um bom tempo que sou capaz de imaginar as expressões dele. É o que tenho feito mentalmente desde que ele parou de falar comigo. – Isso aí na sua mão.

– Ah. É uma bolsa térmica. Para você.

Nenhum de nós dois se mexe ou fala durante um longo momento de tensão. Queria poder estudar a expressão dele só para ter uma ideia do que está pensando. Talvez eu deva entrar no carro e ir embora, mas vim até aqui por um motivo. É melhor esperar até ele fechar a porta, se foi isso que vim buscar.

Mas ele abre a porta completamente. E a deixa aberta quando se vira e volta ao hall, para as sombras da casa enorme.

Um convite.

Refaço o caminho até a porta e a fecho depois de entrar. O vazio da casa me invade como na primeira vez. Ainda não há sinais de personalidade da família que mora aqui atualmente, em nenhum canto do espaço amplo. Os móveis parecem nem ter sido usados por mais que dez minutos seguidos, e as únicas coisas nas paredes são pinturas em estilo vagamente europeu de cestos de frutas e cachoeiras.

Encontro Wesley deitado no sofá da sala. Um cobertor macio cobre quase todo o seu corpo, e o cabelo está grudado na parte de trás da cabeça, como se ele tivesse passado o dia inteiro deitado. Eu me sento no tapete, seguindo algum conselho evolutivo que ouvi sobre permanecer em uma posição mais baixa para demonstrar arrependimento. É enervante estar tão perto dele e, ao mesmo tempo, tão longe.

Tento estudar sua aparência sem dar a impressão de que estou desesperada, mas acho que não consigo. Ele está doente. Não tenho nenhuma dúvida disso. Os olhos castanhos estão fundos, os lábios racharam e o nariz está vermelho. Eu faria uma piada sobre quanto ele está horrível, se os riscos não fossem tão altos. E também sinto vergonha porque, mesmo nesse estado deplorável, ainda acho que ele é lindo.

Se eu esperar o suficiente, talvez ele ceda, por fim, e eu não tenha de continuar tentando adivinhar o que está passando por sua cabeça. Ou só ficaremos sentados em silêncio até um dos pais dele chegar em casa, e isso seria melhor que tudo que sinto quando não estou perto dele. Quando ele não olha para mim.

– Não vai abrir a bolsa térmica? – ele pergunta com uma indiferença precisa. Não sei se não se importa de verdade ou se só aperfeiçoou a capacidade de banir qualquer emoção da voz. Torço pela segunda opção.

Abro o zíper da bolsa térmica e pego o Tupperware.

– Fui eu que fiz. – Correndo o risco de parecer uma criança do primeiro ano, quero dizer que estou orgulhosa de mim e quero me exibir.

– Está dizendo que quer que eu coma isso? – ele pergunta com uma nota de incredulidade.

Mordo a língua para não dar uma resposta debochada.

– Bem... sim.

– Não esperava uma tentativa de envenenamento tão descarada. A maioria das pessoas tenta ser discreta.

– Você já está morrendo, pelo jeito. Talvez alguém tenha passado na minha frente.

Ele não ri, e o silêncio se prolonga. Penso se esse é um sinal para guardar o pote na bolsa térmica e ir embora.

– Estou com gripe – ele diz finalmente.

– Sinto muito.

– O que é isso? – ele pergunta, olhando curioso para o meu dakjuk.

– Está com medo?

– De uma comida que você fez? Apavorado.

O fluxo fácil da conversa deixa meu coração apertado. Parece normal, quando sei que não é.

– O nome é dakjuk, ou mingau de frango. É ótimo para pessoas doentes, porque é quentinho, nutritivo e leve. – Faço uma pausa, tentando decidir se devo dizer o que estou pensando. Eu quero falar, então falo. – Queria poder ajudar a cuidar de você. Fiquei preocupada pensando que poderia estar sozinho.

A falta de resposta me faz sentir que disse algo inconveniente, e talvez tenha dito. Só quero que ele saiba que me importo, mas talvez isso o afaste ainda mais.

Wesley segura o recipiente com as duas mãos.

– Ainda está quente. – Ele mantém as mãos ali por um minuto, e é evidente que está pensando alguma coisa, mas não vai compartilhar comigo.

– É claro – respondo. – As pessoas não melhoram comendo mingau frio. – Pego a colher da bolsa térmica e abro o recipiente com a comida. – Abre a boca.

– Não vai me dar comida na boca, Eliza.

Tento não demonstrar o pânico que me invade quando ele diz meu nome.

– E se eu fizer aquela coisa do aviãozinho? Ou trem? Que meio de transporte você prefere?

– Minha mão – ele diz, e pega o Tupperware e a colher. Mas o toque de sua pele é suficiente para saber.

– Puta merda, Wesley, você está queimando de febre. – Toco sua testa e o contato me faz lembrar de quando apoiei a mão no fogão quente.

– Acho que comentei que estou com gripe.

– Não tomou nada? Um Tylenol? Ou outro remédio qualquer?

– Eu vou ficar bem – ele insiste. Depois se senta, e então percebo a leve camada de suor no topo de sua cabeça.

– Você é impossível. – Eu me levanto e vou até a cozinha. Tecnicamente, é falta de educação vasculhar a casa de alguém sem pedir permissão, mas é o que faço, até encontrar uma caixa de Tylenol extraforte. Também tem um frasco velho, provavelmente vencido, de um expectorante sabor uva, e eu o levo também.

– Você vai tomar isto aqui – aviso, entregando os remédios a ele. – Ou vou empurrar cada comprimido pela sua garganta até você não ter mais febre. Um por um.

Ele abre a boca para discutir, mas deve perceber que estou falando a sério, porque pega o Tylenol e o engole com uma tampinha cheia do expectorante. O jeito como contorce a boca me faz pensar que o xarope está estragado.

– Só quer fazer sua comida parecer boa depois disto – ele resmunga. E experimenta o dakjuk.

– Bom – ele diz depois de um momento dolorosamente longo.

– Está bom?

– Não. Só disse "bom".

– Ah.

– É muito melhor que bom.

Agora me permito encarar Wesley sem disfarçar.

– O quê?

– Eliza, isto é ótimo. – A sinceridade em suas palavras quase me machuca. Sem meu consentimento, sinto as lágrimas inundando meus olhos. Pisco e desvio o olhar, envergonhada com a volatilidade das minhas emoções.

– Está falando sério? – pergunto.

– Acha que eu mentiria?

Penso um pouco.

– Não. Mas gosto de ouvir você dizer isso.

Por uma fração de segundo, vejo um sorrisinho pálido iluminar seu rosto, mas ele desaparece tão depressa que talvez tenha sido só minha imaginação. Ele come em silêncio, e faço um esforço para não acompanhar cada movimento. Wesley mastiga devagar, como se as articulações estivessem meio adormecidas, e consome só metade da porção antes de fechar o recipiente. Depois se reclina no sofá e ajeita o cobertor sobre o corpo, como se comer o tivesse esgotado.

– Estou cansado de ficar bravo com você – diz, mas sua voz é quase um sussurro indefinido, e tenho de me esforçar para juntar todas as palavras.

Mudo de posição no tapete.

– Também estou cansada de você bravo comigo. – Respiro fundo e decido arriscar tudo. – Eu já disse isso por mensagem de texto e de voz, mas não sei quanto você leu ou ouviu, porque não respondeu, e tudo bem, porque tem o direito de estar com raiva. Mas me desculpe, Wesley. Sinto muito, não sei como consertar tudo isso. Minhas amigas e eu dissemos algumas coisas horríveis que não eram corretas nem aceitáveis. Eu errei. Não sabia nada. Ainda não sei nada! Mas sei que gosto de você, sinto sua falta e quero que a gente tenha alguma coisa verdadeira.

Wesley vira a cabeça e fecha os olhos, como se estivesse constrangido. Sinto meu rosto esquentar, mas não sei se é por causa da humilhação ou da frustração. O silêncio que se prolonga entre nós é como um dilúvio avançando. Como posso escapar antes que ele me afogue?

De repente ele ri, e o som é tão surpreendente que tenho de fazer um esforço para não reagir. Wesley fica de olhos fechados, mas continua rindo.

– Que foi? – pergunto.

– Eliza, juro que vi lágrimas nos seus olhos.

Enxugo os cílios com gestos rápidos.

– Não.

– "Como se eu fosse chorar por sua causa." Você me disse isso uma vez. Lembra? – Ele está sorrindo, apesar do suor que começa a cobrir sua testa.

– Lembro.

Wesley suspira.

– Você é fofa – murmura.

– Ah, vamos começar com isso de novo?

Ele continua sorrindo. Depois abre os olhos e vira para mim, mas o movimento faz o cabelo ficar ainda mais caótico sobre a almofada do sofá.

– Guardar ressentimentos é um dos meus maus hábitos. Você sabe disso. – Sei que ele está pensando na mãe.

– Desculpa, Wesley – repito. – Odeio quando você me ignora. Você é...

Ele inclina a cabeça para ouvir melhor, e por um momento tenho medo de que caia do sofá.

– Sou o quê?

Suspiro e me inclino para a frente para ajeitar seu cabelo. Está úmido e quente.

– Não sei. Você é minha parte favorita do dia. É horrível quando não fala comigo.

Dessa vez eu vejo claramente. A boca relaxa em um sorriso. As linhas aparecem no canto dos olhos.

– Não me provoca – aviso. – Fiz um esforço enorme para dizer isso.

– Eu sei. – Seus olhos estão praticamente cintilando. Espero que não seja febre.

– É claro que sabe.

– Você também é a parte favorita do meu dia – Wesley revela como se fosse um segredo. Tem uma nota de intimidade em sua voz, um calor que me envolve como chocolate.

– É mesmo?

– Uhum – ele murmura. – Pensei em você todos os dias. Não consegui esquecer, nem com todo o esforço.

Tento não sorrir. A voz dele me aquece de tal maneira que penso que talvez também esteja com febre. Gripe é contagioso, não é?

– Tive a impressão de que estava fazendo um ótimo trabalho nesse sentido – respondo.

Wesley tateia o sofá procurando pelo celular. Desbloqueia a tela, e tem uma foto ali. Ele nem tenta esconder. Levo um segundo para me identificar. Estou na aula de Artes Culinárias, cheirando o curry que ele preparou para mim.

– Tem um motivo para eu sempre tirar as fotos com o meu celular. Eu sabia que ia querer ficar olhando para você.

Sinto que vou chorar.

– Eliza, me desculpa.

Franzo a testa.

– Não tem do que se desculpar.

Ele balança a cabeça.

– Não é verdade. Também falei coisas horríveis para você. Tentou me pedir desculpa várias vezes. Passei pelo menos uma hora todas as manhãs lendo as mensagens que você mandou. Estou me desculpando por não querer ouvir.

– Não tenho muito a dizer que valha a pena ouvir – reconheço.

– Você sabe que não é verdade. Eu só... – Wesley para de falar, e por um momento penso que talvez ele não termine a frase, que pode estar pegando no sono. Ele respira lentamente e mantém os olhos fechados. Mas diz: – Eu sempre espero o pior. Já falei isso antes? Presumo que as pessoas pensam o pior de mim, e aí penso o pior delas. Desde o momento em que te conheci, sempre pensei que sou um fracassado que não vai dar em nada. E ouvir a confirmação disso... Jesus, foi a pior forma de humilhação. – Ele franze o nariz, tentando manter o controle.

Quero segurar sua mão. Tenho de recorrer a todo o autocontrole para não me mover. Mas não vou pressionar Wesley para me acompanhar a lugar nenhum onde ele não se sinta confortável.

– Sinto muito, de verdade. Não é assim que eu te vejo.

– Sabe o que é maluco? – ele pergunta com uma energia renovada, como se estivesse se recuperando instantaneamente da doença.

– O quê?

– Eu tinha essa ideia de quem você era antes de a gente se conhecer. Eliza Park. Aluna perfeita. Provável oradora da turma. Membro da diretoria de todas as organizações. Grupo perfeito de amigos fazendo coisas perfeitas, dando orgulho a Highland Hills. E queria muito te odiar.

– Wesley, já falamos sobre isso...

E aí eu te conheci – ele continua, como se eu não tivesse dito nada. – E o que me deixou maluco foi que você era realmente tudo que anunciava. Havia um tipo de energia à qual não consegui resistir, como se você fosse alguém para quem tudo dava muito certo. Eu te incomodei tanto naquela primeira semana de Artes Culinárias porque te achei *interessante*. E queria que você me achasse interessante também.

Tenho de desviar o olhar quando pergunto:

– Por que está falando no passado?

– Você não me deixa terminar.

– Você fez uma pausa!

– Porque os humanos precisam respirar! E estou com uma infecção respiratória!

– Tudo bem, continua. Vou torcer por um final feliz.

O sorriso arrogante aparece. Fazia tempo que não o via, e a imagem faz meu estômago se contorcer.

– Como eu estava dizendo, eu queria que você se aproximasse de mim como eu tentava me aproximar de você. Como poderia chamar sua atenção, se eu não era nada do que você queria? E, quando ouvi você e suas amigas do colégio, foi como se toda a imagem negativa que eu tinha de mim mesmo fosse confirmada por figuras de autoridade cujo respeito eu sempre quis conquistar. Coisas que pensava sobre mim, e que queria acreditar que não eram verdade, de repente eram ditas em voz alta por alguém que não era eu, e senti que não podia mais negar a realidade disso tudo. E doeu tanto que quis fazer alguém sofrer também. Então fingi que todas as coisas que descobri sobre você não eram reais. Foi muito mais fácil do que ter de admitir que só estava com raiva de mim mesmo.

– Estava com raiva de mim também. Pode admitir que estava com raiva de mim.

Ele balança a cabeça.

– A verdade é que todas as coisas que eu pensava sobre você antes, tudo que escrevi no trabalho do senhor Treviño, estavam corretas. Estão corretas. Ainda acredito nelas. – Por um momento ele ri como se relaxasse. – Escrevi uns três rascunhos diferentes do trabalho do senhor Treviño. Todos pareciam cartas de amor. Tive de fingir que escrevia uma carta de recomendação, para encontrar o tom. – Ele sorri e fecha um pouco os olhos. Percebo que não está em condições normais. Deve ser uma combinação de febre, sonolência e xarope, mas ele está em outro plano.

– Wesley, vai dormir – sugiro com um tom gentil. Mas penso com egoísmo: *continua falando, me conta tudo.*

– Eliza, eu gosto muito de você – ele murmura, e dessa vez sei que está pegando no sono. Quase nem está consciente. – Cansei de fingir que não. E gosto muito mais agora que consegue cozinhar alguma coisa sozinha. – Ele tenta exibir o sorriso arrogante, mas seu rosto já decidiu que vai dormir.

– Eu também fiz outro prato diferente sozinha. Chama dakdoritang. Posso te mostrar – ofereço.

– Dory? Tipo *Procurando Nemo*? Vamos ver esse da próxima vez.

Reviro os olhos.

– Você está delirando.

E de repente ele dorme. Estou vendo Wesley Ruengsomboon doente, com uma gripe forte, dormindo no sofá da sala de sua mansão solitária. Quando decido que já fui suficientemente bizarra, guardo as sobras do dakjuk na geladeira, ajeito o cobertor em torno dele e, incapaz de me conter, beijo sua testa ainda quente.

– Melhora logo – sussurro antes de ir embora. – Vou sentir saudade.

Capítulo 26

No fim de semana depois do feriado de Ação de Graças, ligo para Kareena e Meredith e convido as duas para uma visita à nossa loja de boba. Quando chego, elas já estão sentadas na nossa mesa de sempre.

Faço o pedido e levo meu chá verde de jasmim com leite para a mesa. Kareena e Meredith já têm o material escolar diante delas e se preparam para a temporada das provas intermediárias. Eu me sento e começo a fazer minha lição de casa, mas alguma coisa ganha força dentro de mim, e de repente não consigo mais me segurar.

– Wesley ouviu nossa conversa – conto. As palavras saem sem minha permissão, mas depois que as digo não me arrependo.

Meredith levanta a cabeça, curiosa.

– Do que está falando?

– No meu quarto. Terça-feira, antes do Dia de Ação de Graças. Ele ouviu nossa conversa.

Kareena analisa minha expressão aborrecida.

– Sei. E dissemos alguma coisa errada? Não me lembro.

– Sim! – exclamo. – Falamos de um jeito nojento sobre... matérias comuns e alunos comuns.

– De que jeito? – Meredith pergunta. Reconheço a atitude de julgamento simulado, o interesse em evidências.

– Chamamos os alunos que não fazem matérias avançadas de *aqueles outros*. Dissemos que eles não tentam chegar a lugar nenhum. E repetimos todas aquelas coisas que *eu* falei no piquenique. Sobre a tabuada, o estágio avançado de cozimento... eu fui um monstro. E não penso mais essas coisas, mas não tive coragem de anunciar essa mudança em voz alta. Decidimos que seríamos mais honestas, mesmo que isso resultasse em confronto, e na primeira vez que discordo de alguma coisa e sou confrontada, eu me *dobro* de novo.

Meredith parece surpresa.

– Você sabe que a gente não estava falando a sério. Nem você.

– Mas esse também é o problema – argumento. – A gente nunca está falando a sério.

Kareena solta o lápis e olha para mim.

– Eliza, acho que não estou entendendo.

Como navios na noite.

Olho para a mesa e tento organizar meus pensamentos, mas eles continuam girando e se chocando contra as paredes, desesperados para permanecerem emaranhados.

– Nem percebemos quanto internalizamos essa ideia única de sucesso – começo insegura, sentindo que me agarro a cada palavra individualmente e me esforço para conectar umas às outras. – Essa ideia única do que é ser um bom aluno. Ter boas notas, entrar em uma boa faculdade, deixar os pais orgulhosos. E tudo bem, porque isso também tem seu valor. Mas não significa que alguém que não se encaixe nessa imagem... não possa ser um bom aluno também.

Levanto a cabeça para ver se Kareena e Meredith estão ouvindo. As duas me observam com atenção, sérias. Continuo:

– Wesley não consegue entrar na UT, provavelmente. As notas dele não são boas o bastante para isso. Mas ele ainda é uma das pessoas mais inteligentes que conheço. Sabe muito mais que eu sobre culinária e cultura, e não sei... Isso está no jeito como ele fala, no jeito como pensa.

Ele reflete sobre coisas que eu nunca sequer considerei. Adoro ouvir Wesley falar. Aprendo com ele.

– Quer que a gente se desculpe com ele? – Kareena pergunta. É uma sugestão.

– Não é isso – respondo. – Não é como se tivéssemos feito uma maldade e só precisássemos pedir desculpas para sermos perdoadas.

– Essa é uma péssima notícia para os católicos – diz Meredith.

– Meredith, por favor – reajo. – Estou dizendo que essa é nossa visão de mundo. Ela é preconceituosa. É elitista. Todas as coisas que nos fazem acreditar que somos melhores que os outros... nada disso é real. Faz sentido?

Kareena olha para mim com aqueles olhos escuros, grandes. Ela sempre foi mais inteligente que eu. Quero que ela entenda o que estou dizendo, que consiga ligar os pontos como a vi fazer tantas vezes em todas as matérias.

– Sim, sim. Faz sentido.

Meredith inclina a cabeça de lado e diz:

– Tudo bem, mas, só pela diversão, vou bancar o advogado do diabo e dizer...

– Meredith, por favor – Kareena a interrompe revirando os olhos.

– É brincadeira! – ela anuncia. – Bom, e o que isso significa para suas aulas de Artes Culinárias?

– Como assim? – pergunto.

Meredith encolhe os ombros.

– Você praticamente admitiu que Wesley é um gênio da culinária. Não vai tentar ganhar a disputa?

– É claro que vou tentar. Mas não estou tentando só por causa da classificação. É porque quero ir bem por mim, quero conseguir fazer uma coisa e me orgulhar dela. Acho que esse tem sido o semestre mais difícil da minha vida, mas quero provar que consegui passar por ele.

– Olho para Kareena. – Se Jess tiver de fazer o discurso no fim do ano, que seja. Pelo menos vou saber que sou uma garota inteligente e uma cozinheira incrível.

Kareena faz um gesto despreocupado.

– Garanto que Jess não está tentando roubar sua posição no ranking. Ela está mais preocupada com um projeto de pesquisa no hospital do que com as matérias do colégio.

– Falando em Jess – continuo –, é estranho que os alunos de avançadas nunca falem com o pessoal das matérias comuns. Vocês nunca se incomodaram com isso? A festa de Halloween da Jess, por exemplo. Só recebe convite quem faz alguma matéria com ela. Todos os outros só ouvem falar da festa, e no dia seguinte a terra do luxo dos Archibalds invade o feed do Instagram. – Balanço a cabeça. – Tem uma... distância enorme, como se não estivéssemos todo no mesmo colégio privilegiado. E deixamos essa distância existir como se fosse completamente normal.

– Jess também falou sobre isso – Kareena conta. – Por isso ela e Meredith estão pensando em possibilidades para uma festa de formatura que inclua todo mundo.

– Quais foram as escolhas antecipadas de Jess? Onde ela se inscreveu? – pergunto, me lembrando disso de repente.

– Vanderbilt – responde Kareena. – Os pais dela estudaram lá. E fica a duas horas de voo da Universidade da Pensilvânia, caso nós duas sejamos aceitas em nossas primeiras opções, o que é bem legal. Ainda está pensando no MIT? O prazo termina em um mês, não é?

Mexo o restante do boba no meu chá com o canudinho grosso.

– Não sei. Acho que vou me inscrever em vários lugares.

– Mas para ciências da computação? – Meredith quer saber.

– Também não tenho certeza.

Kareena levanta uma sobrancelha, mas está sorrindo.

– Uau, não sabia que Eliza Park era indecisa.

– Verdade – Meredith concorda. – Não me lembro desse trecho no enredo de *High School Musical.*

– Gosto de teatro e gosto de basquete – digo. – Acho que parte da faculdade vai ser descobrir como eu quero que seja esse equilíbrio.

Meredith assente, séria.

– Então todo esse tempo você não foi só Gabrielle ou Zeke. Você também foi Troy Bolton.

Dou risada e balanço a cabeça. Depois projeto o queixo e aponto seu caderno aberto.

– Chega. Se liga no jogo.

Na sexta-feira depois do feriado, Wesley e eu ficamos na cozinha de Artes Culinárias depois da aula, como fazíamos antes, mesmo sem trabalho de reflexão para entregar e sem trabalhos em dupla para fazer. Depois que fui à casa dele, é como se tivéssemos voltado no tempo, retomamos imediatamente nossas conversas e rotinas na cozinha como se nunca as tivéssemos interrompido. Como sempre, Wesley liga o computador do senhor Treviño e projeta um filme antes de vir para a nossa estação de trabalho.

– Trouxe tudo de que vamos precisar? – ele pergunta.

Confirmo com um movimento de cabeça. Pego uma bolsa térmica cheia de ingredientes que não fazem parte do estoque da cozinha de Artes Culinárias, como vinagre de arroz, óleo de gergelim, gochugaru, gochujang.

– Passei a semana toda esperando por isso – diz Wesley. – Quero muito aprender com você, master chef Park. – E faz uma reverência exagerada.

Como eu esperava, Wesley segue instruções com facilidade. Trouxe a receita da minha mãe, que ainda tem a silhueta vaga do modo de fazer, apesar da mancha enorme e do pequeno rasgo em um canto. Wesley fica impressionado com minha leitura do coreano manuscrito, mesmo quando demoro um pouco para decifrar a caligrafia.

– Estou diante de uma trilíngue casual – ele comenta, rindo.

– Nem perto disso. Mal consigo falar inglês perto de você – respondo, tentando não ficar acanhada. – Meu espanhol é básico, e o coreano é ainda pior.

Ele levanta as sobrancelhas.

– Pensa bem em quem está te ouvindo, antes de dizer qualquer coisa autodepreciativa, ok?

Enquanto o dakdoritang está cozinhando, Wesley vai buscar um potinho em seu armário de canto.

– Isso é pasta de curry vermelho? – pergunto, desconfiada.

– Exatamente.

– Wesley! Olha a hipocrisia! Você disse que odiava cozinha de fusão.

– Não distorça minhas palavras. Odeio quando pessoas brancas diluem a comida asiática para vendê-la para outras pessoas brancas. Mas todo mundo ama um bom prato panasiático – ele argumenta. – Percebi que minha atitude purista era um pouco infundada. – E levanta o olhar como se quisesse se conter. – Mas é claro que não vou acrescentar curry se você não quiser. Essa receita é da sua avó. Não quero dar a impressão de que não respeito isso.

Hesito. Sinto que é cedo demais para me desviar das receitas, mas então me lembro do texto de reflexão de Wesley. *Sua abordagem da cozinha é a evidência de que cozinhar é algo entre a ciência e a arte.* E quero ser o tipo de pessoa que Wesley pensa que sou. Parte da beleza de cozinhar é respeitar a intuição.

– Bom, acho que pode ser um experimento divertido.

– Está falando a sério, chef Park?

– Estou, chef. Entendido. Câmbio.

Wesley revira os olhos. Ele despeja uma generosa colher de sopa de pasta de curry vermelho em uma tigela e começa a diluir com um pouco da sopa quente, antes de acrescentar a mistura à panela. Depois tampa novamente a panela para terminar o cozimento.

– Agora esperamos.

– Vamos realmente prestar atenção ao filme desta vez? – Olho para a tela e descubro que não é um filme, na verdade, mas um episódio de *Chopped*. Então o encaro e arqueio uma sobrancelha.

Ele dá de ombros.

– A disputa está logo ali. Pensei que seria bom começar a entrar no clima.

Suspiro.

– Não sei nem o que vou fazer.

– Fizemos um monte de coisas boas juntos.

Balanço a cabeça.

– O senhor Treviño disse que tem de ser uma receita original. Não posso me apoderar do trabalho da minha halmeoni. Sei que acha que sou competitiva demais no colégio, mas nunca recorri a plágio.

Ele ri.

– Vamos pensar em alguma coisa. Não estressa. Pronto, vou desligar o computador.

Ele corre até a mesa e fecha a aba onde exibia o episódio. A cozinha fica silenciosa sem o áudio da série. Acho que consigo ouvir as bolhas pulando na panela de caldo fervente.

– Pensei que tivéssemos superado a era do silêncio – digo, e me sento sobre a bancada.

Ele se aproxima de mim de cabeça baixa, quase escondendo um sorriso. Para quando as coxas tocam meus joelhos. A altura da bancada nos coloca frente a frente, eliminando temporariamente a diferença de uma cabeça entre minha estatura e a dele.

– Que pena, porque eu queria fazer uma coisa que não envolve conversar.

Desvio o olhar e sinto o rosto quente.

– Se o senhor Wilby pegar a gente de novo, vou ter de abandonar o colégio. Não vou suportar saber que os funcionários conhecem meu perfil durante um beijo. A vergonha acabaria comigo.

Wesley sorri.

– Já vi que horas são.

Ele toca meu queixo e puxa meu rosto com delicadeza até nossa boca se encontrar. Ao primeiro contato dos lábios nos meus, tenho de lutar contra um suspiro de alívio. Senti saudade dele. Agora posso admitir que ele está aqui, bem na minha frente, me tocando outra vez. Os pensamentos que tentei bloquear durante semanas podem voltar à superfície, e eles me avisam que precisam respirar.

Deixo a mão tocar um lado do rosto dele, notando a pele macia e os sinais sutis da barba, o queixo forte, que se move com habilidade para me prender. A língua encontra a minha, e borbulhas quentes brotam no meu estômago, como se o interior do meu corpo fervesse em fogo baixo. Fico fascinada com o modo como alguma coisa pode ser tão reconfortante e empolgante ao mesmo tempo. Beijar Wesley é como despencar em queda livre sabendo que ele me mantém segura nos braços. É esse tipo de sentimento especial que Kareena sentiu necessidade de proteger de outras pessoas, inclusive de mim? A glória frágil, recente, mas com o reconhecimento imediato de que uma coisa tão viva assim pode se extinguir com a mesma rapidez. Nesse momento eu a entendo mais que antes. Eu protegeria essa chama com Wesley de qualquer pessoa. Não protegê-la nem faz parte das opções.

Depois de um tempo nos afastamos para respirar. Os olhos dele são escuros, com as pupilas devorando o castanho, e a imagem da boca ainda meio aberta me transforma.

– Senti falta disso – ele diz.

– Eu também – admito. As palavras saem ofegantes, mas não me envergonho. O calor entre nós é maior que tudo.

– Meu Deus, eu amo Artes Culinárias.

– Por minha causa? – pergunto.

– Por sua causa.

O som de uma tampa vibrando chama nossa atenção para o fogão. Wesley corre para liberar o vapor que cria pressão. Ele pega uma colher e mexe o conteúdo da panela antes de levar o dakdoritang à boca para provar o tempero.

E arregala os olhos.

– Puta merda. – Imediatamente, Wesley mergulha a colher na panela de novo e a leva à boca. Nem o critico por usar a mesma colher que já havia posto na boca, porque sou refém de sua reação. – Puta merda.

– Que foi? – pergunto.

– Experimenta isso.

Eu me aproximo do fogão com passos cautelosos.

– Se ficou ruim, prefiro acreditar na sua palavra. Não preciso...

Ele aproxima da minha boca a colher cheia, enquanto balança a cabeça.

– Eliza, experimenta.

Faço o que ele diz. Fico em silêncio, tentando decifrar o que exatamente estou provando. Minha primeira impressão é do curry vermelho tailandês, mas, quanto mais mantenho a comida na boca, mais sinto o gochujang. A personalidade do tempero se transforma com o tempo, mas no geral é...

– Muito bom. Fiquei um pouco confusa com isso, mas acho que quero mais.

O rosto de Wesley se ilumina.

– Não é? Tenho certeza de que algum chef em Nova York, Los Angeles ou outro lugar qualquer já pôs esse prato no cardápio, mas acho que é brilhante. – Ele começa a servir o dakdoritang com curry vermelho em duas tigelas. Pego uma porção de arroz para cada uma e levo os pratos para os lugares onde costumamos nos sentar.

Cada colherada me faz gostar mais do prato.

– Acho que isso está me conquistando – comento.

Wesley assente com a boca cheia.

– Esse é o melhor projeto que fizemos juntos.

– Sério?

Ele engole a comida.

– Sim, com toda a certeza. Está em um nível mais interessante do que as coisas que costumo fazer.

Dou risada.

– Gostei. Acho que gosto mais do original, para ser honesta. Posso dizer isso? – É quase um sacrilégio subverter de alguma maneira o talento de Wesley, especialmente depois do catálogo de pratos que testemunhei.

Ele para de comer e olha para mim, e paro de respirar por um segundo. Fui ofensiva? Tento pensar em maneiras de retirar o comentário, mas Wesley fala:

– A receita original é da *sua avó*. É claro que pode gostar mais dela.

– Fiquei surpresa por você querer testar modificações – confesso.

Ele encolhe os ombros.

– Cozinhei muito em casa quando... quando a gente não estava se falando. Testei coisas novas, e não consegui resultados muito bons. Estava misturando ingredientes sem cuidado. Uma vez minha mãe experimentou uma dessas tentativas e me disse que era bom eu não correr o risco de ser reprovado em Artes Culinárias.

– Caramba. Não pode ter ficado tão ruim.

– Ficou. Eu estava desrespeitando as regras, fazendo as combinações de sabores mais indisciplinadas. – Wesley balança a cabeça. – Mas isto é diferente. Só uma pequena mudança, e o resultado ficou incrível. Acho que estava exagerando antes, forçando os sabores a se juntarem quando não pertenciam a famílias compatíveis, fazendo escolhas aleatórias e esperando genialidade. Fui arrogante, entende?

Tem alguma coisa nele quando fala sobre culinária que eu queria engarrafar e servir para o senhor Treviño, ou para a mãe dele. Sua paixão é reveladora. Para mim, é uma loucura que Wesley não se veja como um bom aluno. Muita gente à minha volta só cumpre as rotinas escolares sem uma fração da ambição ou do talento que ele tem, e, quando me dou conta disso, sei que me incluo nesse grupo.

– Wesley, você tem de vencer a competição – declaro com firmeza.

– O quê?

– Ninguém neste colégio dá tanta importância à cozinha. Tenho certeza disso.

– Acho que não...

– Não conheço ninguém que mereça ganhar essa competição mais do que você. E não vai me fazer mudar de ideia, já decidi.

Wesley olha para mim. Provavelmente não percebe que vejo, mas eu vejo – linhas leves no canto dos olhos castanhos; um sinal que só eu posso decifrar, porque ninguém mais passou tantas horas estudando esse rosto. É a mais sutil sugestão de que ele está contente, com uma fina camada de contenção que o impede de explodir como um raio de sol.

– É muito ruim dizer que os elogios são diferentes quando vêm de você? – ele pergunta, e sua voz é pouco mais que um suspiro. – Como se realmente tivessem algum valor.

– Não deixa isso te influenciar – aviso. – Ainda vou tentar ganhar de você.

Ele sorri, e o raio de sol aparece.

– Você não seria a Eliza Park que eu conheço se não tentasse.

Capítulo 27

Passo a semana seguinte tentando pensar em um cardápio para a competição. É difícil, porque os pratos precisam ser suficientemente complexos para mostrar quanto progredi no curso, mas calculados para que eu possa prepará-los dentro do tempo estipulado. O senhor Treviño anunciou há alguns dias que teríamos noventa minutos e seriam três juízes: o senhor Treviño, nossa diretora, doutora Richardson, e um convidado especial que não foi revelado. O anúncio, e o repentino sentimento de que a disputa realmente aconteceria em breve, agita a classe inteira.

É difícil equilibrar tudo que está acontecendo: a preparação para a competição de culinária, estudar para as provas intermediárias das outras matérias e tentar redigir o texto para me inscrever na faculdade, algo que estou evitando há muito tempo. Sinto inveja de Kareena e Meredith por já terem feito as inscrições nas escolhas antecipadas, porque elas têm uma coisa a menos com que se preocupar.

– Pelo menos você não precisa estudar para a prova intermediária de Química Avançada – diz Meredith quando confesso minha inveja. – A senhora Pearson está matando todo mundo. Morte por termodinâmica.

– Kareena muda o nome do grupo: "Morte! por termodinâmica (menos Eliza, aquela vadia sortuda)".

Entendo o que Meredith está dizendo, porque me lembro das provas da senhora Pearson e de como são excepcionalmente brutais.

Em casa, abro o rascunho da declaração para a inscrição na faculdade. Algumas frases diferentes de abertura, todas elas variações aguadas da definição de sucesso. Quando as releio, não sei nem se concordo com o que escrevi. É bobagem as faculdades pedirem uma declaração pessoal, como se nossa personalidade não estivesse mudando constantemente e se esquivando de uma simplificação. Mesmo se eu tivesse escrito uma declaração completa no início do semestre, não sei se ela seria uma reflexão precisa sobre mim.

Abro um novo documento, caso me desespere mais tarde e queira rever a ideia de sucesso. O cursor pisca em um ritmo constante no novo documento, e reviro meu cérebro em busca de um assunto diferente sobre o qual escrever.

Alguém bate à porta, e giro a cadeira da minha escrivaninha para ver quem é. Meu pai está encostado no batente.

– Oi, Yeji-yah. Está ocupada? – ele pergunta.

Fecho o laptop com um gesto delicado.

– Acho que não.

– Posso entrar?

Concordo com um movimento de cabeça.

Meu pai atravessa o quarto e senta-se na beirada da minha cama. Viro a cadeira para ficar de frente para ele.

– Que dias vai ter livre no recesso de inverno?

Franzo a testa. Não era isso que eu esperava ouvir. Pego a agenda e revelo as datas de início e de término do período de recesso de inverno.

– Por quê?

Ele faz um movimento de cabeça, pensativo.

– Bastante tempo. Estava pensando... que devíamos ir a Hanguk.

Levanto as sobrancelhas. Normalmente só viajamos para a Coreia a cada dois anos, e minha mãe esteve lá no verão passado. Ainda não é hora de repetir a visita.

– Por quê? – pergunto de novo.

Ele solta o ar com um suspiro lento e se inclina para trás, apoiando o peso nas mãos.

– Acho que pode fazer bem para a eomma passar o aniversário perto da família dela. E podemos ir juntos visitar o túmulo da halmeoni. Eomma ficaria feliz.

Fico em silêncio. É um silêncio chocado, na verdade, diante da iniciativa de meu pai e da intenção de fazer alguma coisa para ajudar minha mãe a superar a dor. De início, penso que a sugestão é totalmente fora de propósito, porque esse homem está evitando a esposa desde o verão. Mas depois penso em como minha mãe se sentiu agradada quando ele tentou impressioná-la com aquele budae jjigae, tantos anos atrás. Talvez eu nunca tenha entendido o propósito do meu pai.

– Acho que ir a Hanguk é uma ideia muito boa – respondo.

O rosto dele relaxa, e o medo que vi em seus olhos há pouco desaparece. Apesar de todo o seu conhecimento sobre física, a academia e educação superior, meu pai nem imagina como amparar alguém que está de luto. Pensar que ele me procurou para pedir ajuda é assustador.

– Você estava certa, Yeji-yah – ele diz. – Sobre o fato de eu conversar com eomma. Eu estava sendo covarde.

– Eu também.

– Acho que gosto tanto de ser professor porque sou eu quem tem as respostas. E com a eomma, depois da halmeoni... eu não tinha nenhuma. Ele continua balançando a cabeça como se tentasse decidir o que falar em seguida, ou talvez reconhecesse a verdade do que havia acabado de compartilhar. Então meu pai se levanta da cama de repente. – Vou comprar as passagens.

Ele se dirige à porta e, antes que eu perceba o que vou fazer, ouço minha voz.

– Espera. Appa? – Agora que o silêncio no meu quarto foi interrompido, uma parte de mim não quer que ele volte.

Meu pai olha para trás, surpreso com o chamado.

– Sim?

– Eu, hum... preciso pensar em receitas para o torneio de Artes Culinárias. Eomma me contou que você fez budae jjigae para ela muito tempo atrás. Tem alguma outra ideia para me dar?

Ele volta e se senta na cama outra vez.

– O que ela falou sobre o budae jjigae?

– Ela disse que ficou encantada. Mas que não estava muito bom.

Meu pai dá risada.

– É isso mesmo. Yeji-yah, sei que te critiquei por ter aceitado essa matéria. Mas estou orgulhoso por ter enfrentado o curso. Isso deixou eomma muito feliz, e acho que te levou a fazer perguntas nas quais nem tinha pensado antes. Como professor e como pai, acho que essa é a melhor coisa que posso querer ver na minha filha.

– Obrigada, appa. – Estou surpresa com a franqueza dele.

Meu pai une as mãos e solta o ar com um sopro.

– Yeji-yah, vou ser bem honesto, ok? Não tenho absolutamente nenhum conselho para te dar sobre o que preparar.

– Muito útil, obrigada.

– Acho que a melhor coisa que pode criar é um prato que faça alguém feliz. Não importa se é simples ou se fica ruim. Se tiver alguma coisa nele que informe que você está tentando, isso vai ser suficiente. Foi bom o bastante para sua eomma.

Sorrio.

– Muito fofo... mas acho que não vale para o curso de Artes Culinárias. Eles esperam alguma coisa realmente boa.

Meu pai se levanta e limpa as mãos na calça.

– Bom, o que é que eu posso saber? Sou só um professor de engenharia. – E está quase saindo do quarto quando se vira e estala os dedos.

– E aquele dakdoritang que você fez no Dia de Ação de Graças? Ficou muito bom. Por que não começa por aí?

Tenho a ideia na hora do almoço. Talvez seja injusto dizer que eu tive a ideia, porque foi sugestão de Kareena.

Tenho me dividido entre a sala da *señora* Molina com Kareena e Meredith e a cantina com Wesley e os amigos dele. Segundas, quartas e sextas são dias de almoçar com as amigas. Às vezes Jess também está conosco, e, apesar de ela fazer um esforço enorme para ser agradável, e eu para retribuir com o mesmo entusiasmo, a dinâmica é visivelmente diferente. Tenho necessidade de me explicar quando faço alguma piada ou reclamação, porque a compreensão comum de quem eu sou não é mais garantida.

De qualquer maneira, estamos almoçando sem Jess quando deixo escapar um suspiro tão carregado de frustração que Kareena olha para mim desconfiada. As provas intermediárias se aproximam, e aos poucos ocupamos cada vez mais tempo do intervalo para estudar. Kareena está fazendo alguma tarefa de Química. Meredith abriu um guia de estudo de Avançadas e já sublinhou boa parte dele.

– Sei que não vai reclamar de novo do torneio de culinária – diz Kareena.

– Honestamente – Meredith concorda. – Não é, tipo, semana que vem? Ainda não pensou em nada?

– Ei – protesto. – Vocês são minhas amigas. Não deveriam me apoiar e me tratar com, sei lá, amizade?

– Minha empatia é limitada pela quantidade de química que ocupa meu cérebro – Kareena avisa.

– É, e, apesar da impressão que isso vai causar sobre mim, francamente, eu mataria alguém para ter uma prova de culinária em vez de estudar para mais uma matéria – Meredith confessa, girando o marca-texto na mão direita de um jeito distraído. – Se você chorasse um rio, eu me afogaria nele com todo o prazer.

– Só não sei o que preparar para o torneio. – Até eu reconheço que estou parecendo um disco riscado. – Não deveria ser fácil? Uma aluna do ensino médio não deveria ser capaz de criar receitas originais?

Kareena solta o lápis e me encara com toda a força de seu olhar perspicaz.

– Ai, fala sério, Eliza. Já procurou uma receita on-line?

– Quê?

– Tipo, talvez queira fazer brownie. Você procura uma receita de brownie on-line e tem, sei lá, duzentas mães blogueiras brancas se vangloriando de ter a melhor receita de brownie, e você precisa ler um texto de cinco parágrafos sobre a visita mais recente ao mercado e a indignação com o fato de ter subido o preço do papel-toalha, até chegar aos ingredientes.

Agora, até Meredith está prestando atenção.

– De que diabo está falando?

– Eu me desviei – Kareena admite. – O que estou dizendo é que, se você olhar todas as receitas, não tem nenhuma diferença real entre elas. Uma acrescenta mais sal que a outra, ou as pessoas têm preferências diferentes sobre o tipo de chocolate ou de cacau em pó que usam, mas no fim ainda é um brownie.

– Esse exemplo é muito específico – argumento.

– Talvez a Jess goste de brownie, ok? Mas o ponto é: uma receita original pode ser só uma releitura de outra. As chances de você encontrar uma receita que seja exatamente o que quer não são tão altas. Então você pode mudar detalhes nela até conseguir exatamente o que deseja; e *voilà*, receita original. Não reinventa a roda. Um brownie é um brownie.

– Ela tem razão – Meredith opina, e volta ao malabarismo com o marca-texto.

– É claro que tenho – Kareena ri.

– Culinária não é propriedade intelectual. Ninguém patenteia uma receita de brownie. A menos que Elon Musk tenha feito alguma coisa recentemente – Meredith sugere. – Eliza, acho que está preocupada com a coisa errada. Não pense em um prato completamente novo. Essa é uma tarefa impossível. Concentre-se em criar algo que tenha um sabor bom.

– E em não pôr fogo no colégio – Kareena acrescenta. – A menos que seja no laboratório de química. Nesse caso, fique à vontade.

– Você pôs fogo em alguma coisa quando tentou fazer brownie para sua amada Jess? – Meredith debocha.

– O que os blogues das mães brancas dizem sobre cheesecake de manga? – acrescento.

Kareena nem responde. Só volta a estudar.

Eu me lembro do que minha mãe me disse quando descobri as receitas da halmeoni. *Essas receitas são uma excelente base, mas meu gosto se tornou americanizado. Acabo acrescentando mais sal ou mais açúcar do que sua halmeoni anotou.* Penso em Wesley misturando pasta de curry vermelho ao nosso dakdoritang.

Será que é tão simples?

A ideia de misturar diferentes ingredientes antecipa outra sugestão que eu já pretendia fazer às meninas.

– Ei, vocês não querem almoçar comigo e com o Wesley amanhã?

– Conhecer os amigos dele? – Kareena pergunta.

Confirmo com um movimento de cabeça.

– Ah, sim – Meredith responde. – É como em *High School Musical*, quando a equipe de decatlo acadêmico se junta com o time de basquete! Isso significa que estamos perto de um final feliz.

* * *

Nunca tinha percebido quanto Kareena é fanática por esportes, até ela começar a discutir com Patrick sobre que modalidades exigem mais habilidades atléticas. Em todos esses anos de amizade, nunca conversei com ela sobre esportes, mas, no momento em que Patrick fala sobre o rigor da equipe de tênis, a conversa esquenta.

– Sim, mas tem muito mais força quando você bate na bola com outro objeto – Kareena diz. – Existem limites para o que seus braços podem fazer.

– Mas não acha satisfatório saber que a pontaria é só sua? – Patrick argumenta.

– Não, porque é impressionante saber que você levou em conta a extensão da raquete.

Olho para Wesley e reviro os olhos.

– Imagina alguém brigar por causa de coordenação mão-olho quando eu estou sentada bem aqui. As pessoas são muito insensíveis.

Ele ri.

– Acho que Meredith está fascinada com a explicação do Josh sobre quantas competições é preciso vencer para se classificar para o estadual de bandas.

Sentada entre Joshua e Michael, Meredith vira a cabeça ao ouvir o nome dela.

– Em julgamento simulado, a gente só precisa vencer uma vez! Esse cara disputa municipal, regional e área! E depois o estadual? Você deve ser uma lenda, cara. – Ela empurra o ombro de Joshua de um jeito brincalhão, e as bochechas dele ficam tão vermelhas quanto o cabelo.

Ver Kareena e Meredith no meio dos amigos de Wesley é inquietante e natural ao mesmo tempo. Sei que minhas melhores amigas conseguem ver o que entendi há algum tempo, que há reflexos de cada uma delas nos amigos dele. As conversas se estendem por horas sem ninguém jamais mencionar em que nível de matemática alguém está, ou para quais faculdades vão se candidatar, porque, no fim das contas, essas coisas não são tão importantes quanto quem eles são. Cada um desses garotos tem alguma coisa que nós não temos, e é uma pena que só os tenhamos conhecido no último ano.

A semana seguinte é um turbilhão de provas de receitas. Acabo dormindo cada vez menos, tentando encaixar as horas de estudo para as outras matérias depois da meia-noite. Quando todos em casa estão dormindo, faço as revisões de Espanhol, História e Cálculo deitada na minha cama, porque assim faço menos barulho que na cozinha, mexendo no fogão. Minha mãe percebe que estou passando a maioria das noites entre as panelas, mas não tem mais que um ou dois minutos para conversar, antes de voltar para a sala de aula de piano.

Wesley e eu demos um tempo nas tardes de sexta-feira, porque precisamos criar os cardápios para o torneio. Ele sugeriu que trabalhássemos juntos na cozinha onde temos aula, mas, agora que falta pouco tempo para a disputa, outros alunos também têm ficado para usar o espaço. Tenho medo de me sentir intimidada, e também tenho medo de acabar influenciada pelas ideias deles, quando não me sentir confiante nas minhas. Decido que é melhor trabalhar em casa.

Imprimi dezenas de receitas coreanas de vários blogues diferentes. Não sei a que Kareena se referia quando falou sobre as páginas das mães brancas. As mães coreanas apresentam um prato falando sobre como aprenderam a comer certos alimentos ainda crianças, convivendo com algum membro da família, ou como mudaram seus métodos com o passar do tempo. Não é diferente do que eram as sessões das terças-feiras com eomma. Encontrar esses sites me dá um pouco de conforto.

Repito as receitas inúmeras vezes, fazendo pequenas modificações para diferenciar cada tentativa. Experimento adicionar mais cebolinha, gengibre e alho, só alho, duas colheres de gochujang, três colheres. Faço os mesmos pratos de tantos jeitos diferentes que quase enjoo do cheiro. Ainda me sinto orgulhosa cada vez que termino uma receita. Tenho de admitir que o resultado é ótimo. Não sei se *ótimo* vai poder superar o *magistral* de Wesley, mas acho que não é delírio pensar que não estou muito longe disso.

Dois dias antes do torneio, entramos na cozinha para a aula de Artes Culinárias e vemos o senhor Treviño na frente da mesa central. Quase não podemos enxergar a superfície embaixo de tantos ingredientes. Fico tensa. Isso é algum tipo de prova surpresa de culinária?

Vejo que Wesley já está analisando os produtos. Ele segura uma embalagem de molho de peixe e sorri para o nosso professor.

– Comprou a marca que eu recomendei!

– Você é uma fonte confiável – responde o senhor Treviño.

Assim que o sinal toca e todos se sentam, ainda ouço o burburinho dos alunos falando sobre os novos ingredientes. Fico chocada ao reconhecer algumas coisas, como um pote grande de kimchi e um tubo de gochujang. As duas marcas são as que minha mãe disse a Wesley que eram suas favoritas, durante a aula de kimchi jjigae. Há outras embalagens de temperos com rótulos que podem ser indianos, além de maços de ervas que identifico com certeza quase absoluta. O senhor Treviño vai improvisar um *Chopped* e distribuir os ingredientes que temos de usar?

– Estou certo de que todos estão se dedicando a criar seus cardápios para o torneio na próxima sexta-feira – o professor começa. – E estou muito animado para ver o que vão preparar.

Examino os produtos sobre a mesa, tentando identificar coisas que me sentiria confortável em usar. Olho para Wesley e vejo que ele mal contém um sorriso. Deve estar empolgado com o desafio. Ele vive para esse tipo de coisa.

– Queria mostrar a vocês alguns novos ingredientes para a competição. Um de seus colegas, Wesley, trabalhou comigo durante o semestre em uma proposta de orçamento para ser enviada ao distrito escolar, e tenho a alegria de anunciar que o orçamento foi aprovado! Wesley me fez perceber que o estoque do nosso colégio não incluía todos os tipos de cozinha, o que, como argumentamos com o conselho distrital, não refletia com justiça o corpo estudantil aqui em Highland Hills. Não quero que vocês sejam limitados pelo que temos disponível na escola. Então, se não encontrarem aqui algo de que precisam, tenho uma lista em cima da minha mesa. Anotem tudo que pode ser necessário para a competição. Garanto que todos os ingredientes estarão aqui na quinta-feira.

Olho para Wesley e levanto as sobrancelhas.

– Era isso que estava fazendo com ele às terças-feiras?

Ele confirma com um aceno de cabeça.

– No começo só me preocupei com os ingredientes asiáticos, mas o senhor Treviño quis expandir a seleção. E foi uma proposta muito boa. Testamos todos os tipos de receita para provar como os ingredientes solicitados seriam usados em sala de aula. Já experimentou usar chamoy? Estou obcecado.

– Você é demais, Wesley. Sabe disso, não sabe?

Estou sinceramente impressionada. Ele pegou uma reclamação e a transformou em algo de que toda a turma se beneficiaria. Penso em todos os meus papéis no campus, distribuídos pelas diversas disciplinas que curso – governo estudantil, serviço voluntário, ciências – e acho que nunca me dediquei a nenhuma delas com a mesma ambição que Wesley demonstra em culinária. É comovente perceber e entender a diferença entre paixão e interesse.

Wesley encolhe os ombros, como se tentasse se distanciar fisicamente do elogio.

– Não é nada tão grandioso. Só temos sorte por estudarmos em uma escola tão rica.

Bato no ombro dele com o meu.

– Me deixa te elogiar.

Wesley segura minha mão embaixo da mesa. Tento resistir ao calor que sobe por meu pescoço. Nós dois olhamos para o senhor Treviño, concentrados em fingir que estamos concentrados. O polegar dele batuca de leve um ritmo constante no dorso da minha mão, um código Morse sem sentido que serve de válvula de escape para a felicidade que ele tenta suprimir, e o sentimento me desperta do cansaço acumulado ao longo da semana. Não presto atenção a nada do que é dito até o fim da aula.

Capítulo 28

O dia da disputa culinária logo chega, e estou na cozinha com todos os meus colegas da turma de Artes Culinárias. Cada um está em sua estação com ingredientes e utensílios à disposição. Há uma tensão palpável no ar, e por um segundo me esqueço de que é só uma competição no colégio. A sensação é de que é algo muito maior, e a expressão dos outros alunos comprova que estamos todos levando isso a sério.

Estou chocada com quanto as pessoas têm de se dedicar a esse curso. Penso em Kareena desprezando Artes Culinárias como uma matéria sem importância. Duvido que alguém nesta cozinha concordaria com ela. Não consigo traduzir em palavras o estresse que enfrentei tentando criar o cardápio de hoje, e estou muito nervosa e com medo de errar alguma coisa sob pressão. Fiz meus pratos várias vezes seguindo as receitas finais, mas ainda não estou cem por cento confiante de que não vou tropeçar na linha de chegada.

O clima fica eletrizante quando a diretora do Highland Hills, doutora Richardson, entra na cozinha. Seu cabelo preto descansa sobre o blazer em ondas perfeitas, e acho que faz sentido que alguém que mantém contato constante com alguns dos pais mais ricos do país esteja sempre impecável no trabalho. Ela entra acompanhada por um homem de pele marrom, cabelo perfeitamente penteado com gel e um bigode de raro bom gosto. O homem veste camisa social elegante e calça social muito bem passada. Deve ser o convidado especial que vai integrar o júri, mas não o reconheço. Imagino que seja membro da diretoria da escola ou de algum conselho administrativo.

O senhor Treviño cumprimenta a doutora Richardson com um abraço caloroso.

– Obrigado por participar, doutora Richardson! Estamos muito felizes por tê-la em nosso júri esta noite.

– É um prazer – ela responde. – Sabe que eu amo a ideia de um torneio culinário, senhor Treviño. Isso dá mais vida ao currículo de Highland Hills e permite que vejamos em primeira mão a criatividade e a paixão de nossos alunos. E quero que conheça meu amigo, o chef Julian Salazar.

O homem de bigode estende a mão para o senhor Treviño, que a aperta. Vejo a admiração estampada no rosto de nosso professor.

– Chef Salazar, que honra receber em nossa turma a visita de alguém tão talentoso. Acho que o Grain and Garlic é um dos estabelecimentos mais inovadores de Austin.

No mesmo instante um murmúrio abafado corre entre os alunos. Wesley e eu nos olhamos, chocados. Esse homem comanda o Grain and Garlic? Esse cara que participou de uma competição de culinária na TV e ganhou de outros chefs incríveis vai provar nossos pratos? Talvez eu desmaie.

– O prazer é todo meu – diz o chef Salazar, e, mesmo de longe, reconheço a gentileza em seu tom de voz. Tento escutar melhor. – Quando Lucy me convidou para ajudar a julgar esse evento, eu disse que adoraria. Ela e eu somos amigos desde o ensino médio, sabe? – Ele aponta para a doutora Richardson.

O senhor Treviño assente.

– Que alegria ver aonde vocês dois chegaram! Bem, se quiserem ocupar seus lugares na bancada dos juízes, vamos começar.

A doutora Richardson e o chef Salazar ocupam suas cadeiras na frente da cozinha.

O senhor Treviño bate palmas para chamar a atenção de todos. Seu sorriso é tão largo que não sei como ele não desloca a mandíbula. Seus olhos brilham entusiasmados, e a atitude empolgada é tão sincera que não consigo evitar: sorrio de volta para ele. Olho em volta e vejo minha expressão refletida em cada estação. Alguma coisa no senhor Treviño nos faz querer impressioná-lo. Não posso deixar de pensar que deveríamos agir dessa maneira mesmo sem um prêmio.

– Sejam bem-vindos à Disputa de Artes Culinárias! – ele anuncia com vigor. – Obrigado por estarem aqui. As regras são simples: vocês têm noventa minutos para criar uma entrada, um prato principal e uma sobremesa para os nossos jurados: sua diretora, doutora Richardson, o renomado chef Julian Salazar, do Grain and Garlic, e, naturalmente, este que vos fala. Não há limites para os ingredientes ou tipo de cozinha. Vou circular para observar sua técnica e, é claro, vocês serão julgados pelo sabor. Não esqueçam que o vencedor da competição de hoje vai levar para casa um jogo de panelas *e* pontos extras na média geral. Alguma pergunta? – Ele olha para cada um de nós, estudando rostos, comportamentos e mãos agitadas. Seu sorriso é tranquilizador, como se já tivesse visto o que fizemos e, por isso, tivesse grandes expectativas. A confiança do senhor Treviño me faz sentir um pouco mais relaxada, e percebo que essa é a intenção dele. – Se não há perguntas, vou disparar o cronômetro. Podem começar!

Ele liga o projetor que Wesley e eu usamos tantas vezes para ver filmes e exibe o timer do computador em contagem regressiva. Finjo que ele está projetando *Ratatouille* e que essa é só mais uma tarde de sexta-feira com Wesley. *Qualquer um pode cozinhar*, digo a mim mesma.

Minhas mãos se movem no piloto automático e cortam pedaços de frango como fiz tantas vezes até este ponto. Depois construo a pasta apimentada que é a base do dakdoritang. Adiciono gochugaru extra, porque adoro a picância, e elimino completamente o açúcar recomendado na receita da minha halmeoni. Assim que levo a base da sopa para ferver, tento fazer a massa do kalguksu, que aprendi com uma senhora coreana que posta receitas on-line. Treinei tanto para fazer o macarrão que sei exatamente que consistência buscar.

Enquanto a massa descansa, descasco e corto as batatas, antes de colocá-las na sopa fervente. Depois me lembro de que ainda nem mexi na entrada. Sinto gotas de suor brotando em minha testa e as limpo com a manga da blusa. Olho para o cronômetro. *Não estou atrasada*, digo a mim mesma. *Só preciso continuar.*

Abro um pote de kimchi. Kimchi pajeon, ou panqueca de kimchi, é quase uma arma secreta para usar na competição. Tem um sabor incrível, é uma das coisas que mais gosto de pedir em restaurante coreano, e também é quase à prova de erro. É praticamente kimchi e cebolinha misturados a uma massa que a gente frita. Normalmente são grandes, devem ser compartilhadas com a mesa, mas para a competição decidi fazer as panquecas individuais, pouco maiores que moedas de um dólar. Preparo a massa, acrescento uma dose de vinagre de arroz, pois descobri que gosto, e despejo porções em uma frigideira quente, antes de voltar à minha sopa.

O dakdoritang parece estar finalmente ganhando consistência, mas sinto cheiro de queimado. Então me lembro da kimchi pajeon.

Corro e viro as panquecas, mas é tarde demais. Elas queimaram, ficaram pretas, e o cheiro lembra um rescaldo de incêndio. Com um suspiro frustrado, eu as jogo no lixo. Quando aproximo a mão da frigideira para tentar calcular a temperatura, erro o movimento e me queimo.

Resmungo um palavrão e puxo a mão depressa. Sei que minha expressão é tensa quando espalho mais óleo na frigideira, que, agora tenho certeza, aqueceu o suficiente. Levanto a cabeça e vejo Wesley olhando para mim de sua estação. Ele deve ter sentido o cheiro do meu erro.

Tudo bem?, ele pergunta movendo os lábios.

Assinto e levanto os polegares sem muito entusiasmo. Depois desvio o olhar antes de conseguir adivinhar o que ele está preparando. Apesar dos sorrisos anteriores do senhor Treviño, eu me sinto intimidada outra vez. Não deveria ter queimado minha kimchi pajeon. *À prova de erro*, repito mentalmente com amargura.

Com a nova massa fritando, aciono o timer para me lembrar de virar as panquecas e volto ao ensopado. O senhor Treviño chega à minha estação nesse momento.

– Oi, Eliza. Como vão as coisas por aqui?

– Hum, acho que tudo bem. – Espero que ele não veja as gotas de suor que já substituíram as anteriores, ou a pele dos meus dedos, cada vez mais vermelha.

– Sabe, acho que você demonstrou o maior progresso da turma. Tornou-se uma chef excelente, de verdade. – Sei que ele está tentando aliviar a tensão que certamente é evidente em minha postura, então sorrio. Ele não parece muito convencido. – Me conta o que está fazendo.

Explico minhas escolhas para o cardápio enquanto abro a massa de kalguksu. Tenho de salpicar farinha para ela parar de grudar no rolo. Espero que não fique seca. Depois dobro a massa e começo a cortar o macarrão com minha faca de chef.

– Isso tudo parece muito bom – o senhor Treviño elogia. Meu timer dispara, e eu viro as panquecas. – E picante, também.

Dou risada.

– Sim, que bom que gosta.

– Vamos torcer para a doutora Richardson também ter essa sorte. Acho que está indo muito bem, Eliza – ele conclui, e segue para a próxima bancada.

Começo a sobremesa. Pensei muito em alguma coisa que fizesse sentido com minha entrada e o prato principal, meus pais acham que caqui e maçã fatiados são sobremesa. Mas me lembro das preferências de minha mãe com o bingsu e preparo os bolos de arroz injeolmi. Isso não demora muito. Basta um tempinho de micro-ondas e depois bater a massa de arroz em um pilão. Olho para o cronômetro. Vou ter tempo suficiente para fazer tudo.

Lentamente as coisas começam a se encaixar. Kimchi pajeon de aparência crocante e, mais importante, sem queimar. O molho vermelho, picante e borbulhante do dakdoritang envolve o macarrão que acrescentei pouco antes. A massa do bolo de arroz se aproxima do ponto ideal de elasticidade. Quando olho para o cronômetro, vejo que faltam só dez minutos. Não acabamos de começar? Como o tempo passou tão depressa?

Bato a massa com mais vigor, ouvindo as bolhas estourar a cada golpe do pilão. Quando acho que está pronto, eu a enrolo e faço um montinho de pó de injeolmi.

Faltam menos de cinco minutos, e começo a empratar. Crio três porções de cada prato, fatiando o bolo de arroz injeolmi em retângulos perfeitos do tamanho de bocados, depois os cubro generosamente com pó dourado de injeolmi. Sirvo o dakdoritang em três tigelas e arranjo as minipanquecas de kimchi como peças de dominó caídas ao longo do prato retangular.

O alarme dispara quando o tempo acaba, e todos se afastam das estações, como se estivéssemos em um programa de TV.

– Trabalho fantástico, pessoal! – diz com aplausos entusiasmados. – Estou muito orgulhoso de tudo que fizeram neste semestre. Falei com cada um de vocês e vi alguns se esforçando de um jeito impressionante, como eu não tinha visto este ano. Sei que os juízes estão muito animados para provar suas criações, então vamos começar visitando cada um de vocês a partir do canto esquerdo.

Lentamente os juízes experimentam cada cardápio de três pratos, fazendo comentários e elogios antes de escreverem alguma coisa em um bloquinho. A doutora Richardson recicla os mesmos comentários agradáveis para todos nós, cumprindo seu papel da maneira mais diplomática possível enquanto, sem dúvida, registra o que realmente pensa em sua folha de pontuação. Os comentários do chef Salazar parecem ter sido copiados de revistas de culinária, elogiando uma pessoa pela acidez perfeita e outra pela técnica excelente para derreter gordura. Com base no que posso ouvir, parece que todo mundo fez um trabalho impressionante. A pressão mexe com meus nervos à medida que os juízes se aproximam da minha estação.

Quando eles param na minha frente, o senhor Treviño me pede para explicar o cardápio, como antes.

Respiro fundo e mentalmente agradeço os anos em que me inscrevi em oratória, porque minha voz não treme.

– Meu nome é Eliza Park. Para a entrada, preparei kimchi pajeon, que é uma panqueca de kimchi. É uma entrada popular nos restaurantes coreanos e uma das minhas favoritas por sua simplicidade e versatilidade. Em seguida vem o prato principal, dakdoritang, um ensopado picante de frango. Acrescentei um macarrão caseiro chamado kalguksu para ajudar a absorver o molho e equilibrar a picância. E finalmente a sobremesa: bolos de arroz injeolmi, uma tradicional sobremesa coreana coberta com soja em pó.

O sucesso da descrição me deixa um pouco atordoada. De algum jeito, consigo permanecer em pé. Olho para Wesley em busca de alguma coisa que me mantenha em contato com a realidade, e ele levanta os dois polegares para mim. Faço o possível para não encarar os juízes enquanto eles experimentam meus pratos, pensando que, se não olhar para eles, talvez não escutem meu coração bater depressa. Tenho de resistir ao impulso de levantar o braço para limpar o suor nervoso.

Doutora Richardson tosse ao provar o dakdoritang.

– Uau, é picante, hem?

O chef Salazar e o senhor Treviño dão risada.

– Muito bom, Eliza – conclui o senhor Treviño. – Nunca tinha comido esse tipo de farinha. – Ele esfrega o injeolmi entre o polegar e o indicador. – Tem uma técnica singular, um sabor de castanha. E a textura do bolo de arroz é perfeita. Queria ter mais uns dez desses lindinhos.

– Excelente trabalho – concorda a doutora Richardson. – Vou precisar aumentar minha resistência à picância na próxima vez que nossa oradora da turma cozinhar para nós.

– Ah, talentosa e inteligente! – diz o chef Salazar. – O toque avinagrado na sua kimchi pajeon é maravilhoso. – Fico impressionada com sua pronúncia. Compreendo que, diferentemente do senhor Treviño e da doutora Richardson, esta não é a primeira vez que o chef Salazar experimenta esses populares pratos coreanos. De repente fico nervosa com a possibilidade de ele fazer comparações com o que comeu antes. – Acho que o vinagre extra eleva a fermentação do kimchi. E se não me engano kimchi pajeon é servido, normalmente, com uma calda à base de molho de soja e vinagre. Achei uma escolha muito boa colocá-las no próprio prato.

Estou sem fala diante de tantos elogios. Felizmente, ele não acabou.

– A doutora Richardson está certa sobre a picância do seu ensopado de frango. É um prato muito apimentado. E combina muito bem com a massa cortada manualmente, que absorve todo o tempero de um jeito lindo. E o corte do macarrão ficou perfeito, bem regular. Isso sugere uma grande habilidade com a faca.

– Obrigada – respondo, inclinando a cabeça sem ter essa intenção, como se esse afro-latino fosse um idoso coreano. A aura que ele espalha e a dignidade que emana me fazem querer demonstrar respeito.

Quando eles seguem para o próximo aluno, finalmente enxugo a testa. Vou ter de lavar esta blusa. Eu me sento na minha banqueta e sinto o peito se encher de orgulho, uma onda que compete com as batidas fortes do meu coração.

Consegui. Participei do torneio e criei pratos dignos de elogios. É difícil acreditar que cheguei a um estágio em que faço comida que outras pessoas, inclusive um dono de restaurante, querem experimentar. Rapidamente a ideia de dividir isso com meus pais, em especial com minha mãe, passa por minha cabeça. Imagino o que eles sentiriam vendo o que fiz, ouvindo como falei sobre meus pratos para pessoas que nem conhecem meus ingredientes. Não é um projeto de física, mas ainda consigo imaginar meu pai sorrindo orgulhoso. E, é claro, tento imaginar o que minha halmeoni pensaria. Se ela aprovaria a adição do macarrão ao dakdoritang ou se diria que a terceira colherada de gochugaru o deixou picante demais. Acho que ela gostaria.

Wesley é o último aluno a ser avaliado. Por um momento, tenho receio de que ele esteja em desvantagem, porque os pratos devem ter esfriado, mas, no momento em que ele começa a falar, percebo que nenhuma desvantagem teria feito diferença.

– Oi, sou Wesley Ruengsomboon e estou muito empolgado por ter cozinhado para vocês hoje. Minha entrada é uma tom kha gai inspirada em bisque de lagosta. Depois preparei um carbonara de curry vermelho tailandês. Por fim, a sobremesa é um bolo de manga que é uma mistura do pavê de manga filipino e mangonada com chamoy. Espero que gostem.

A simplicidade das explicações revela uma confiança tranquila, como se, caso alguém pedisse para elaborar alguma de suas decisões, ele pudesse citar exatamente por que fez cada escolha. Está escrito em seu rosto, nos traços sutis de orgulho, quanto ele ama o que fez. Não tenho dúvida de que os juízes também vão amar.

– Uau – diz a doutora Richardson, quase como se a palavra saísse dela por vontade própria. – Queria levar este bolo de manga para casa. É fenomenal. – A máscara ensaiada de diplomacia cai momentaneamente, revelando uma dose extra de emoção e sinceridade que esteve intencionalmente ausente durante toda a noite. É o suficiente para confirmar o que eu sempre soube: Wesley está em um nível diferente de todos nós.

– A cremosidade da bisque de lagosta com o coco da tom kha gai, Wesley… isso é realmente genial – diz o senhor Treviño. – E vou brigar com a doutora Richardson pelo bolo de manga. Estou disposto a arriscar meu emprego.

– Ah, não vai querer brigar comigo, senhor Treviño – alerta a doutora Richardson. – Meus saltos são altos e não tenho medo de usá-los.

Enquanto o senhor Treviño e a doutora Richardson brincam, o chef Salazar come mais porções dos pratos de Wesley do que comeu de qualquer outro. Talvez por ele ser o último a ser julgado e o chef Salazar não precisar mais reservar espaço no estômago. Mas acreditar nisso seria me enganar. Há uma mudança na atitude dele, como se a gentileza encolhesse um pouco para dar lugar a uma avaliação mais crítica.

– Wesley, você disse? – o chef Salazar pergunta.

– Sim, senhor – ele confirma. Mantém as costas eretas e os ombros abertos, mas consigo sentir seu nervosismo.

– Trabalho de fato impressionante – diz o chef. – O melhor tipo de comida é aquele que leva você em uma jornada. Seu cardápio faz exatamente isso.

O rubor que tinge o rosto de Wesley pode ser visto do outro lado da sala. O chef Salazar aperta a mão dele, e tenho de fazer um esforço para lembrar se ele fez isso com mais alguém.

– Chef Salazar, muito obrigado – diz Wesley com um tom que mistura admiração e perplexidade. – E é claro, muito obrigado a vocês também, doutora Richardson e senhor Treviño. Este semestre foi um dos melhores da minha vida, de verdade. – Ditas por outra pessoa, as palavras soariam incômodas e aduladoras, mas, quando Wesley as diz, elas só traduzem a verdade.

Ninguém na sala se surpreende quando o senhor Treviño anuncia que o vencedor do torneio de Artes Culinárias é Wesley Ruengsomboon.

Capítulo 29

Wesley se aproxima com uma pilha de potes e os coloca em cima da minha estação. Vejo entrada, prato principal e sobremesa embalados em recipientes separados. Até para embalar as sobras ele é preciso.

– Vamos trocar? Como nos velhos tempos? – ele propõe.

A comida parece tentadora, e uma parte de mim está muito curiosa para saber que gosto têm os pratos vencedores. O que o chef Salazar identificou neles que o impressionou tanto? Mas dou uma olhada no que fiz – as panquecas crocantes, a sopa picante, os bolos de arroz macios – e sei que quero guardar tudo para mim.

– Acho que vou levar isto para casa, na verdade.

Ele sorri, como se já esperasse minha resposta.

– Tudo bem. Mas vai ter de fazer tudo de novo para eu experimentar depois.

– Vou ter que pedir a mesma coisa para você, campeão. – Sou cativada por seu sorriso e pelos olhos brilhantes, como se ainda estivesse no auge da euforia da vitória. – Parabéns, Wesley. Ninguém merece isso mais que você.

– Obrigado. Você também fez um trabalho incrível. Nenhum prato com cara de vinagrete.

Dou risada.

– Supera. – Termino de limpar minha estação e começo a embalar a comida. – Quero comemorar sua vitória, mas também quero ir para casa, se não se incomodar.

– É claro que não. A gente se encontra amanhã no boba, certo?

– É claro. Não vou deixar você ir sem mim. Quem sabe quantos números de telefone vão escrever no seu copo?

Ele me abraça e beija minha testa.

– Legal. Vai para casa, Eliza.

Ponho os pratos aquecidos sobre a mesa de jantar e espero a aula de piano acabar. Parece estar no fim quando meu pai chega do trabalho. Ele vê a mesa posta e levanta as sobrancelhas.

– Yeji-yah, o que é isso?

– Fiz jantar para nós.

– Você fez tudo isso?

Respondo que sim balançando a cabeça.

– Para a aula de Artes Culinárias. Hoje teve um torneio, e eu trouxe as sobras para casa.

– Você venceu?

– Não. Meu amigo Wesley ganhou.

– Tudo bem. Eu não estava lá para contribuir com meu budae jjigae.

Reviro os olhos.

– Eu me viro muito bem sozinha, appa.

– Eu sei, minha oradeadora. Isso parece muito bom. – Ele se aproxima da mesa com interesse sincero. – E quem é Wesley?

Tento imaginar o que estaria fazendo se tivesse desistido de Artes Culinárias depois do primeiro dia, assim que soube que todos na turma eram mais experientes que eu. Teria perdido a oportunidade de aprender com minha mãe sobre sua infância e a culinária coreana. Não teria me aproximado de Wesley, não teria passado as tardes de sexta-feira na cozinha, não saberia que havia uma população inteira no colégio que valia a pena conhecer, pessoas de quem eu estava completamente isolada.

Meus pensamentos são interrompidos por despedidas distantes, seguidas pelo barulho da porta da frente abrindo e fechando. Alguns momentos depois, minha mãe entra na sala de jantar segurando um copo de água. Ela vê toda a comida na mesa e diz:

– Yeji-yah, o que é isso?

– Perguntei a mesma coisa – diz meu pai.

– Fiz o jantar. Agora sentem-se e comam. Está esfriando. – Assumo um tom autoritário, o que é incomum, e o impacto é suficiente para fazer meus pais se sentarem.

Vejo cada um pegar uma kimchi pajeon. Meu pai serve um pouco de dakdoritang para minha mãe antes de se servir. Eu também pego um pouco de cada prato, mas não começo a comer. Estou nervosa demais para empurrar alguma coisa pelo esôfago e muito impaciente para ver a reação de meus pais. Talvez achem bobo eu tentar dar tanta importância para uma coisa que eles consideram medíocre.

– Pôs kalguksu no dakdoritang? – minha mãe pergunta.

Balanço a cabeça para dizer que sim.

– Isso não tem na receita da halmeoni – ela comenta antes de comer um pouco do macarrão.

– Ficou brava?

Ela olha para mim com a testa franzida.

– Brava? Minha filha americana está fazendo comida coreana maravilhosa sem nenhuma ajuda. Estou muito orgulhosa.

Meu pai concorda com um aceno de cabeça. Ele enche a boca com uma porção generosa de macarrão e ainda pega uns pedaços de frango. Come como um personagem de desenho animado.

– Muito bom, Yeji-yah. Halmeoni também ia gostar.

– Sério?

– Sim. Acho que agora o jantar fica por sua conta.

Olho para ele com uma cara bem feia.

– Acho que você está na minha frente na fila.

Minha mãe me apoia.

– É, se Yeji pode aprender, você também pode. – Ela aponta os hashis de metal na direção do meu pai como um dedo acusador.

Meu pai muda de assunto.

– Bem, se isto aqui não ganhou, o vencedor deve ser incrível. Ou os juízes foram racistas.

– Appa.

Ele encolhe os ombros.

– Algumas pessoas não sabem apreciar comida coreana.

– Não, a disputa foi justa. Tenho certeza.

– Wesley ganhou? – minha mãe pergunta.

– Quem é Wesley? – meu pai repete, e sua voz fica um pouco mais grave. – Você o conhece? – Ele olha para minha mãe.

– Wesley ganhou – respondo.

Minha mãe sorri.

– Ele é um bom aluno.

Penso em como ele se sentiria se ouvisse as palavras que minha mãe usou para descrevê-lo. Tenho certeza de que não acreditaria em mim, mesmo que eu repetisse tudo literalmente.

– Como você o conhece? – meu pai insiste.

Minha mãe balança a cabeça, irritada, e o cabelo reto se mexe.

– Ah, fica quieto. Vamos comer o que Yeji preparou para nós.

– É melhor não se acostumarem – aviso.

Mas, quando paro para pensar, descubro que eu quero me acostumar com isso. Ter essa sensação de conexão com minha mãe, vê-la olhar para mim por cima da mesa e sorrir porque fiz alguma coisa que aprendi com ela e a mãe dela. É um tipo de realização nova e inebriante. Quero acreditar que finalmente estou reduzindo a distância que meu pai e eu deixamos existir por tanto tempo. É uma recompensa tão doce que sei que vou persegui-la muitas outras vezes.

Estou esperando na loja de boba há quinze minutos, e cheguei na hora em que Wesley e eu combinamos nos encontrar. Hoje a garota bonitinha não está trabalhando no balcão. Penso no que ela pode estar fazendo, uma tentativa de me distrair da declaração pessoal para a faculdade. O documento está aberto e quase vazio na minha frente.

A história da minha família começa na cozinha.

O cursor pisca com persistência irritante no fim da primeira frase. É tudo que escrevi até agora. Já fiz todo o resto, tenho tudo pronto para a inscrição. Só falta a declaração pessoal, e, agora que o recesso de inverno se aproxima, o prazo também está acabando. Eu disse a Wesley que poderíamos trabalhar juntos nas declarações, assim seríamos o apoio e o editor um do outro. Deveria usar esse tempo enquanto espero por ele para realmente escrever alguma coisa, mas me sinto bloqueada.

Quando Wesley entra na loja com a mochila pendurada em um ombro só, consegui escrever um primeiro parágrafo horroroso. Às vezes você precisa deixar sair todo o texto ruim primeiro, para que o texto bom encontre o caminho. É o que estou dizendo a mim mesma para conseguir despejar as palavras na página.

– Desculpa, eu me atrasei – ele diz. As palavras saem atropeladas. Wesley se senta na minha frente completamente duro, como se o encosto da cadeira fosse eletrocutá-lo se deixasse as costas cair um centímetro sequer.

– Não tem problema. Aconteceu alguma coisa?

– Você se lembra do convidado especial, Julian Salazar? – Seus olhos brilham com uma intensidade que acho que nunca tinha visto.

– Lembro. O dono do Grain and Garlic? – Sorrio da aliteração. Talvez eu possa usar poesia na minha declaração pessoal, um bom e velho acróstico para pedir às faculdades para me aceitarem. Descarto a ideia antes de ela se formar totalmente. Estou desesperada por inspiração, raspando o fundo do meu tacho metafórico de redação.

Wesley continua:

– Então, parece que o senhor Treviño deu meu número de telefone para ele. E ele acabou de me ligar.

Eu me inclino para a frente, porque ele está se inclinando para a frente.

– Puxa. Para te dar parabéns?

– Ele disse que já faz um tempo que estava pensando em começar um programa de estágio para recém-formados no ensino médio. Como um *staging*, mas remunerado. – Seu discurso sofre a pressão da empolgação. Wesley me faz pensar em um liquidificador que está a um segundo de arremessar a tampa longe. – Nosso torneio foi uma inspiração, e ele decidiu que não queria mais esperar. Que era hora de começar.

– *Staging*? – repito, ainda intrigada com a palavra desconhecida. Imito sua pronúncia com todo o cuidado. *Sta-jin.*

– É como um estágio que se faz nos restaurantes, um jeito de aprender trabalhando na cozinha. Ele disse que ficou impressionado com meus pratos no torneio e que gostaria de receber minha inscrição! Pensei em estagiar por um ano e, enquanto isso, fazer algumas aulas na ACC para melhorar minha média geral enquanto penso se quero ir para a faculdade.

Demoro um minuto para processar tudo que ele está dizendo. Parte do motivo é que ele está falando depressa demais. Outra parte é a razão para termos combinado esse encontro hoje. Olho para a declaração pessoal aberta no laptop à minha frente. Depois olho de novo para ele.

– Bom, acho que não vai querer trabalhar em nada para a faculdade hoje.

– Mas quero que você trabalhe nisso.

– Já falou com a sua mãe?

Ele fica sério.

– Sobre o estágio?

– Sim. E sobre essa coisa de não ir para a faculdade.

– Não.

– Está com medo de como ela vai reagir? Pensei que ela ia te mandar para o exército, ou alguma coisa parecida. Odiaria ter de ficar escrevendo cartas o tempo todo. Não sei nem onde comprar selos.

– Não estou preocupado com o que ela vai dizer. Vou dar a ela o benefício da dúvida e torcer para que fique feliz por mim. Porque não me sinto assim desde... sei lá, desde sempre, talvez. – E desvia o olhar, como se a confissão o envergonhasse.

Por um segundo, só consigo ficar surpresa com a verdade do que ele diz. Neste semestre, desde que o conheci, acho que nunca vi esse Wesley de olhos cintilantes e movimentos contidos com esforço. Ele é como luz em uma garrafa. Eu me pergunto se ele sabe disso.

– Como se sente? – pergunto em voz baixa.

– Não sei, Eliza – ele responde, e vira para mim no ângulo certo para seu rosto receber a luz do sol que entra pela janela. A luz está transbordando. – É como... como se fizesse escolhas que vão me levar aonde eu realmente quero ir.

Ouço a voz de Kareena. *Alguém que está tentando chegar a algum lugar*. Entre mim e Wesley, essa pessoa é Wesley. É claro, é muito fácil ver agora, com a nitidez precisa que se tem ao olhar para trás, que isso nunca teve a ver com estarmos tentando chegar a algum lugar. A verdadeira questão sempre foi onde o destino está, e se vale a pena ir até lá. Que importância tem se Kareena quer a Ivy League e Wesley prefere a Austin Community College, se cada passo os leva respectivamente mais perto do lugar em que querem estar?

– Estou feliz por você, Wesley – digo. Minha voz tem um leve tremor, e percebo que estou emocionada.

Wesley olha para mim com pânico nos olhos castanhos.

– Você está bem?

Assinto.

– Está decepcionada comigo? – Sua voz é rouca.

Balanço a cabeça.

– É porque não quer contar para seus pais que seu namorado não vai tentar entrar na faculdade?

– Wesley, para. Não tem nada a ver com isso. Estou muito orgulhosa de você. – Respiro fundo. – Estou tentando escrever minha declaração pessoal e falar sobre quem eu sou de um jeito resumido, mas emocionante, tudo em quinhentas palavras, mas a verdade é que não sei o que é isso. E então olho para você e vejo alguém que se conhece. Isso me deixa feliz por você. E talvez com um pouco de inveja.

De repente ele vira meu laptop e lê o que sei que ainda está aberto na tela. É pouco mais que nada, por isso sei que a leitura não demorou mais que alguns segundos, mas ele continua olhando. Esse é um momento raro em que não consigo ler sua expressão. Wesley começa a mover a cabeça bem devagar para cima e para baixo.

– Ok, isso é muito bom.

– São duas palavras.

– Sim, e gosto delas. Posso dizer o que eu penso?

– Wesley, você sabe que eu sempre quero ouvir seus pensamentos.

– Para de tentar me deixar vermelho. Acho que deveria falar sobre como cozinhar te levou para mais perto de sua família.

Levanto as sobrancelhas.

– Acho que a história de como você e sua mãe se aproximaram mais por causa das receitas da sua avó é muito linda. E tenho inveja disso, sabe? De quanto você e sua mãe são próximas. E acho que deveria falar sobre Artes Culinárias como disciplina, como foi a única coisa no mundo em que não era naturalmente boa, mas dedicou tempo e esforço para melhorar. Não sei muito sobre os critérios de aceitação das faculdades, mas sinto que é isso que eles querem ouvir, algo sobre superação, sobre identidade, blá-blá-blá, sabe como é.

Fico em silêncio por um momento, deixando as sugestões de Wesley entrar na minha cabeça.

Depois pego o laptop da frente dele e começo a escrever.

Capítulo 30

Quando o recesso de inverno chega oficialmente, Wesley se oferece para levar minha família ao aeroporto. Isso é muito importante para mim por duas razões. A primeira é que, obviamente, ele não é alguém que tem o costume de se oferecer para dirigir. A segunda é que é a primeira vez que ele vai encontrar meu pai, que, de maneira geral, não sabe sobre a existência de Wesley ou sobre meu relacionamento com ele.

Wesley chega em um SUV Mercedes preto. Meus pais deixaram a bagagem ao lado da porta da frente, pronta para o transporte, e vejo pela janela quando ele se aproxima da entrada. Wesley fez isso muitas vezes antes, mas vejo seu nervosismo na maneira como encolhe os ombros e os empurra para baixo com esforço. Abro a porta antes de ele bater.

– Oi – digo. – Bom te ver.

– Também acho – ele responde ofegante.

Como se sente?

– Como se tivesse esquecido como se dirige.

– Perfeito. – Eu me viro e grito para o interior da casa. – Eomma! Appa! Wesley chegou para levar a gente.

Minutos depois, meus pais aparecem com a mochila nas costas e os sapatos nas mãos. Minha mãe deixa tudo no chão para abraçar Wesley.

– Oi, Wesley, obrigada por vir.

– Imagine – ele responde, e retribui o abraço. Quando se afasta, ele está diante do meu pai. Wesley é alguns centímetros mais alto que ele, mas a ansiedade o faz parecer menor. – Oi, doutor Park. É um prazer conhecê-lo. Meu nome é Wesley Ruengsomboon. – E estende a mão, que meu pai aperta com firmeza.

– Oi, Wesley. Obrigado pela carona para o aeroporto. – Meu pai mantém a voz neutra intencionalmente. Nenhum sinal de emoção. Queria saber se é assim que ele fala com os alunos.

– É um prazer – Wesley responde, e parece sincero. – Quero ver Eliza pela última vez antes do novo ano.

Só então me dou conta de que só vou ver Wesley de novo no ano que vem. Meus pais e eu vamos passar quase todo o recesso de inverno, inclusive o aniversário da minha mãe, na Coreia do Sul, e volto alguns dias antes do reinício das aulas, em janeiro. Tento não me deixar abalar pela tristeza da nossa separação. "Você vai me esquecer na Coreia", Wesley me disse alguns dias atrás com um olhar doce. "Vai ter muita comida boa e muitos garotos do K-pop para ocupar sua cabeça, não vai se lembrar nem do meu nome." Eu o empurrei antes de o puxar de volta e beijar seu rosto.

Wesley e meu pai levam as malas para o carro. Deixo meu pai viajar no banco da frente. Espero que Wesley não se importe por eu priorizar a idade em vez do conforto dele.

Ele mantém o rádio do carro sintonizado na NPR em volume baixo durante todo o caminho, enquanto pergunta ao meu pai o que ele leciona. É o que sugeri que fizesse, porque sabia que, enquanto estivesse falando sobre física, meu pai não teria tempo para cutucar e avaliar o caráter de Wesley.

Estou acomodada no banco de trás, notando quanto tudo é limpo, provavelmente porque ele nunca dá carona a ninguém para lugar nenhum, quando recebo uma notificação de e-mail. Abro a mensagem.

Oi, Eliza,

Obrigada por me deixar ler sua declaração de inscrição para a faculdade. Simplesmente adorei. Os momentos de recordação de sua avó com sua mãe são muito fortes, e saber quantas dificuldades você enfrentou em Artes Culinárias foi encantador. Fico feliz por algo de bom ter saído do seu problema com o horário, afinal. Acho que sua declaração é muito forte e está pronta para ser enviada. Por favor, me avise se eu puder fazer mais alguma coisa para ajudar, e tenha um maravilhoso recesso de inverno!

Abraço,
Senhora Porter

– Por que está sorrindo? – minha mãe pergunta. – Não é mensagem do Wesley, porque ele está dirigindo.

Travo a tela e guardo o celular no bolso. Depois seguro a mão da minha mãe. Ela olha para mim surpresa e entrelaça os dedos nos meus. Afago a mão dela e me permito sentir a satisfação. Minha inscrição para a faculdade está pronta. Meus pais estão comigo. Meu namorado conheceu meu pai. Estou a caminho da Coreia do Sul. No momento, parece que tudo se move na direção certa.

– Estou animada com a viagem, só isso – respondo.

– Eu também. Senti muita saudade da Coreia – ela murmura, olhando pela janela.

Estudo o perfil de minha mãe. As sobrancelhas ralas, o nariz delicado, o queixo e as faces proeminentes. Vejo o prateado em seu cabelo e o brilho do filtro solar no rosto, aplicado religiosamente mesmo para passar hoje e o dia seguinte no aeroporto e a bordo de um avião. Vejo nela todos os sinais que evitei analisar nesta última metade do ano, as linhas no rosto ou a leve contração do lábio que ignoro deliberadamente desde junho. Agora são menos notáveis, acho, como se quanto mais nos aproximássemos do aeroporto, mais ela relaxasse.

– Acho que também senti saudade de lá – digo, antes de olhar para a frente e esperar o aeroporto aparecer.

A história da minha família começa na cozinha. Ela serviu como pano de fundo quando meu pai tentou fazer um grande gesto culinário para impressionar minha mãe, antes de eles se casarem. Foi o cenário para as únicas refeições reconfortantes que minha mãe fez nos primeiros meses depois de migrar da Coreia do Sul para os Estados Unidos. E foi o lugar onde aprendi a sentir saudade de alguém que eu dizia não conhecer.

Quando minha avó morreu, no verão antes do meu último ano do colégio, a pior parte, para mim, foi a ausência do luto. A separação não só de gerações, mas de país e cultura, me fez sentir que havia pouco do que ter saudade. Nossos encontros eram infrequentes, nossa comunicação era entrecortada, e o tempo que tínhamos juntas era sempre curto. A ideia da perda deixa de ser dolorida quando parece que você nunca teve a pessoa, na verdade.

A matrícula acidental no curso de Artes Culinárias mudou tudo para mim de várias maneiras. Pela primeira vez na minha memória recente cursei uma disciplina em que era péssima, cercada por alunos muito mais brilhantes e melhores do que eu jamais tinha visto. Eu tinha muito o que aprender ali, começando por humildade. É claro, também tive de aprender a cozinhar. Descobri que minha avó tinha dado para a minha mãe uma coleção de receitas manuscritas antes de meus pais imigrarem. Pedi para minha mãe me ensinar a preparar cada uma delas, e ela concordou.

Nossas aulas de culinária eram salpicadas de histórias da infância de minha mãe. Além de me ensinar a fazer os pratos coreanos que eram seus favoritos quando criança, minha mãe também me ensinou que lembranças podem encontrar vida nova em outra pessoa. Essas histórias da minha avó eram acompanhadas por um imaginário, e a cada receita que aprendia eu sentia que encontrava a pessoa que tinha perdido. Comecei a reconhecer um país pelos aromas de sua cozinha. Encontrei a beleza da linguagem em ingredientes e nomes de pratos. Senti a conexão de família enquanto preparava esses pratos, passados de mãe para filha, de mãe para filha. Aprendi a sentir o gosto de casa.

Sempre gostei da escola e de aprender. Meu pai é professor, minha mãe é professora de piano, e a escola sempre foi uma das coisas em que sou melhor. Mas, mesmo com toda educação à minha volta, eu perdia as lições mais cruciais. Dar atenção demais à sala de aula me manteve distante da compreensão de que parte do conhecimento mais importante é revelado em outro lugar. Queimar a mão no fogão, derrubar sopa na bancada, esquecer-me de pôr sal nos ovos – a lista dos meus desastres na cozinha poderia encher um livro. Finalmente, depois de cometer erro atrás de erro, percebi que criar uma bagunça na cozinha e encontrar maneiras de limpar tudo eram os verdadeiros momentos de crescimento. Aprendi fazendo, e as recompensas não poderiam ter sido mais doces. Só na cozinha, onde me sentia mais perdida, comecei a encontrar as partes de mim que ainda nem conhecia.

A história da minha família começa na cozinha, então eu deveria saber que minha história também começaria lá.

Agradecimentos

Provavelmente, nem preciso dizer que a obsessão de Eliza pela escola é meio autobiográfica. Passei muitos anos sendo uma aluna, e durante esse tempo tive a sorte de encontrar muitos professores incríveis. No esforço de transformar o que poderia ser um parágrafo do tamanho de um romance em algo mais suscinto, vou começar em ordem cronológica. Sou muito agradecida à senhora De La Garza por criar tão cedo a associação entre escola e amor. À senhora Krell por ter sido o farol que me fez cair de amor por escrever. Ao senhor Krell por ter me puxado de lado um dia para dizer que minha ética de trabalho poderia me levar a qualquer lugar aonde eu quisesse ir. À senhora Yost por comparar o "romance" que escrevi no sexto ano com *Flipped*, de Wendelin van Draanen, e, consequentemente, me fazer o maior elogio que eu já havia recebido até então. À *señora* Acosta, que ainda é uma segunda mãe para cada aluno que tem. Ao professor Waters, cujo enorme apoio e cujo cuidado marcaram de maneira indelével toda a minha experiência em Vanderbilt. Sonhei por muito tempo com isto: gravar o nome de vocês em um livro que escrevi e enviar uma cópia para cada um. Espero que saibam que o impacto que tiveram em nós, alunos, foi suficiente para mudar vidas. Cada um de vocês fez exatamente isso, e sou muito grata.

Este livro não existiria sem Penny Moore, a mais extraordinária agente literária de todos os tempos. Obrigada por cuidar tão bem desta história e ver alguma coisa em seus rascunhos mais primários. Muito,

muito obrigada por me escolher. Eu não poderia ter tido mais sorte. Agradeço a você, Penny, por me conduzir a Jen Ung. Obrigada, Jen, por sua infinita paixão e criatividade, e por sempre tratar esta história com entusiasmo e compreensão. Se alguma parte dela canta, é graças a você. Agradeço ao restante da equipe da Quill Tree e HarperCollins por ter dado um lar a esta história, e um obrigado especial a Jessie Gang e Sihyeon Park, por criarem uma capa tão linda, de que nunca me canso.

Meus pais ganharam a dedicatória, então espero que não se importem por esperar até o terceiro parágrafo. Eles são meu tudo, e devo a eles cada bênção da minha vida. Obrigada por terem me dado espaço para descobrir o que amo e por terem se empolgado tanto com este livro quanto com a faculdade de medicina. Agradeço à minha irmã, Vivian, o apoio e a generosidade, bem como o cachorro mais fofo do mundo que ela me deu de presente. Se você ler este livro, provavelmente vai achar horrível, mas nunca confiei no seu gosto literário mesmo!

É engraçado que eu tenha escrito este livro antes de começar a faculdade de medicina, em 2020, e que ele seja publicado agora que estou terminando a residência de um ano em ginecologia e obstetrícia. Foi uma longa jornada, mas tive as pessoas mais maravilhosas comigo. Obrigada, Agatha, por ser minha alma gêmea platônica e dona do nosso neurônio compartilhado. Shaz Noo, por ser a amiga mais leal e confiável que alguém pode ter. Alice, por me dar meu *prompt* Camp NaNoWriMo e ser a razão para esta história existir. (Para quem está curioso, o *prompt* que ela me deu foi "uma personagem que se expõe de maneira consistente à humilhação".) Elizabeth, Anne e Kristine, que são, coletivamente, o único motivo para eu ter sobrevivido à faculdade de medicina, obrigada por terem transformado algo tão difícil em algo tão cheio de alegria. Obrigada também a vocês, amigos da internet, a todos os que passaram ao menos um momento interagindo comigo no meu antigo blog de literatura ou no YouTube, quando eu queria me cercar de leitores que me entendessem. Se você ou alguém querido passou um minuto assistindo aos meus vídeos no BookTube, pode estar qualificado a receber compensação financeira.

E, finalmente, obrigada, Connor. Escrevi o Wesley antes de te conhecer, mas você tem todas as qualidades dele e muito mais. É quase como se eu tivesse escrito você, mas nem minha imaginação poderia ser tão boa. Obrigada por ser minha pessoa favorita e dizer sempre que eu sou a sua.